大学物理实验

陈玉林　董丽花　丁留贯　主　编

科学出版社

北　京

内 容 简 介

本书是根据教育部 2004 年制定的《大学物理实验课程教学基本要求》，并结合当前民办本科院校物理实验教学的现状以及学生的特点而编写的大学物理实验教材. 全书除测量误差、不确定度与数据处理和物理实验基本知识内容外，其他内容以实验项目为线条进行编写. 为适应不同层次的学生的教学需求，本书在具体实验内容上按预备性、基础性实验、提高、综合和设计性实验进行编写，共 30 个实验.

本书可作为独立学院和民办院校理工类本科非物理专业的大学物理实验课程的教材，也可作为相关专业技术人员和其他专业的基础物理实验教学的参考书.

图书在版编目(CIP)数据

大学物理实验/陈玉林,董丽花,丁留贯主编. —北京:科学出版社,2011
21 世纪高等院校教材
ISBN 978-7-03-030136-9

Ⅰ.①大… Ⅱ.①陈… ②董…③丁… Ⅲ.①物理学-实验-高等学校-教材 Ⅳ.①O4-33

中国版本图书馆 CIP 数据核字(2011)第 014613 号

责任编辑:昌　盛　郗泽潇　杨　然 / 责任校对:桂伟利
责任印制:张克忠 / 封面设计:耕者设计工作室

科 学 出 版 社 出版
北京东黄城根北街 16 号
邮政编码:100717
http://www.sciencep.com

化学工业出版社印刷厂 印刷
科学出版社发行　各地新华书店经销

*

2011 年 1 月第 一 版　开本:787×1092 1/16
2012 年 1 月第二次印刷　印张:13 1/4
字数:310 000
定价:25.00 元
(如有印装质量问题,我社负责调换)

前　言

　　本书是在总结多年的物理实验教学经验和实验改革的基础上,根据教育部 2004 年制定的《大学物理实验课程教学基本要求》,结合一般理工科院校专业的特点和实验仪器的现状,由南京信息工程大学滨江学院和中国传媒大学南广学院的物理实验老师共同编写而成.

　　本书的编写有以下特点:

　　(1) 总体结构安排上打破了物理实验教材以往按照物理学理论知识体系——"力、热、电磁、光"的编排方式,而是按照由预备性、基础性实验到提高、综合和设计性实验,这样一个由易到难、循序渐进的原则进行实验项目编排,有利于学生对物理实验课程的学习和实验能力的培养.

　　(2) 注重实验教学的各个环节,大部分实验都编有思考题,促使学生认真准备,积极思考,加深理解实验目的、原理等内容.

　　(3) 在大部分实验的开头都有提要,使学生对实验的应用、实验的思想有一个简明扼要的了解,激发学生学习的兴趣.

　　(4) 将物理实验的基本理论和方法集中进行归纳总结,包括测量误差、不确定度及数据处理、基本实验方法、基本物理实验测量技术、设计性实验的方法等.考虑到大学低年级学生的数理基础,采用简化的不确定度估计方法评定测量结果的误差.

　　(5) 注意计算机在实验教学中的应用,对一些数据的处理、图线的拟合、线性回归等问题可以进行计算机处理,并介绍了用 Excel 处理实验数据的方法.

　　本书由陈玉林、董丽花、丁留贯主编.参加编写工作的还有徐飞、张雅男、刘彦力、顾斌、缪菊红、蒋城欢、杨艳、叶影、张磊,由陈玉林负责全书统稿.

　　本书在编写过程中参考了许多兄弟院校的有关教材和仪器厂家的说明书,从中受益匪浅;科学出版社对本书的出版给予了大力支持;同时,本书还得到了南京信息工程大学滨江学院教材建设项目基金(BGJ008001)和中国传媒大学南广学院教改项目"独立学院大学物理实验室规范化建设与管理的实践与研究"项目基金(JJJG09015)的资助,在此一并表示衷心的感谢.

　　由于编者的水平有限而时间紧迫,书中难免有不妥和疏漏之处,敬请读者和同行专家们批评指正.

编　者

2010 年 7 月

目　录

绪　　论

一、物理实验的地位和作用

"物理学是以实验为本的科学",这一精辟论述出自诺贝尔物理学奖获得者、著名理论物理学家杨振宁教授的一则题词.这是物理学界的共识.无论是物理规律的发现,还是物理理论的验证都要靠实验.麦克斯韦提出的电磁理论(他预言电磁波存在)只有当赫兹做出电磁学实验后才被人们公认;杨振宁、李政道在1956年提出基本粒子在"弱相互作用下的宇称不守恒"的理论,只有当实验物理学家吴健雄用实验验证后,才被同行学者承认,从而才能获得诺贝尔奖.然而,人们掌握理论的目的是在于应用它来指导生产实际,促进科学进步,推动社会前进.当理论在实际中应用时,仍必须通过实验,实验是理论和应用的桥梁.任何一门科学的发展都离不开实验,这就使实验物理课有了充实的教学内容.物理实验是主要基础课程之一.

物理实验的重要性,不仅表现在通过实验发现物理定律,而且物理学中的每一项重要突破都与实验密切相关.物理学史表明,经典物理学的形成,是伽利略、牛顿、麦克斯韦等人通过观察自然现象,反复实验,运用抽象思维的方法总结出来的.近代物理的发展,是在某些实验的基础上提出假设,例如,普朗克根据黑体辐射提出"能量子假设",再经过大量的实验证实,假设才成为科学理论.实践证明物理实验是物理学发展的动力.在物理学发展的进程中,物理实验和物理理论始终是相互促进、相互制约、相得益彰的.没有理论指导的实验是盲目的,实验必须经过总结抽象上升为理论,才有其存在的价值,而理论靠实验来检验,同时理论上的需要又促进实验的发展.1752年富兰克林利用风筝把天空的电引入室内,进行室内雷鸣闪电实验,证实了雷电与电火花放电有同样的本质,进而找出了雷电的成因,并且在此基础上发明了避雷针.这个简单的实验事实,足以说明物理实验在物理学发展中所起的重要作用.

物理学发展到当今的时代,与实验的关系就更为密切,而且在许多边缘科学的建立过程中,物理实验也起了重要的桥梁作用.物理实验在探索和研究新科技领域,在推动其他自然科学和工程技术的发展中,起到的重要作用是不可低估的.自然科学迅速发展,新的科学分支层出不穷,但基础学科就是数学和物理两门.物理实验是研究物理测量方法与实验方法的科学,物理实验的特点是在于它具有普遍性——力、热、光、电都有;具有基本性——它是其他一切实验的基础;同时它还有通用性——适用于一切领域,把高、精、尖的复杂实验分解成为"零件",绝大部分是常见的物理实验.在工程技术领域中,研制、生产、加工、运输等都普遍涉及物理量的测量及物理运动状态的控制,这正是成熟的物理实验的推广和应用.现代高科技发展,设计思想、方法和技术也来源于物理实验.因此,物理实验是自然科学、工程技术和高科技发展的基础,科学技术的发展离不开物理实验.

在物理学发展过程中,人类积累了丰富的实验方法,这就使物理实验课有了充实的教学内容. 学生从中可以学到许多基本实验方法和实验技能,观察到许多生动的自然现象,并在客观实际的事物与抽象模型化的物理理论之间架起了桥梁,使自己在理论应用于实践的过程中,加深对理论的理解,提高分析和解决实际问题的能力.

因此,在大学学习期间要做到理论课与实验课并重,掌握书本知识与提高科学实验的实践能力并重.

1976 年 12 月 10 日,因发现 J/ψ 粒子而获得诺贝尔物理学奖的丁肇中教授在斯德哥尔摩的颁奖仪式上曾语重心长地讲过这样一段震撼人心的话:"我是在旧中国长大的,因此想借这个机会向发展中国家的青年强调实验工作的重要性. 中国有一句古话'劳心者治人,劳力者治于人',这种落后的思想,对发展中国家的青年们有很大的害处. 由于这种思想,很多发展中国家的学生都倾向于理论研究,而避免实验工作. 事实上,自然科学理论不能离开实验的基础,特别是物理学是从实验中产生的. 我希望由于我这次获奖,能够唤起在发展中国家的学生们的兴趣,而注意实验工作的重要性."丁肇中教授的这段话值得大家认真体会.

二、物理实验课的目的和任务

物理实验是对高等学校理工科类学生进行科学实验基本训练的一门独立的必修基础课程,也是理工科学生进入大学后受到系统的实验思想和实验技能训练的开端. 通过本课程的学习,不仅可以加深对物理理论的理解,更重要的是使学生获得基本的实验知识,掌握一定的实验方法和技能,提高创新思维能力,为进一步学习后续课程和日后的工作打好基础. 理工科学生毕业后绝大部分将不同程度地从事科研、工程技术和新技术应用开发等与实验有关的工作,培养良好的实验素质有重要的意义. 本课程的教学目的和任务是:

(1) 通过对物理实验现象的观察、分析和对物理量的测量,学习物理实验的基本知识、基本方法,掌握物理实验的基本技能.

(2) 培养与提高学生的科学实验能力. 其中包括:

① 能够通过阅读实验教材或查阅参考资料,正确理解实验内容,做好实验前的准备;

② 能够借助教材或仪器说明书正确使用常用仪器;

③ 能够运用物理学理论对实验对象进行初步分析判断,加深对物理学原理的理解;

④ 能够正确记录和处理实验数据,绘制曲线,评价实验结果,撰写合格的实验报告;

⑤ 能够按科学实验的主要过程独立完成简单的具有设计性内容的实验.

(3) 培养与提高学生的科学实验素质. 要求学生具有理论联系实际和实事求是的科学作风、严肃认真的工作态度、主动研究的探索精神以及遵守纪律、团结协作、爱护公共财物的优良品德.

三、物理实验课的主要教学环节

为达到物理实验课的目的和任务,学生应重视物理实验教学的三个重要环节.

1. 实验前的预习

为了在规定时间内,高质量地完成实验课的任务,学生应当作好实验前的预习. 预习时,主要阅读实验教材,了解实验目的,搞清楚实验内容,要测量什么量,使用什么方法,实验的理论依据(原理)是什么,使用什么仪器,其仪器性能是什么,如何使用,操作要点及实验中特别要注意的问题等.在此基础上,写好预习实验报告(包括实验名称、目的、仪器、原理、内容等)以及为将要测的实验数据在原始数据记录纸上适当画好表格.有时实验不要求另写正式报告的,预习报告就是正式报告了,要特别认真撰写(按以下关于"实验报告"的要求写).如果是课题实验或设计性实验内容,需制定初步实验方案,提出对仪器设备的要求.

只有在充分了解实验内容的基础上,才能在实验操作中有目的地观察实验现象,思考问题,减少操作中的忙乱现象,提高学习的主动性.因此,每次实验前,学生必须完成规定的预习内容.一般情况下,教师要检查学生预习情况,并评定预习成绩,没有预习的学生不得动手做实验.

2. 进行实验

学生进入实验室后应遵守实验室规章制度,犹如一个科学工作者那样严格要求自己,井井有条地布置仪器,安全操作,注意细心观察实验现象,认真钻研和探索实验中的问题.不要期望实验工作始终一帆风顺,尤其是课题实验.在遇到问题时,应看作是学习的良机,冷静地分析和处理,直到修改甚至推翻你的实验方案.仪器装置出现故障时,学生应在教师指导下学习排除故障的方法,力求自己动手解决,或留意观看教师是怎样分析判断仪器的毛病、怎样修复仪器的(可能当场修复的仪器).总之,要把重点放在实验能力的培养上,而不是测出几个数据就以为完成任务.对实验数据要严肃对待,要用钢笔或圆珠笔把测量的原始数据正确地记录在实验课前画好的数据表格中(不允许用铅笔记录原始数据).读数一定要认真仔细(注意单位和有效数字位数),不要忘记记录有关的环境条件,如温度、压强等.如确实记错了,也不要涂改,可在错误的数字上画一条整齐的直线,在旁边写上正确值,如果整段数据都测错了,则画一个与此段大小相适应的"×"号,在情况允许时,可以简单说明为什么是错误的.记录的错误数据不要用黑圆圈或黑方块涂掉,这样可使正误数据都能清晰可辨,以供在分析测量结果和误差时参考.如发现数据有疑问时,可以重新实验,并对原来数据标上特殊符号以备查考.实验原始数据的优劣,决定着实验工作结果的成败.但是,未重新测量绝不允许修改实验数据,这是一个科学工作者的基本道德素养.我们保留"错误"数据,不毁掉它,是因为"错误"数据有时经过比较后竟是对的.不要用铅笔记录,给自己留有涂抹的余地,也不要先草记在另外的纸上再誊写在数据表格里,这样容易出错,况且,这已经不是"原始记录"了.

如果两个学生同时做一个实验,既要分工又要协作,各自记录实验数据,共同完成实验任务,并且,原始数据记录上应写上同组者姓名.

实验结束时,将实验数据交教师审阅签字,整理好仪器设备,关好水、电、窗等,方可离开实验室,这些都是一个实验工作者的基本素质,要成为良好的习惯.

3. 写实验报告

实验报告是对实验工作的全面总结,是交流实验经验、推广实验成果的媒介.学会撰

　　写实验报告是培养实验能力的一个方面.写实验报告要用简明扼要的形式将实验结果完整、准确地表达出来,这也是进行科学实验素质培养的必要内容之一.

　　实验报告要求文字通顺,字迹端正,数据齐全,图表规范,结果表示正确,分析讨论认真.实验报告要求在做完实验一周之内独立完成.用学校统一印制的"实验报告纸"来书写并按时交报告,因为这样做可以收到事半功倍的效果.

　　完整的实验报告通常包括以下内容:

　　实验名称　表示做什么实验.

　　实验目的　说明为什么做这个实验,做该实验要达到什么目的.

　　实验仪器　列出主要仪器的名称、型号、规格、精度等.

　　实验原理　用自己的语言对实验所依据的理论做简要叙述,不要照抄书本.实验原理一般包括:①文字;②测量和计算所依据的主要公式及其简要推导过程,注明公式中各物理量的含义,公式成立所应满足的实验条件等;③画出有关的图(原理图或装置图),如在电磁学、光学实验中,应有相应的电路图或光路图等.

　　实验内容与步骤　根据实验的过程概括地、条理分明地写明实验所进行的主要内容与关键步骤.

　　实验数据表格与数据处理　将原始记录数据转记于实验报告纸上(原始记录也应附在报告纸后,以便教师检查),并尽可能用表格的形式列出,正确表示有效数字和单位.该作图的还应在专门的作图纸上作图.计算按照有效数字的运算法则进行、写出主要的计算内容,并求出误差或实验结果的不确定度,正确运用不确定度表示实验结果.

　　实验结果及讨论　该部分要明确给出实验结果,并对结果进行讨论.实验结果不是简单的测量结果,它包括误差分析或不确定度的评定、分析误差的主要原因和改进方法,还应包括对实验中观察到的现象分析与解释、对实验中有关存在问题的思考及讨论和回答实验思考题等.实验报告中也可写完成该实验的收获和建议(如对实验本身的设计思想、实验仪器的选择和改进等).

　　对于课题实验,则应对实验原理的阐述、实验公式的推导、电路或光路的设计、操作步骤的安排、仪器设备的选择、数据结果的讨论等比较详尽地探讨.

　　物理实验虽然是在教师指导下进行的,但在实验中学生不应是完全按照"操作指令"运转的"机器人",而应该积极发挥自己的主观能动性去思考问题,进行观测与分析,探讨最佳实验方案,不断改进实验方法,增强自己的才干和实验技巧.在做物理实验时,我们不是要一个塞满东西的脑袋,而是要一个善于分析问题的头脑!我们不仅要有知识,更重要的是将知识转化为能力!

第1章 测量误差、不确定度与数据处理

物理实验的任务不仅是定性地观察物理现象,更重要的是对物理量进行定量地测量,并找出各物理量之间的内在联系.

由于测量仪器、测量方法、测量条件、测量人员等诸多因素的影响,对一物理量的测量不可能是无限精确的,即测量中的误差是不可避免的.没有测量误差的基本知识,就不可能获得正确的测量值;不会计算测量结果的不确定度就不能正确表达和评价测量结果;不会处理数据或处理数据方法不当,就得不到正确的实验结果.

本章从实验教学的角度出发,主要介绍测量与误差、误差分析、有效数字、测量结果的不确定度评定等基本知识,这些知识不仅在本课程的物理实验中要经常用到,而且对于今后从事科学实验也是必须了解和掌握的.

1.1 测量与误差

1.1.1 测量及其分类

所谓测量就是将待测物理量与选作计量标准的同类物理量进行比较,得出其倍数的过程.倍数值称为待测物理量的数值,选作的计量标准称为单位.因此,表示一个被测对象的测量值必须包括数值和单位.

根据测量方式,测量可分为直接测量和间接测量.

直接测量是指可直接从仪器或量具上直接读出待测量大小的测量.例如,用米尺测长度,用温度计测量温度,用电压表测电压,用天平测物体的质量等都属于直接测量.

有些物理量无法进行直接测量,待测量的量值是由若干个直接测量量经过一定的函数关系运算后才获得,这样的测量称为**间接测量**.例如,测铜柱的密度,是先用米尺直接测得它的高 h 和直径 d,用天平测得它的质量 m,然后由关系式 $\rho = 4m/\pi d^2 h$ 计算出铜的密度 ρ,这就是间接测量,ρ 称为间接测量量.

一个物理量能否直接测量不是绝对的.随着科学技术的发展,测量仪器的改进,很多原来只能间接测量的量,现在可以直接测量了.比如电能的测量本来是间接测量,现在也可以用电度表来进行直接测量.大多数的物理量都是间接测量量,但直接测量是一切测量的基础.

根据测量条件是否相同,测量又可分为等精度测量和不等精度测量.

在相同的测量条件下进行的一系列测量称为**等精度测量**.例如,同一个人,使用同一仪器,采用同样的方法,对同一待测量连续进行多次重复测量,此时应该认为每次测量的可靠程度都相同,故称之为等精度测量,这样的一组测量值称为一个测量列.应该指出:重复测量必须是重复进行测量的整个操作过程,而不是仅仅为重复读数.

在对某一物理量进行多次测量时,测量条件完全不同或部分不同,则各次测量结果的可靠程度自然也不同的一系列测量称为**不等精度测量**. 例如,在对某一物理量进行多次测量时,选用的测量仪器不同,或测量方法不同,或测量人员不同等都属于不等精度测量. 处理不等精度测量的结果时,需根据每个测量值的"权重",进行"加权平均",因此在一般物理实验中很少采用.

事实上,在实验中,保持测量条件完全相同的多次测量是极其困难的. 但当某一条件的变化对结果影响不大时,仍可视这种测量为等精度测量. 等精度的误差分析和数据处理比较容易,所以绝大多数物理实验都采用等精度测量. 本书所介绍的误差和数据处理知识都是针对等精度测量的.

1.1.2　真值与误差

在一定条件下,任何一个物理量的大小都是客观存在的,都有一个实实在在、不依人的意志为转移的客观量值,称为**真值**. 测量的目的就是要力图得到被测量的真值,但由于受测量方法、测量仪器、测量条件以及观测者水平等多种因素的限制,只能获得该物理量的近似值. 也就是说,一个被测量值 x 与真值 x_0 之间总是存在着这种差值,这种差值称为测量误差,即

$$\Delta x = x - x_0$$

由测量所得的一切数据,都毫无例外地包含有一定数量的测量误差. 没有误差的测量结果是不存在的. 测量误差存在于一切测量之中,贯穿于测量过程的始终. 随着科学技术水平的不断提高,测量误差可以被控制得越来越小,但是却永远不会降低到零.

从上式我们还可以看出,测量误差 Δx 显然有正负之分,因为它是指与真值的差值,常称为**绝对误差**,为与下面定义的相对误差相区别,这就是老的术语"绝对误差"的来历. 注意,不要把绝对误差与测量误差的绝对值相混淆!

绝对误差是一个有量纲的数值,它表示测量值偏离真值的程度,一般保留一位有效数字.

一般来讲,真值仅是一个理想的概念,只有通过完善的测量才能获得. 但是,严格的完善测量难以做到,故真值就在很多情况下都难以得到. 所以绝对误差的概念只有理论上的价值. 这正是人们放弃难以实际定量操作的"误差"和与绝对误差有关的概念,转而使用不确定度概念的基本原因.

"相对误差"术语也是我们常常会听到的,它同样也是一个很难定量操作的词.

测量的**相对误差**定义为测量误差的绝对值与真值的比值,用 E_x 表示

$$E_x = \frac{|\Delta x|}{x_0} \times 100\%$$

"相对误差"是一个无量纲量,常常用百分比来表示测量准确度的高低,因而相对误差有时也称为百分误差,一般保留 1 或 2 位有效数字.

1.1.3　误差的分类

正常测量的误差,按其产生的原因和性质,一般可分为系统误差、随机误差和粗大误

差三大类. 这种划分及其相应的概念,虽然与现在广泛采用的描述测量结果的不确定度概念之间不一定存在简单的对应关系,甚至有些概念可能还是不太严格的,但是作为思维和理解的基础,还是应该有所了解.

1. 系统误差

在相同条件下,多次测量同一物理量时,误差的大小恒定,符号总偏向一方或误差按照某一确定的规律变化,称为**系统误差**. 系统误差的来源有以下几个方面:

(1) 仪器误差:由于仪器本身的缺陷或没有按照规定条件使用仪器而造成的. 如温度计零刻度不在冰点,仪器的水平或铅直未调整,天平不等臂等.

(2) 理论误差:由于实验方法本身的不完善或测量所依据的理论公式本身的近似性而造成的. 如推导理论公式时没有把散热和吸热考虑在内,称量轻物体的质量时忽略了空气浮力的影响,单摆周期公式 $T = 2\pi\sqrt{\dfrac{l}{g}}$ 的成立条件是摆角趋于零,但实际做不到.

(3) 环境误差:由于环境影响和没有按规定的条件使用仪器引起的. 如标准电池是以20℃时的电动势数值作为标称值的,若在 30℃ 条件下使用时,如不加以修正,就引入了系统误差.

(4) 个人误差:由于观测者本人生理或心理特点造成的,如动态滞后、读数有偏大或偏小的痼癖等.

系统误差按掌握程度分类,可分为:

(1) 已定系统误差:是指绝对值和符号已经确定,可以估算出的系统误差分量,一般在实验中通过修正测量数据和采用适当的测量方法(如交换法、补偿法、替换法和异号法等)予以消除. 如千分尺的零点修正.

(2) 未定系统误差:指符号和绝对值未能确定的系统误差分量,在实验中常用估计误差极限的方法得出(这与后面引出的 B 类不确定度有大致的对应关系). 例如,仪表出厂时的准确度指标是用符号 $\Delta_{仪}$ 表示的. 它只给出该类仪器误差 $\Delta_{仪}$ 的极限范围. 但实验者使用该仪器时并不知道该仪器的误差的确切大小和正负,只知道该仪器的准确程度不会超过 $\Delta_{仪}$ 的极限. 对于未定系统误差,在物理实验中我们一般只考虑测量仪器的(最大)允许误差 $\Delta_{仪}$(简称"仪器误差").

系统误差按数值特征或其表现的规律又可分为:

(1) 定值系统误差:这种误差在测量过程中其大小和符号恒定不变. 例如,天平砝码的标称值不准确等.

(2) 变值系统误差:这种误差在测量过程中呈现规律性变化. 这种变化,有的可能随时间而变,有的可能随位置变化. 例如,分光计的偏心差所造成的读数误差就是一种周期性变化的系统误差.

系统误差的特征是具有确定性和方向性,或者都偏大,或者都偏小. 系统误差一般应通过校准测量仪器、改进实验装置和实验方案、对测量结果进行修正等方法加以消除或尽可能减小.

系统误差是测量误差的重要组成部分,在任何一项实验工作和具体测量中,最大限度地消除或减小一切可能存在的系统误差,是实验测量工作的主要任务之一,但发现并减小系统误差通常比较困难,需要对整个实验所依据的原理、方法、仪器和步骤等可能引起误差的各种因素进行分析.实验结果是否正确,往往在于系统误差是否已被发现和尽可能消除,因此对系统误差不能轻易放过.

一般而言,对于系统误差可以在实验前对仪器进行校准,对实验方法进行改进等;在实验时采取一定的方法对系统误差进行补偿和消除;实验后对实验结果进行修正等.应预见和分析一切可能产生系统误差的因素,并尽可能减小它们.一个实验结果的优劣,往往就在于系统误差是否已经被发现或尽可能消除.在以后的实验中,对于已定系统误差,要对测量结果进行修正;对于未定系统误差,则尽可能估算出其误差限值,以掌握它对测量结果的影响.我们将在今后实验课中,针对各个实验的具体情况对系统误差进行分析和讨论.

2. 随机误差

在极力消除或修正一切明显的系统误差之后,在同一条件下多次测量同一物理量时,测量结果仍会出现一些无规律的起伏.这种在同一量的多次测量过程中,绝对值和符号以不可预知的方式变化着的测量误差分量称为**随机误差**,随机误差有时也称偶然误差.随机误差是实验中各种因素的微小变动引起的,主要有:

(1) 实验装置的变动性.如仪器精度不高,稳定性差,测量示值变动等;

(2) 观察者本人在判断和估计读数上的变动性.主要指观察者的生理分辨本领、感官灵敏程度、手的灵活程度及操作熟练程度等带来的误差;

(3) 实验条件和环境因素的变动性.如气流、温度、湿度等微小的、无规则的起伏变化,电压的波动以及杂散电磁场的不规则脉动等引起的误差.

这些因素的共同影响使测量结果围绕测量的平均值发生涨落变化,这一变化量就是各次测量的随机误差.随机误差的出现,就某一测量而言是没有规律的,当测量次数足够多时,随机误差服从统计分布规律,可以用统计学方法估算随机误差.

3. 粗大误差

实验中,由于实验者操作不当或粗心大意,如看错刻度、读错数字、记错数或计算错误等都会使测量结果明显地被歪曲.这种由于错误引起的误差称为**粗大误差或过失误差**.

由定义可以看出,严格地讲,粗大误差应称为错误,它是通过实验者的主观努力能够克服的.错误不是误差,要及时发现并在数据处理时予以剔除.而系统误差和随机误差是客观的,不可避免的,只能通过实验条件的改善和实验方法的改进予以减小,它们是由客观环境和人的感官的局限决定的.

1.1.4 随机误差的分布规律与特性

随机误差的出现,就某一测量值来说是没有规律的,其大小和方向都是不能预知的.但对同一物理量进行多次测量时,则发现随机误差的出现服从某种统计规律.理论和实践证明,等精度测量中,当测量次数 n 很大时(理论上是 $n \to \infty$),测量列的随机误差多接近

于正态分布(即高斯分布).标准化的正态分布曲线
如图 1.1.1 所示.图中横坐标 $\Delta x = x_i - x_0$ 表示随
机误差,纵坐标表示对应的误差出现的概率密度
$f(\Delta x)$,应用概率论方法可导出

$$f(\Delta x) = \frac{1}{\sigma \sqrt{2\pi}} \exp\left[-\frac{(\Delta x)^2}{2\sigma^2}\right] \quad (1.1.1)$$

式中的特征量 σ 为

$$\sigma = \sqrt{\frac{\sum \Delta x_i^2}{n}} \quad (n \to \infty) \quad (1.1.2)$$

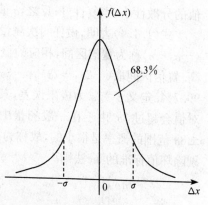

称为**标准误差**,其中 n 为测量次数.

图 1.1.1　随机误差的正态分布

服从正态分布的随机误差符合如下特征:

(1) 单峰性——绝对值小的误差比绝对值大的误差出现的概率大;

(2) 对称性——绝对值相等的正误差和负误差出现的概率相等;

(3) 有界性——在一定的测量条件下,绝对值很大的误差出现的概率趋于零;

(4) 抵偿性——随机误差的算术平均值随着测量次数的增加而越来越趋于零,即

$$\lim_{n \to \infty} \frac{1}{n} \sum_{i=1}^{n} \Delta x_i = 0.$$ 也就是说,若测量误差只有随机误差分量,即随着测量次数的增加,测量列的算术平均值越来越趋近于真值.因此增加测量次数,可以减小随机误差的影响.抵偿性是随机误差最本质的特征,原则上具有抵偿性的误差都可以按随机误差的方法处理.

随机误差的大小常用标准误差表示.由概率论可知,服从正态分布的随机误差落在 $[\Delta x, \Delta x + d(\Delta x)]$ 区间内的概率为: $f(\Delta x)d(\Delta x)$.由此可见,某次测量的随机误差为一确定值的概率为零,即随机误差只能以确定的概率落在某一区间内.概率密度函数 $f(\Delta x)$ 满足下列归一化条件:

$$\int_{-\infty}^{+\infty} f(\Delta x)d(\Delta x) = 1 \tag{1.1.3}$$

所以误差出现在 $(-\sigma, +\sigma)$ 区间内的概率 P 就是图 1.1.1 中该区间内 $f(\Delta x)$ 曲线下的面积

$$P(-\sigma < \Delta x < +\sigma) = \int_{-\sigma}^{+\sigma} f(\Delta x)d(\Delta x) = \int_{-\sigma}^{+\sigma} \frac{1}{\sigma \sqrt{2\pi}} \exp\left[-\frac{(\Delta x)^2}{2\sigma^2}\right]d(\Delta x) = 68.3\%$$

$$\tag{1.1.4}$$

该积分值可由拉普拉斯积分表查得.

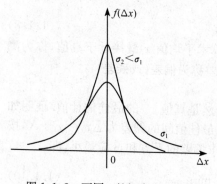

标准误差 σ 与各测量值的误差 Δx 有着完全不同的含义.Δx 是实在的误差值,而 σ 并不是一个具体的测量误差值,它反映在相同条件下进行一组测量后,随机误差出现的概率分布情况,只具有统计意义,是一个统计特征量,其物理意义为代表测量数据和测量误差分布离散程度的特征数.图 1.1.2 是不同 σ 值时的 $f(\Delta x)$ 曲线.σ 值小,曲线陡且峰值高,说明测量值的误差集中,小误差占优势,各测量

图 1.1.2　不同 σ 的概率密度曲线

值的分散性小,重复性好;反之,σ 值大,曲线较平坦,各测量值的分散性大、重复性差.

式(1.1.4)表明,做任一次测量,随机误差落在 $(-\sigma, +\sigma)$ 区间的概率为 68.3%.区间 $(-\sigma, +\sigma)$ 称为**置信区间**,相应的概率称为**置信概率**.显然,置信区间扩大,则置信概率提高.置信区间取 $(-2\sigma, +2\sigma)$、$(-3\sigma, +3\sigma)$ 时,相应的置信概率 $P(2\sigma)=95.4\%$、$P(3\sigma)=99.7\%$.定义 $\delta=3\sigma$ 为极限误差,其概率含义是在 1000 次测量中只有 3 次测量的误差绝对值会超过 3σ.由于在一般测量中次数很少超过几十次,因此,可以认为测量误差超出 $\pm 3\sigma$ 范围的概率是很小的,故称为极限误差,一般可作为可疑值取舍的判定标准,也称作剔除坏值标准的 3σ 法则.

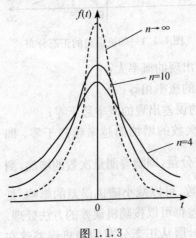

图 1.1.3

然而,实际测量总是在有限次内进行,如果测量次数 $n \le 20$,误差分布明显偏离正态分布而呈现 t 分布形式.t 分布函数已算成数表,可在数学手册中查到,t 分布曲线如图 1.1.3 所示.数理统计中可以证明,当 $n \to \infty$ 时,t 分布趋近于正态分布(图 1.1.3 中的虚线对应于正态分布曲线).由图可见,t 分布比正态分布曲线变低变宽了;n 越小,t 分布越偏离正态分布.但无论哪一种分布形式,一般都有两个重要的数字特征量,即算术平均值和标准偏差.

设在某一物理量的 n 次等精度测量中,得到测量列为 $x_1, x_2, x_3, \cdots, x_n$,各次测量值的随机误差为 $\Delta x_i = x_i - x_0$.将随机误差相加

$$\sum_{i=1}^{n} \Delta x_i = \sum_{i=1}^{n} (x_i - x_0) = \sum_{i=1}^{n} x_i - nx_0 \quad \text{或} \quad \frac{1}{n}\sum_{i=1}^{n} \Delta x_i = \frac{1}{n}\sum_{i=1}^{n} x_i - x_0 \quad (1.1.5)$$

用 $\bar{x}$ 代表测量列的算术平均值

$$\bar{x} = \frac{1}{n}(x_1 + x_2 + \cdots + x_n) = \frac{1}{n}\sum_{i=1}^{n} x_i \quad (1.1.6)$$

式(1.1.5)改写为

$$\frac{1}{n}\sum_{i=1}^{n} \Delta x_i = \bar{x} - x_0 \quad (1.1.7)$$

根据随机误差的抵偿特征,即 $\lim\limits_{n \to \infty} \dfrac{1}{n}\sum_{i=1}^{n} \Delta x_i = 0$,于是

$$\bar{x} \to x_0 \quad (1.1.8)$$

可见,当测量次数相当多时,系统误差忽略不计时的算术平均值 $\bar{x}$ 最接近于真值,称为测量的最佳值或近真值.我们把测量值与算术平均值之差称为**偏差**(或**残差**)

$$\nu_i = x_i - \bar{x} \quad (1.1.9)$$

当测量次数 n 有限时,测量列的算术平均值 $\bar{x}$ 仍然是真值 x_0 的最佳估计值.证明如下:假设最佳值为 X 并用其代替真值 x_0,各测量值与最佳值间的偏差为 $\Delta x_i' = x_i - X$,按照最小二乘法原理,若 X 是真值的最佳估计值,则要求偏差的平方和 S 应最小,即

$$S = \sum_{i=1}^{n} (x_i - X)^2 \to \min \quad (1.1.10)$$

由求极值的法则可知,S 对 X 的微商应等于零

$$\frac{\mathrm{d}S}{\mathrm{d}X} = 2\sum_{i=1}^{n}(x_i - X) = 0 \qquad (1.1.11)$$

于是

$$nX - \sum_{i=1}^{n}x_i = 0 \qquad (1.1.12)$$

即

$$X = \frac{1}{n}\sum_{i=1}^{n}x_i = \overline{x} \qquad (1.1.13)$$

所以测量列的算术平均值 $\overline{x}$ 是真值 x_0 的**最佳估计值**.

由误差理论可以证明某次测量的标准偏差的计算式为

$$S_x = \sigma_x = \sqrt{\frac{\sum\limits_{i=1}^{n}(x_i - \overline{x})^2}{n-1}} = \sqrt{\frac{\sum\limits_{i=1}^{n}(\Delta x_i)^2}{n-1}} \qquad (1.1.14)$$

这一公式称为贝塞尔公式. 其意义表示某次测量值的随机误差在 $-\sigma_x \sim +\sigma_x$ 的概率为 68.3%,也即表示测量值 $x_1, x_2, x_3, \cdots, x_n$ 及其随机误差的离散程度. 标准偏差 S_x(或 σ_x) 小表示测量值密集,即测量的精密度高;标准偏差 S_x(或 σ_x)大表示测量值分散,即测量的精密度低.

$\overline{x}$ 是被测量的最佳估计值,但它与真值之间仍存在误差. 由随机误差的抵偿性可知,$\overline{x}$ 的误差理应比任何一次单次测量值的误差更小些.

用平均值的标准偏差表示测量算术平均值的随机误差的大小程度,数理统计理念可以证明

$$S_{\overline{x}} = \sigma_{\overline{x}} = \frac{\sigma_x}{\sqrt{n}} = \sqrt{\frac{\sum\limits_{i=1}^{n}(x_i - \overline{x})^2}{n(n-1)}} \qquad (1.1.15)$$

由上式可知,$S_{\overline{x}}$ 随着测量次数的增加而减小,似乎 n 越大,算术平均值越接近于真值. 实际上,在 $n > 10$ 以后,$S_{\overline{x}}$ 的变化相当缓慢,另外测量精度主要还取决于仪器的精度、测量方法、环境和测量者等因素,因此在实际测量中,单纯地增加测量次数是没有必要的. 在本课程中一般取 $5 \sim 10$ 次.

1.1.5 测量的精密度、正确度和准确度

测量的精密度、正确度和准确度都是评价测量结果的术语,但目前使用时其含义并不尽一致,以下介绍较为普遍采用的意见.

(1) 精密度:精密度是指对同一被测量做多次重复测量时,各次测量值之间彼此接近或分散的程度. 它是对随机误差的描述,它反映随机误差对测量的影响程度. 随机误差小,测量的精密度就高.

(2) 正确度:正确度是指被测量的总体平均值与其真值接近或偏离的程度. 它是对系统误差的描述,它反映系统误差对测量的影响程度. 系统误差小,测量的正确度就高.

（3）准确度：准确度是指各测量值之间的接近程度和其总体平均值对真值的接近程度．它包括了精密度和正确度两方面的含义．它反映随机误差和系统误差对测量的综合影响程度．只有随机误差和系统误差都非常小，才能说测量的准确度高．

"准确度"是国际上计量规范较常使用的标准术语．

图 1.1.4 所示的打靶情况可较形象地理解精密度和正确度二者的区别．

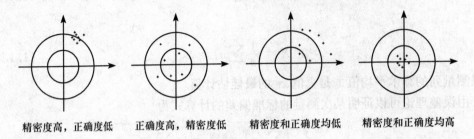

精密度高，正确度低　　正确度高，精密度低　　精密度和正确度均低　　精密度和正确度均高

图 1.1.4

1.2 有效数字及其运算法则

1.2.1 有效数字的基本概念

任何一个物理量，其测量结果总是有误差的，测量值的位数不能任意的取舍，要由不确定度来决定，即测量值的末位数与不确定度的末位数对齐．如算得体积的测量值 $\overline{V}=5.961\text{cm}^3$，其不确定度 $u_V=0.04\text{cm}^3$，由不确定度的定义及 u_V 的数值可知，测量值在小数点后的百分位上已经出现误差，因此 $\overline{V}=5.961\text{cm}^3$ 中的"6"已是有误差的存疑数，其后面一位"1"已无保留的意义，所以测量结果应写为 $V=(5.96\pm0.04)\text{cm}^3$．另外，数据计算都有一定的近似性，计算时既不必超过原有测量准确度而取位过多，也不能降低原测量准确度，即计算的准确性和测量的准确性要相适应．所以在数据记录、计算以及书写测量结果时，必须按有效数字及其运算法则来处理．熟练地掌握这些知识，是普通物理实验的基本要求之一，也为将来科学处理数据打下基础．

在表示测量结果的数字中，一般只保留一位欠准确数，即数字的最后一位为欠准确数，其余均为准确数．正确而有效地表示测量和实验结果的数字称为**有效数字**，它是由若干位准确数字和一位欠准确数字(可疑数字)构成的，这些数字的总位数称为有效位数．有效数字与待测量和测量仪器密切相关，它既反映了待测量的量值大小，同时也反映了所用仪器的精度，因而有效数字与数学上纯"数字"有本质的区别．

1.2.2 直接测量的读数原则

直接测量读数应反映出有效数字，一般应估读到测量器具最小分度值以下的一位欠准确数．例如，用毫米刻度的米尺测量某物体的长度，如图 1.2.1(a)所示，$L=1.67\text{cm}$．"1.6"是从米尺上读出的"准确"数，"7"是从米尺上估读的"欠准确"数，是含有误差的，但是有效的，所以读出的是三位有效数字．若如图 1.2.1(b)所示时，$L=2.00\text{cm}$，仍是三位有效数字,而不能读写为 $L=2.0$cm 或 $L=2$cm,因为这样表示分别只有两位或一位有效数字.可见,一个物理量的数值与数学上的数有着不同的含义.在数学意义上 $2.00=2.0$,但在物理测量中(如上述长度测量)2.00cm$\neq 2.0$cm,因为 2.00cm 中的前两位"2"和"0"是准确数,最后一位"0"是欠准确数,共有三位有效数字.而 2.0cm 则有两位有效数字.实际上这两种写法表示了两种不同精度的测量结果,所以在记录实验测量数据时,数字之末或数字中间的零是有效数字,不能随意增减.

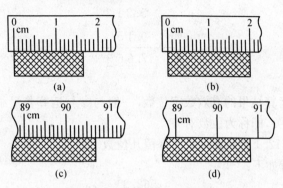

图 1.2.1　直接测量的有效数字

如图 1.2.1(c)所示,$L=90.70$cm 有四位有效数字.若是改用厘米刻度米尺测量该长度时,如图 1.2.1(d)所示,则 $L=90.7$cm,只有三位有效数字.所以,有效数字位数的多少既与使用仪器的精度有关,又与被测量本身的大小有关.一般情况下应按仪器或量具的最小分度值决定测量值的有效数字位数,通常应估读到最小分度值的 1/10、1/5 或 1/2 分度(视人眼对最小刻度的分辨力而定).对于数字式仪表,所显示的数字均为有效数字,无需估读,误差一般出现在最末一位.

因此,有效数字位数是仪器精度和被测量本身大小的客观反映,不能随意增减.在单位换算或交换小数点位置时,不能改变有效数字位数,而是应该运用科学记数法,把不同单位用 10 的不同幂次表示.例如,1.2m 不能写作 120cm、1200mm 或 1 200 000μm,应记为

$$1.2\text{m}=1.2\times 10^{2}\text{cm}=1.2\times 10^{3}\text{mm}=1.2\times 10^{6}\mu\text{m}$$

它们都是两位有效数字.

反之,把小单位换成大单位,小数点移位,在数字前出现的"0"不是有效数字,如 2.42mm$=0.242$cm$=0.00242$m 或 2.42mm$=2.42\times 10^{-1}$cm$=2.42\times 10^{-3}$m,它们都是三位有效数字.

1.2.3　有效数字运算规则

在有效数字运算过程中,准确数字与准确数字之间进行四则运算,仍为准确数字.可疑数字与准确数字或可疑数字之间进行运算,结果为可疑数字,但是运算中的进位数可视为准确数字.在四则运算中,一定要服从加减法运算规则和乘除法等运算规则.

有效数字运算总的原则是:运算结果只保留一位欠准确数字.

1) 加减运算

当几个有效数字参与加、减或加减混合运算时,所得结果在小数点后所保留的位数与诸

数中小数点后位数最少者相同,即称为尾数对齐(严格来说,所得结果的欠准位应与诸数中欠准位数数量级最高的一位保持一致).下面例题中在数字下加一短线的为欠准确数字.

例 1 12.3+5.213+0.15 的计算结果?

解 上式各数值小数点位数最少者为 12.3(小数点后只有 1 位),所以结果的有效数字小数点后保留 1 位,即 12.3+5.213+0.15=17.7. 上述运算用竖式更加明了.

$$
\begin{array}{r}
12.\underline{3} \\
5.21\underline{3} \\
+\ \ 0.1\underline{5} \\
\hline
17.\underline{6}\underline{6}\underline{3}
\end{array}
$$

2) 乘除运算

多个量相乘除运算结果的有效数字位数,一般与参与运算各量中有效数字位数最少的相同,与小数点无关,即称为位数对齐.

例 2 562.31×12.1 的计算结果应保留几位数字?

解 其计算过程如下:

$$
\begin{array}{r}
562.3\underline{1} \\
\times\ \ \ 12.\underline{1} \\
\hline
562\underline{3}\underline{1} \\
1124\underline{6}\underline{2} \\
5623\underline{1} \\
\hline
680\underline{3}.9\underline{5}\underline{1}
\end{array}
$$

按照只保留一位欠准确数字的原则

$$562.31\times12.1=6.80\times10^3$$

为三位有效数字. 这与上面叙述的乘除运算法则是一致的. 即在该例中,五位有效数字(562.31)与三位有效数字(12.1)相乘,计算结果应为三位有效数字,即与有效数字位数少的相同.

除法是乘法的逆运算,取位法则与乘法相同,这里不再举例说明.

3) 乘方、立方、开方运算

运算结果的有效数字位数与原数的有效位数相同.

4) 对数、三角函数运算

前面介绍的有效数字四则运算法则,是根据不确定度合成理论和有效数字的定义总结出来的. 所以,对数、三角函数的计算必须按照不确定度传递公式,先求出函数值的不确定度,然后根据测量结果最后一位数字与不确定度对齐的原则来决定有效数字.

5) 常数

公式中的常数,如 π、e、$\sqrt{2}$ 等,它们的有效数字位数是无限的,运算时一般根据需要,比参与运算的其他量中有效数字位数最少的量多取一位有效数字即可. 例如:$S=\pi r^2$,$r=6.042$cm,π 取为 3.1416,所以 $S=3.1416\times6.042^2=114.7$cm^2.

如果用计算器进行计算时,为了简便、迅速起见,运算过程就在计算器上连续进行,但结果要按运算规则取有效数字位数.

应该指出的是,上述的运算规则不是绝对的.一般说来,为了避免在运算过程中因数字的取舍而引入计算误差,则在运算过程中的中间结果应多保留一位数字为妥,但最后结果仍应删去,以间接测量值最后一位数字与不确定度对齐的原则为准.

1.2.4　测量结果数字取舍规则

数字的取舍采用"四舍六入五凑偶"规则,即欲舍去数字的最高位为 4 或 4 以下的数,则"舍";若为 6 或 6 以上的数,则"入";被舍去数字的最高位为 5 时,前一位数为奇数,则"入",前一位数为偶数,则"舍",即通过取舍,总是把前一位凑成偶数.其目的在于使"入"和"舍"的机会均等,以避免用"四舍五入"规则处理较多数据时,因入多舍少而引入计算误差.

例如,将下列数据保留到小数点后第二位:

8.0861→8.09,　8.0845→8.08,　8.0850→8.08,　8.0754→8.08,　8.0656→8.06

有效数字运算规则和数字取舍规则的采用,目的是保证测量结果的准确度不致因数字取舍不当而受到影响.同时,也可以避免因保留一些无意义的欠准确数字而做无用功,浪费时间和精力.现在由于计算器的应用已十分普及,计算过程多取几位数字也并不花费多少精力,不会给计算带来什么困难.但是,实验结果的正确表达仍然值得重视,实验者应该能正确判断实验结果是几位有效数字,正确结果该怎么表示.

1.3　不确定度评定与测量结果的表示

1.3.1　测量不确定度的引入

根据误差的定义,由于真值一般不可能准确地知道,因而测量误差也不可能确切获知.既然误差无法按照其定义式精确求出,那么现实可行的办法就只能根据测量数据和测量条件进行推算(包括统计推算和其他推算),去求得误差的估计值.显然,由于误差是未知的,因此不应再将任何一个确定的已知值称做误差.误差的估计值或数值指标应采用另一个专门名称,这个名称就是不确定度.

引入不确定度可以对测量结果的准确程度作出科学合理的评价.不确定度越小,表示测量结果与真值越靠近,测量结果越可靠.反之,不确定度越大,测量结果与真值的差别越大,它的可靠性越差,使用价值就越低.

用不确定度一词描述测量结果的准确度出现于 1956 年出版的 *Introduction to the Theory of Error* 一书中.1980 年,国际计量局(BIPM)起草了一份《实验不确定度的说明》的建议书 INC-1(1980),国际计量委员会(CIPM)在 1981 年原则上通过了这一建议书.从此以后,国际和国内的计量检定与对比等工作领域都在积极地研究与采用国际建议.近几年,不确定度表示体系经历了系统化、完善化和不断推广的过程.如 1993 年,国际标准化组织(ISO)等 7 个国际组织联名发表《测量不确定度表达指南》等文件.许多工业化国家相继颁布了不确定度表达的国家标准.我国也在国家标准文件和计量规范中逐步采用了不确定度的表达方式.1999 年,我国计量科学研究院经国家质量技术监督局批准,发布了《JJF1059—1999 测量不确定度评定与表示》(以下简称《评定与表示》)的中国国家计量技术规范,明确提出了测量结果的最终形式要用不确定度来进行评定与表示,由此不确定度在我国开始进入推广使用阶段. 近几年来,很多院校已在物理实验教学中采用不确定度来评定实验结果,但许多教材关于不确定度的评定方法和测量结果的表示不统一,学生的疑问也较多,而最新的《评定与表示》关于不确定度的计算对物理实验的初学者来说又显得十分复杂. 鉴于本课程的特点,我们在介绍有关知识时采用了一定程度的简化处理,使其具有较强的可操作性,当然也有其粗略的一面.

1.3.2　测量不确定度的基本概念

1. 测量不确定度的定义

测量不确定度按《评定与表示》被定义为:"表征合理地赋予被测量之值的分散性、与测量结果相联系的参数". 测量不确定度,如误差有系统误差、随机误差等一样,也由多个分量组成,并且这些分量可用统计方法、概率分布、经验判断等来评定,为一个正值. 或者说不确定度是一种表征被测量值所处范围的评定,真值以一定置信概率落在测量平均值附近的一个范围内. 即 $x=\bar{x}\pm u$(置信概率 P),u 为测量不确定度,区间$(\bar{x}-u,\bar{x}+u)$称置信区间. 表达式的含义是被测量的真值以一定的置信概率 P 落在区间$(\bar{x}-u,\bar{x}+u)$内.

2. 测量不确定度的分类

用标准偏差表示测量结果的不确定度,称为**标准不确定度**,以 u 表示. 以标准差的倍数表示的不确定度称为**扩展不确定度**或称为展伸不确定度,也可称为总不确定度,以 U 表示. 标准不确定度依其评定方法分为 A、B 两类:能用对观测列进行统计分析方法计算者,称为 **A 类标准不确定度**,以 u_A 表示;不同于 A 类的其他方法计算者,称为 **B 类标准不确定度**,以 u_B 表示. 各标准不确定度分量的合成称为**合成标准不确定度**,以 u_C 表示.

不确定度具体分类如下:

$$
\text{不确定度}
\begin{cases}
\text{标准不确定度}(u)
\begin{cases}
\text{A 类标准不确定度}(u_A)\\
\text{B 类标准不确定度}(u_B)\\
\text{合成标准不确定度}(u_C)
\end{cases}\\
\text{扩展不确定度}(U)(\text{总不确定度})
\end{cases}
$$

1.3.3　用测量不确定度评定测量结果的简化计算方法

1. 直接测量量不确定度的评定

1) 多次直接测量量的标准不确定度的评定

(1) A 类标准不确定度评定. 对直接测量来说,如果在相同条件下对某物理量 X 进行了 n 次独立重复测量,其测量值分别为 $x_1,x_2,x_3,\cdots,x_n$,用 $\bar{x}$ 来表示平均值,则

$$\bar{x} = \frac{1}{n}(x_1 + x_2 + x_3 + \cdots + x_n) = \frac{1}{n}\sum_{i=1}^{n} x_i \tag{1.3.1}$$

$s(x_i)$为某次测量的实验标准差,由贝塞尔公式计算得到

$$s(x_i) = \sqrt{\frac{1}{n-1}\sum_{i=1}^{n}(x_i-\overline{x})^2} \tag{1.3.2}$$

$s(\overline{x})$ 为平均值的实验标准差,其值为

$$s(\overline{x}) = \frac{s(x_i)}{\sqrt{n}} \tag{1.3.3}$$

由于多次测量的平均值比一次测量值更准确,随着测量次数的增多,平均值收敛于期望值. 因此,通常以样本的算术平均值 $\overline{x}$ 作为被测量值的最佳值,以平均值的实验标准差 $s(\overline{x})$ 作为测量结果的 A 类标准不确定度. 所以

$$u_A = s(\overline{x}) = \sqrt{\frac{1}{n(n-1)}\sum_{i=1}^{n}(x_i-\overline{x})^2} \tag{1.3.4}$$

当测量次数 n 不是很少时,对应的置信概率为 68.3%. 当测量次数 n 较少时,测量结果偏离正态分布而服从 t 分布,则 A 类不确定度分量 u_A 由 $s(\overline{x})$ 乘以因子 t_P 求得,即

$$u_A = t_P s(\overline{x}) \tag{1.3.5}$$

t_P 因子与置信概率和测量次数有关,可由表 1.3.1 查出.

表 1.3.1　t_P 因子表

测量次数 n	2	3	4	5	6	7	8	9	10	20	30	∞
$P=0.683$	1.84	1.32	1.20	1.14	1.11	1.09	1.08	1.07	1.06	1.03	1.02	1.00
$P=0.95$	12.7	4.30	3.18	2.78	2.57	2.45	2.36	2.31	2.26	2.09	2.05	1.96

在大多数普通物理实验教学中,为了简便,一般就取 $t_P=1$,这样,A 类不确定度可简化计算为 $u_A = s(\overline{x})$,但 u_A 与 $s(\overline{x})$ 概念不同.

(2) B 类标准不确定度评定. 由于 B 类不确定度在测量范围内无法用统计方法评定,一般可根据经验或其他有关信息进行估计. 从物理实验教学的实际出发,一般只考虑由仪器误差影响引起的 B 类不确定度 u_B 的计算. 在某些情况下,有的依据仪器说明书或检定书,有的依据仪器的准确度等级,有的则粗略地依据仪器的分度或经验,从这些信息可以获得该项系统误差的极限 Δ(有的标出容许误差或示值误差),而不是标准不确定度. 它们之间的关系为

$$u_B = \frac{\Delta}{C} \tag{1.3.6}$$

式中,C 为置信概率 $P=0.683$ 时的置信系数,对仪器的误差服从正态分布、均匀分布、三角分布,C 分别为 3、$\sqrt{3}$、$\sqrt{6}$. 在缺乏信息的情况下,对大多数普通物理实验测量可认为一般仪器误差概率分布函数服从均匀分布,即 $C=\sqrt{3}$. 物理实验中 Δ 主要与未定的系统误差有关,而未定系统误差主要是来自于仪器误差 Δ_{ins}(或 $\Delta_{仪}$),用仪器误差 Δ_{ins} 代替 Δ,所以一般 B 类不确定度可简化计算为

$$u_B = \frac{\Delta_{ins}}{\sqrt{3}} \tag{1.3.7}$$

常用仪器的 Δ_{ins} 值见表 1.3.2.

表 1.3.2　常用仪器的 Δ_{ins} 值

仪器名称	Δ_{ins}	仪器名称	Δ_{ins}
米尺	0.5mm	计时器	仪器最小读数(1s,0.1s,0.01s)
卡尺	0.05mm 或 0.02mm	物理天平	0.05g
千分尺	0.005mm	电桥	K%R(K—准确度或级别,R—示值)
分光计	$1'$ 或 $30''$(最小分度值)	电位差计	K%V(K—准确度或级别,V—示值)
读数显微镜	0.005mm	电阻箱	K%R(K—准确度或级别,R—示值)
各类数字仪表	仪器最小读数	电表	K%M(K—准确度或级别,M—量程)

（3）合成标准不确定度评定. 对于受多个误差来源影响的某直接测量量, 被测量量 X 的不确定度可能不止一项, 设其有 k 项, 且各不确定度分量彼此独立, 其协方差为零, 则用方和根方式合成, 称合成标准不确定度 u_{C}

$$u_{\text{C}} = \sqrt{\sum_{i=1}^{k} u_i^2} \tag{1.3.8}$$

式中, u_i 可以是 A 类评定标准不确定度, 也可以是 B 类评定标准不确定度或者两者都有.

事实上, 在大多数情况下, 我们遇到的每一类不确定度只有一项, 因此, 合成标准不确定度计算可简化为

$$u_{\text{C}} = \sqrt{u_{\text{A}}^2 + u_{\text{B}}^2} = \sqrt{s(\bar{x})^2 + \frac{\Delta_{\text{ins}}^2}{3}} \tag{1.3.9}$$

上式对应的置信概率为 $P = 68.3\%$.

评价测量结果, 有时也写出相对不确定度（u_r）, 相对不确定度常用百分数表示

$$u_r = \frac{u_{\text{C}}}{\bar{x}} \times 100\% \tag{1.3.10}$$

2）单次直接测量的标准不确定度的评定

在物理实验中, 常常由于条件不许可, 或测量准确度要求不高等原因, 对一个物理量只进行了一次直接测量. 这时, 不能用统计方法求标准偏差, 则不确定度计算可简化为

$$u_{\text{A}} = 0, \quad u_{\text{B}} = \Delta_{\text{ins}}/\sqrt{3}, \quad u_{\text{C}} = u_{\text{B}}$$

2. 误差的传递、间接测量量不确定度的评定

1）误差传递的基本公式

在科学实验和生产实践中, 常有许多量是不能进行直接测量, 或者进行直接测量有困难, 或者直接测量难以保证测量精度, 因而要用到间接测量, 这就是误差的传递.

设 N 为间接测量量, 且有

$$N = f(x, y, z, \cdots) \tag{1.3.11}$$

式中, $x, y, z, \cdots$ 是彼此独立的直接测量量, 对式（1.3.11）求全微分, 得

$$dN = \frac{\partial f}{\partial x} dx + \frac{\partial f}{\partial y} dy + \frac{\partial f}{\partial z} dz + \cdots \tag{1.3.12}$$

式（1.3.12）表示, 当 $x, y, z, \cdots$ 有增量 $dx, dy, dz, \cdots$ 时, N 也有增量. 如将 $dx, dy, dz, \cdots$, dN 看成误差, 此式即为误差传递公式了.

有时把式（1.3.11）取自然对数后再微分, 得

$$\frac{\mathrm{d}N}{N} = \frac{\partial \ln f}{\partial x}\mathrm{d}x + \frac{\partial \ln f}{\partial y}\mathrm{d}y + \frac{\partial \ln f}{\partial z}\mathrm{d}z + \cdots \tag{1.3.13}$$

式(1.3.11)和式(1.3.12)就是误差传递的基本公式. 可见, 一个量(如 x)的测量误差($\mathrm{d}x$)对于总误差($\mathrm{d}N$)的贡献, 不仅取决于其本身误差的大小, 还取决于误差传递系数$\left(\dfrac{\partial f}{\partial x}\text{或}\dfrac{\partial \ln f}{\partial f}\right)$.

2) 间接测量量不确定度的评定

设间接测量量 N 是由直接测量量 $x, y, z, \cdots$, 通过函数关系 $N = f(x, y, z, \cdots)$ 计算得到的, 其中 $x, y, z, \cdots$ 是彼此独立的直接测量量. 设 $x, y, z, \cdots$ 的不确定度分别为 $u_x, u_y, u_z, \cdots$, 它们必然会影响间接测量结果, 使 N 也有相应的不确定度. 由于不确定度是微小的量, 相当于数学中的"增量", 因此间接测量的不确定度的计算公式与数学中的全微分公式类似. 考虑到用不确定度代替全微分, 以及不确定度合成的统计性质, 可以用下式来简化计算间接测量量 N 的不确定度 u_N, 为

$$u_N = \sqrt{\left(\frac{\partial f}{\partial x}\right)^2 u_x^2 + \left(\frac{\partial f}{\partial y}\right)^2 u_y^2 + \left(\frac{\partial f}{\partial z}\right)^2 u_z^2 + \cdots} \tag{1.3.14}$$

如果我们先取对数, 再求全微分可得下面另一简化计算式, 为

$$\frac{u_N}{N} = \sqrt{\left(\frac{\partial \ln f}{\partial x}\right)^2 u_x^2 + \left(\frac{\partial \ln f}{\partial y}\right)^2 u_y^2 + \left(\frac{\partial \ln f}{\partial z}\right)^2 u_z^2 + \cdots} \tag{1.3.15}$$

由式(1.3.14)和式(1.3.15)知, 间接测量量 N 的不确定度与各直接测量量的不确定度 $u_x, u_y, u_z, \cdots$ 及各不确定度传递系数 $\dfrac{\partial f}{\partial x}, \dfrac{\partial f}{\partial y}, \dfrac{\partial f}{\partial z}, \cdots$ 有关. 表 1.3.3 列出了常用函数的不确定度合成公式.

表 1.3.3　常用函数的不确定度合成公式

函数式	不确定度合成公式
$N = x \pm y$	$u_N = \sqrt{u_x^2 + u_y^2}$
$N = xy$ 或 $N = \dfrac{x}{y}$	$u_{Nr} = \dfrac{u_N}{N} = \sqrt{\left(\dfrac{u_x}{x}\right)^2 + \left(\dfrac{u_y}{y}\right)^2}$
$N = kx$(k 为常数)	$u_N = ku_x \quad u_{Nr} = \dfrac{u_N}{N} = \dfrac{u_x}{x} = u_{xr}$
$N = x^n \quad (n = 1, 2, 3, \cdots)$	$u_{Nr} = \dfrac{u_N}{N} = n\dfrac{u_x}{x}$
$N = \sqrt[n]{x}$	$u_{Nr} = \dfrac{u_N}{N} = \dfrac{1}{n}\dfrac{u_x}{x}$
$N = \dfrac{x^k y^m}{z^n}$	$u_{Nr} = \dfrac{u_N}{N} = \sqrt{k^2\left(\dfrac{u_x}{x}\right)^2 + m^2\left(\dfrac{u_y}{y}\right)^2 + n^2\left(\dfrac{u_z}{z}\right)^2}$
$N = \sin x$	$u_N = \lvert \cos x \rvert u_x$
$N = \ln x$	$u_N = \dfrac{1}{x}u_x$

综上所述, 物理实验中的不确定度可简化计算为: 对直接单次测量, $u_A = 0$, $u_B = \Delta_{\text{ins}}/\sqrt{3}$, $u_C = u_B$; 对直接多次测量, 先求测量列算术平均值 $\bar{x}$, 再求平均值的实验标准偏差 $s(\bar{x})$,

$u_A = s(\bar{x})$，$u_B = \Delta_{ins}/\sqrt{3}$，$u_C = \sqrt{u_A^2 + u_B^2}$；对间接测量，先求各直接测量量的不确定度，再由式(1.3.14)或式(1.3.15)进行计算；最后把结果表示成 $N = \bar{N} \pm u_N$ 的形式.

例 3 $a = 3068 \pm 2$，求 $y = \ln a = ?$

解 按照不确定度传递公式

$$u_y = \frac{1}{a} u_a = \frac{1}{3068} \times 2 = 0.0007$$

所以

$$y = \ln a = 8.0288$$

或

$$y = 8.0288 \pm 0.0007$$

例 4 $\theta = 60°0' \pm 3'$，求 $x = \sin\theta = ?$

解 由不确定度传递公式

$$u_x = |\cos\theta| u_\theta = |\cos 60°| \frac{3 \times \pi}{60 \times 180} = 0.0004$$

所以

$$x = \sin 60°0' = 0.8660$$

或

$$x = 0.8660 \pm 0.0004$$

例 5 采用感量为 0.1g 的物理天平称量某物体的质量，其读数值为 35.41g，求物体质量的测量结果.

解 采用物理天平称物体的质量，重复测量读数值往往相同，故一般只需进行单次测量即可. 单次测量的读数即为近似真实值，$m = 35.41$g.

物理天平的"示值误差"通常取感量的一半，并且作为仪器误差，即

$$u_B = \Delta_{ins}/\sqrt{3} = 0.05/\sqrt{3} = 0.029\text{g} = u_C$$

测量结果为

$$m = (35.41 \pm 0.03)\text{g}$$

在例 5 中，因为是单次测量($n = 1$)，合成不确定度 $u_C = \sqrt{u_A^2 + u_B^2}$ 中的 $u_A = 0$，所以 $u_C = u_B$，即单次测量的合成不确定度等于非统计不确定度. 但是这个结论并不表明单次测量的 u 就小，因为 $n = 1$ 时，s_x 发散. 其随机分布特征是客观存在的，测量次数 n 越大，置信概率就越高，因而测量的平均值就越接近真值.

例 6 用螺旋测微计测量某一铜环的厚度 7 次，测量数据如下：

i	1	2	3	4	5	6	7
H_i/mm	9.515	9.514	9.518	9.516	9.515	9.513	9.517

求 H 的算术平均值和不确定度，写出测量结果.

解 (1) 求厚度 H 的算术平均值

$$\bar{H} = \frac{1}{7} \sum_{i=1}^{7} H_i = \frac{1}{7}(9.515 + 9.514 + \cdots + 9.517)\text{mm} = 9.515\text{mm}$$

（2）计算 B 类不确定度，螺旋测微器的仪器误差为 $\Delta_{\text{ins}} = 0.005\text{mm}$，则

$$u_B = \Delta_{\text{ins}} / \sqrt{3} = 0.003\text{mm}$$

（3）计算 A 类不确定度

$$u_A = s(\overline{H}) = \sqrt{\frac{1}{n(n-1)} \sum_{i=1}^{n} (H_i - \overline{H})}$$

$$= \sqrt{\frac{1}{7 \times 6} \left[(9.515 - 9.515)^2 + (9.514 - 9.515)^2 + \cdots + (9.517 - 9.515)^2 \right]}\text{mm}$$

$$= 0.0007\text{mm}$$

（4）计算 H 的合成不确定度

$$u_H = \sqrt{u_A^2 + u_B^2} = \sqrt{0.0007^2 + 0.003^2}\text{mm} = 0.004\text{mm}$$

所以

$$H = (9.515 \pm 0.004)\text{mm}$$

计算结果表明，H 的真值以 68.3% 的置信概率落在 [9.511mm，9.519mm] 区间内．

例 7　已知某铜环的外径 $D = (2.995 \pm 0.006)\text{cm}$，内径 $d = (0.997 \pm 0.003)\text{cm}$，高度 $H = (0.9516 \pm 0.0005)\text{cm}$，试求该铜环的体积及其不确定度，并写出测量结果表达式．

解　$\overline{V} = \dfrac{\pi}{4}(\overline{D}^2 - \overline{d}^2)\overline{H} = \dfrac{3.142}{4}(2.995^2 - 0.997^2) \times 0.9516\text{cm}^3 = 5.961\text{cm}^3$

$$\ln V = \ln \frac{\pi}{4} + \ln(D^2 - d^2) + \ln H$$

$$\frac{\partial \ln V}{\partial D} = \frac{2D}{D^2 - d^2}, \quad \frac{\partial \ln V}{\partial d} = -\frac{2d}{D^2 - d^2}, \quad \frac{\partial \ln V}{\partial H} = \frac{1}{H}$$

$$\frac{u_V}{\overline{V}} = \sqrt{\left(\frac{2\overline{D}}{\overline{D}^2 - \overline{d}^2}\right)^2 u_D^2 + \left(-\frac{2\overline{d}}{\overline{D}^2 - \overline{d}^2}\right)^2 u_d^2 + \left(\frac{1}{\overline{H}}\right)^2 u_H^2}$$

$$= \sqrt{\left(\frac{2 \times 2.995 \times 0.006}{2.995^2 - 0.997^2}\right)^2 + \left(\frac{2 \times 0.997 \times 0.003}{2.995^2 - 0.997^2}\right)^2 + \left(\frac{0.0005}{0.9516}\right)^2}$$

$$= 0.0046$$

$$u_V = 0.0046 \times \overline{V} = 0.0046 \times 5.961\text{cm}^2 = 0.03\text{cm}^3$$

所以

$$V = (5.96 \pm 0.03)\text{cm}^3$$

由于不确定度本身只是一个估计值，因此，在一般情况下，表示最后结果的不确定度只取一位有效数字，最多不超过两位（首位为 1 或 2 时保留两位）．在本课程实验中，**为了方便统一，不确定度取一位有效数字，尾数采用"只进不舍"的原则**，在运算过程中只需取 2 位数字计算即可，最后结果中测量值的末位数与不确定度的所在位数对齐，且两者的数量级和单位要相同．**相对不确定度取 1 位或 2 位有效数字．**

1.3.4　不确定度与误差的关系

不确定度和误差既是两个不同的概念，有着根本的区别，但又是相互联系的．不确定度和误差都是由测量过程的不完善引起的，而且不确定度概念和体系是在现代误差理论

的基础上建立和发展起来的. 如前所述,根据传统误差的定义,由于真值一般无从得知,则测量误差一般也是未知的,是不能准确得知的,误差是一个理想的概念. 不确定度则是表示由于测量误差的存在而对被测量值不能确定的程度,反映了可能存在的误差分布范围,表征被测量的真值所处的量值范围的评定,所以不确定度能更准确地用于测量结果的表示.

应当指出,不确定度概念的引入并不意味着"误差"一词需放弃使用. 实际上,误差仍可用于定性地描述理论和概念的场合. 我们没有必要将误差理论改为不确定度理论,或将误差源改为不确定度源. 某些术语,如误差分析和不确定度分析等都是可以并存的,可以保留原来的名称. 而在具体计算和表示计算结果时,应改为不确定度. 总之,凡是涉及具体数值的场合均应使用不确定度来代替误差,以避免出现将已知值赋予未知量的矛盾.

1.4　实验数据处理方法

实验必须采集大量数据,数据处理是指从获得数据开始到得出最后结论的整个加工过程,它包括数据记录、整理、计算与分析等,从而寻找出测量对象的内在规律,正确地给出实验结果. 因此,数据处理是实验工作不可缺少的一部分. 数据处理涉及的内容很多,本课程介绍常用的四种方法.

1.4.1　列表法处理实验数据

对一个物理量进行多次测量,或者测量几个量之间的函数关系,往往借助于列表法把实验数据列成表格. 列表法的优点是使大量数据表达清晰醒目,有条理,易于核查和发现问题,避免差错,同时有助于反映出物理量之间的相互关系和规律. 所以,设计一个简明醒目、合理美观的数据表格,是每一个同学都要掌握的基本技能.

列表没有统一的格式,但所设计的表格要能充分反映上述优点,一般应注意以下几点:

(1) 首先要写明数据表格的名称,必要时还应提供有关参数. 例如,所引用的物理常数、实验时的环境参数(温度、湿度、大气压等)、测量仪器的误差限等;

(2) 各栏目均应注明所记录的物理量的名称(符号)和单位,单位及量值的数量级写在标题栏中,不要重复记在各个数值上;

(3) 栏目的顺序应充分注意数据间的联系和计算顺序,力求简明、齐全、有条理;

(4) 表中的原始测量数据应正确反映有效数字,数据不应随便涂改,确实要修改数据时,应将原来数据画条杠以备随时查验;

(5) 对于函数关系的数据表格,应按自变量由小到大或由大到小的顺序排列,以便于判断和处理.

实验数据表格中除了原始测量数据外,还应包括有关计算结果(包括一些中间计算结果),如平均值、误差或不确定度等.

1.4.2　图示法和图解法处理实验数据

图线能够明显地表示出实验数据间的关系,并且通过它可以找出两个量之间的数学关系,因此图示法和图解法是一种广泛用于处理实验数据的重要方法.

1. 图示法的作用和优点

(1) 图示法简明直观,它不仅显示出各物理量之间的关系、变化趋势,而且能显示图线上变量的极大值、极小值、转折点、周期性和某些奇异性,使人看了一目了然.

(2) 在很多情况下,物理量之间的关系很难用一个简单的解析函数来表示,或者没有必要得出函数表达式,如一天内的气温变化、晶体管的特性曲线等等.这时图示法就成为一种主要的表示方法了.

(3) 如果图线是依据测量数据点绘出的平滑曲线,则作图法有多次测量取平均的效果.

(4) 在图线上能方便地发现实验中的个别测量错误,并根据图线对实验的误差进行分析.

(5) 在图示基础上,用图解法可方便地求出实验需要的某些结果.例如对直线,可从图线上求出斜率和截距等(物理问题中,直线的斜率和截距往往代表了某些重要的物理参数).

2. 作图步骤与规则

1) 选择合适的作图纸

作图要用坐标纸,常用的坐标纸有直角坐标纸(即毫米方格纸)、单对数坐标纸、双对数坐标纸和极坐标纸等,应根据需要选用合适的坐标纸.本课程中主要采用直角坐标纸.

坐标纸的大小要根据实验数据的有效数字和对测量结果的需要来确定.原则上应能包含所有的实验点,并且尽量不损失实验数据的有效数字位数.即图上的最小格与实验数据的有效数字的最小准确数字位对应.

2) 确定坐标轴和注明坐标分度

通常以横坐标(x 轴)表示自变量,纵坐标(y 轴)表示因变量,在坐标纸上画出坐标轴.并用箭头表示出方向(千万不要认为方格纸上有线条就不需要画出坐标轴了),注明坐标轴所代表的物理量的名称(或符号)及单位.

在坐标轴上每隔一定间距,用整齐的数字标明物理量的数值,即标注坐标分度.合理选坐标轴、正确分度是作图效果的关键.

在注明坐标分度时应注意:

坐标轴的分度应使每个实验点的坐标值都能正确、迅速、方便地找到,凡是难以直接读数的分度值都是不合理的.常用一大格代表 1、2、5、10 个单位,而不代表 3、6、7、9 个单位;也不用 3、6、7、9 个小格代表一个单位.

作出的图线最好充满整个图纸而不是偏于一边或一角.例如,直线与横轴的夹角控制在 45°左右为宜.纵横坐标轴的长度按 4∶5 或 5∶4 匹配较好.坐标轴的起点不一定从零开始,一般用小于实验数据最小值的某一整数作为起始点,用大于实验数据最大值的某一整数作为终点进行坐标分度,这样图纸可以被充分利用.

3) 正确标出测量标志点

实验数据点在图纸上用"＋"符号标出,"＋"号要用直尺和削尖的铅笔清楚地画出,并将其交叉点落在实验测量数据对应的坐标位置上. 若在同一张图上作几条实验曲线,各条曲线的实验数据点应该用不同符号(如×、⊙等)标出,以示区别. 一般不用"·"作为标志符号,因为它易与尘埃或图纸的缺陷点等混淆而发生错漏,作完图后标点的"＋"也不要擦掉.

4) 连接实验图线

用直尺、曲线板和削尖的铅笔,根据实验数据点的分布趋势作光滑连续的曲线或直线(除校准曲线外,一般都不连折线). 连线要用透明直尺或三角板、曲线板等拟合. 因为测量值有一定误差,所以图线不一定要通过所有的实验点,但也应均匀分布在曲线两侧,与曲线的距离尽可能小. 个别偏离曲线较远的点,应检查标点是否错误,若无误表明该点可能是错误数据,在连线时不予考虑.

5) 图注和说明

在图纸的明显位置上标明图线的名称、作者、作图日期和简单说明(如实验条件、数据来源、图注等). 图线的名称要正确完整,不要随意简化,以免意义不清. 最后将图纸贴在实验报告纸上.

3. 图解法

根据已作好的实验图线,运用解析几何的知识求解图线的各种参数,得到曲线方程即经验公式的方法,称为图解法. 特别是当图线是直线时,图解法求解参数极为方便.

直线图解的步骤如下:

(1) 选取解析点. 在直线的两端任取两点(解析点)$A(x_1, y_1)$、$B(x_2, y_2)$,其坐标值最好是整数,用与实验数据点不同的记号将它们表示出来,并在旁边按正确的有效数字注明其坐标值. 为了减小相对误差,所取两点应在实验范围内尽量彼此远一点,但不能取原始实验数据.

(2) 计算直线的斜率和截距. 将所取解析点 A 与 B 的坐标值代入直线方程 $y = kx + b$,解得直线斜率 k 和截距 b,分别为

$$斜率 \quad k = \frac{y_2 - y_1}{x_2 - x_1}$$

$$截距 \quad b = \frac{x_1 y_2 - x_2 y_1}{x_2 - x_1}$$

如果横坐标的起点为零,则直线的截距也可以从图中直接读出.

注意:图解所得斜率和截距都是有单位的物理量;

　　　不能用纵坐标和横坐标的几何长度比值来求斜率(为什么?).

4. 曲线的改直

由于直线最易描绘,且直线方程的两个参数(斜率和截距)也较易算得. 而在实际工作中,许多物理量之间的关系不一定都是线性的,所以用图解法时需经过适当的数学变换使之成为线性关系,即把曲线变成直线,这种方法称为曲线的改直. 曲线改直给实验数据的处理带来很大的方便,下面为几种常用的变换方法:

(1) $xy = c$(c 为常数). 令 $z = \dfrac{1}{x}$,则 $y = cz$,即 y 与 z 为线性关系;

(2) $x = c\sqrt{y}$(c 为常数). 令 $z = x^2$, 则 $y = \dfrac{1}{c^2}z$, 即 y 与 z 为线性关系;

(3) $y = ax^b$(a 和 b 为常数). 等式两边取对数得, $\lg y = \lg a + b \lg x$. 于是, $\lg y$ 与 $\lg x$ 为线性关系, b 为斜率, $\lg a$ 为截距;

(4) $y = ae^{bx}$(a 和 b 为常数). 等式两边取自然对数得, $\ln y = \ln a + bx$. 于是, $\ln y$ 与 x 为线性关系, b 为斜率, $\ln a$ 为截距.

根据以上变换, 可以对一些实际问题进行处理, 如:

(1) 等温方程 $PV = C$, C 为常数. 作 $P\text{-}\dfrac{1}{V}$ 图得直线, 斜率为 C.

(2) 匀变速直线运动 $s = v_0 t + \dfrac{1}{2}at^2$, v_0、a 为常数. 两边同除以 t 得 $\dfrac{s}{t} = v_0 + \dfrac{1}{2}at$, 作 $\dfrac{s}{t}\text{-}t$ 图得直线, 斜率为 $\dfrac{1}{2}a$, 截距为 v_0.

(3) 电容充放电方程 $q = Qe^{\frac{-t}{RC}}$, Q、R、C 为常数. 两边取自然对数 $\ln q = \ln Q - \dfrac{1}{RC}t$, 作 $\ln q\text{-}t$ 图得直线, 斜率为 $\dfrac{1}{RC}$、截距为 $\ln Q$.

例 8 金属电阻与温度的关系可近似表示为 $R = R_0(1 + \alpha t)$, R_0 为 $t = 0℃$ 时的电阻, α 为电阻的温度系数. 实验数据见下表, 试用图解法建立电阻与温度关系的经验公式.

i	1	2	3	4	5	6	7
$t/℃$	10.5	26.0	38.3	51.0	62.8	75.5	85.7
R/Ω	10.423	10.892	11.201	11.586	12.025	12.344	12.679

解 温度 t 起点 $10.0℃$, 电阻 R 起点 10.400Ω. 比例测算, t 轴: $\dfrac{90.0 - 10.0}{17} = 4.7$, 故取为 $5.0℃/\text{cm}$; R 轴: $\dfrac{12.800 - 10.400}{25} = 0.096$, 故取为 $0.100\Omega/\text{cm}$. 对照比例选择原则知, 选取的比例满足要求. 所绘图线如图 1.4.1 所示.

在图线上取两点 $A(13.0, 10.500)$ 和 $B(83.5, 12.600)$, 斜率和截距计算如下:

$$b = \frac{y_2 - y_1}{x_2 - x_1} = \frac{12.600 - 10.500}{83.5 - 13.0}\Omega/℃ = \frac{2.100}{70.5}\Omega/℃ = 0.0298\Omega/℃$$

$$R_0 = R_1 - bt_1 = (10.500 - 0.0298 \times 13.0)\Omega = (10.500 - 0.387)\Omega = 10.113\Omega$$

$$\alpha = \frac{b}{R_0} = \frac{0.0298}{10.113}℃ = 2.95 \times 10^{-3}℃$$

所以, 铜丝电阻与温度的关系为

$$R = 10.113 \times (1 + 2.95 \times 10^{-3}t)\ \Omega$$

1.4.3 逐差法处理实验数据

由误差理论可知, 算术平均值最接近真值. 因此, 实验中应尽量实现多次测量. 但在某

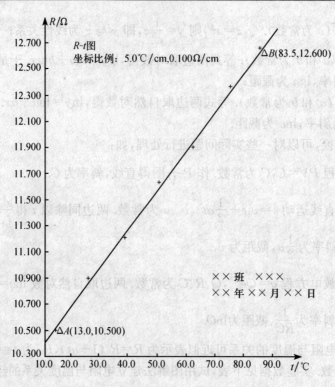

图 1.4.1　铜丝电阻与温度关系曲线图

些实验中，如果简单地取各次测量的平均值，不仅不能得到好的效果，反而白白浪费了许多测量数据. 因此需要在数据处理方法上作一些变化，逐差法即为物理实验中经常采用的数据处理方法之一.

1. 逐差法使用的条件

（1）函数具有 $y=kx+b$ 的线性关系或 x 的多项式（$y=a_0+a_1x+a_2x^2+\cdots+a_nx^n$）.

（2）自变量 x 为等间距变化，即 x 的每个改变量 δx 都相等，δx 即为间距.

2. 逐差法处理数据的优点

逐差法的优点在于可以充分利用实验中测量采集的数据，达到对数据取平均（即保持多次测量的优越性，减少偶然误差）的效果，而且还可以最大限度地保证不损失有效数字、减少相对误差.

3. 逐差法处理数据的方法

所谓逐差法就是把实验测量数据分成高、低两组实行对应项相减.

例如用约利弹簧秤测弹簧的倔强系数，每次增加的重量为 1g，连续增加 n 次（n 取奇数，测量次数为偶数），其相应的弹簧伸长量为 $x_0,x_1,\cdots,x_{i-1},x_i,x_{i+1},\cdots,x_n$. 现把数据分成前后两组，设第 i 项为后一组的第一项，$i=\dfrac{n+1}{2}$，即第一组是 $x_0,x_1,\cdots,x_{i-1}$，第二组

是 $x_i, x_{i+1}, \cdots, x_n$. 对应项相减求得差值是

$$\Delta x_1 = x_i - x_0$$
$$\Delta x_2 = x_{i+1} - x_1$$
$$\cdots\cdots$$
$$\Delta x_i = x_n - x_{i-1}$$

平均值为

$$\overline{\Delta x} = \frac{\Delta x_1 + \Delta x_2 + \cdots + \Delta x_i}{i}$$
$$= \frac{(x_i - x_0) + (x_{i+1} - x_1) + \cdots + (x_n - x_{i-1})}{i}$$

$\overline{\Delta x}$ 即为增加 i 克砝码时弹簧的平均伸长量.

利用逐差法在必要时也可求出线性方程的斜率和截距,如设实验测量中得到一组对应数据 $x_1, x_2, \cdots, x_n$ 和 $y_1, y_2, \cdots, y_n$. n 是测量次数(为偶数),y 与 x 之间呈线性变化关系 $y = kx + b$. 令 $s = n/2$,将实验数据分成前后两组,将后组各数据与前组各对应数据相减,得

$$\Delta y_1 = y_{s+1} - y_1 = k(x_{s+1} - x_1) = k\Delta x_1$$
$$\Delta y_2 = y_{s+2} - y_2 = k(x_{s+2} - x_2) = k\Delta x_2$$
$$\cdots\cdots$$
$$\Delta y_s = y_{2s} - y_s = k(x_{2s} - x_s) = k\Delta x_s$$

于是得到

$$k = \frac{\overline{\Delta y}}{\overline{\Delta x}} = \frac{\sum\limits_{i=1}^{s} \Delta y_i}{\sum\limits_{i=1}^{s} \Delta x_i} = \frac{\sum\limits_{i=1}^{s} (y_{s+i} - y_i)}{\sum\limits_{i=1}^{s} (x_{s+i} - x_i)}$$

求截距 b 时,可将斜率 k 代入方程 $y_i = kx_i + b$ 得 $2n$ 个 b_i 后取平均.

逐差法计算简便,在测量过程中,一般先将实验测量数据进行逐项相减,用来检验线性变化的优劣,以便及时发现问题.

逐差法处理实验数据分别在本课程的测定液体的表面张力系数、用拉伸法测定金属丝杨氏弹性模量、声速测定和牛顿环干涉等许多实验中得到广泛应用.

1.4.4 最小二乘法

作图法在实验数据处理中虽然是一种直观而便利的方法,但在图线的绘制过程中往往会引入附加误差. 人工拟合直线(或曲线)时有一定的主观随意性,不同的人用同一组测量数据作图,可以得出不同的结果,因此有时不如用数学解析的方法,从一组实验数据中找出一条最佳拟合曲线(即寻求一个误差最小的实验方程),这个过程称为方程的回归. 回归法中最常用的数学方法是最小二乘法. 本课程仅讨论实验中常用的一元线性回归,即直线拟合问题.

最小二乘法的原理是:若能找到一条最佳的拟合曲线,那么各测量值与这条拟合曲线

上对应点之差(即偏差)的平方和为最小.

　　设某实验获得的一系列测量值为$(x_i,y_i)(i=1,2,3,\cdots,n)$,若物理量 y 和 x 之间存在线性关系,一元线性回归方程为

$$y=a+bx$$

最小二乘法就是要用实验数据来确定方程中的待定常数 a 和 b,即直线的斜率和截距.

　　为了方便,我们讨论最简单的情况,即每个测量值都是等精度的,且假定自变量的测量精度比因变量的高,主要误差都出现在 y_i 的观测上.如果 x_i 和 y_i 均有误差,只要把误差相对较小的变量作为 x_i 即可.对于每一个 x_i,在直线上有一点 $Y_i=a+bx_i$,则测量值 y_i 与直线上对应点 Y_i 的差值为 $\varepsilon_i=y_i-Y_i=y_i-(a+bx_i)$,我们将这些误差归结为 y_i 的测量偏差,并记为 $\varepsilon_1,\varepsilon_2,\cdots,\varepsilon_n$,如图 1.4.2 所示.这样,将实验数据$(x_i,y_i)$代入方程 $y=a+bx$ 后,得到

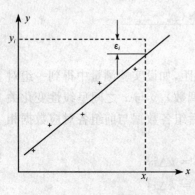

图 1.4.2　y_i 的测量偏差

$$\left.\begin{array}{l} y_1-(a+bx_1)=\varepsilon_1 \\ y_2-(a+bx_2)=\varepsilon_2 \\ \cdots\cdots \\ y_n-(a+bx_n)=\varepsilon_n \end{array}\right\}$$

　　我们要利用上述的方程组来确定 a 和 b,那么 a 和 b 要满足什么要求呢? 显然,比较合理的 a 和 b 是使 $\varepsilon_1,\varepsilon_2,\cdots,\varepsilon_n$ 数值都比较小.但是,每次测量的误差不会相同,反映在 $\varepsilon_1,\varepsilon_2,\cdots,\varepsilon_n$ 大小不一,而且符号也不尽相同,所以只能要求总的偏差最小,即

$$\sum_{i=1}^{n}\varepsilon_i^2 \to \min$$

令 ε_i 的平方和为 S

$$S=\sum_{i=1}^{n}\varepsilon_i^2=\sum_{i=1}^{n}(y_i-a-bx_i)^2$$

可见,S 是 a 和 b 的函数.根据最小二乘法原理,使 S 为最小的条件是

$$\frac{\partial S}{\partial a}=0,\quad \frac{\partial S}{\partial b}=0,\quad \frac{\partial^2 S}{\partial a^2}>0,\quad \frac{\partial^2 S}{\partial b^2}>0$$

由一阶微商为零得

$$\left.\begin{array}{l} \dfrac{\partial S}{\partial a}=-2\displaystyle\sum_{i=1}^{n}(y_i-a-bx_i)=0 \\[3mm] \dfrac{\partial S}{\partial b}=-2\displaystyle\sum_{i=1}^{n}(y_i-a-bx_i)x_i=0 \end{array}\right\}$$

解得

$$a = \frac{\sum_{i=1}^{n} x_i \sum_{i=1}^{n} (x_i y_i) - \sum_{i=1}^{n} x_i^2 \sum_{i=1}^{n} y_i}{\left(\sum_{i=1}^{n} x_i\right)^2 - n \sum_{i=1}^{n} x_i^2} \tag{1.4.1}$$

$$b = \frac{\sum_{i=1}^{n} x_i \sum_{i=1}^{n} y_i - n \sum_{i=1}^{n} (x_i y_i)}{\left(\sum_{i=1}^{n} x_i\right)^2 - n \sum_{i=1}^{n} x_i^2} \tag{1.4.2}$$

引入符号 $\bar{x} = \frac{1}{n}\sum_{i=1}^{n} x_i$，$\bar{y} = \frac{1}{n}\sum_{i=1}^{n} y_i$，$\bar{x}^2 = \left(\frac{1}{n}\sum_{i=1}^{n} x_i\right)^2$，$\overline{x^2} = \frac{1}{n}\sum_{i=1}^{n} x_i^2$，$\overline{xy} = \frac{1}{n}\sum_{i=1}^{n} (x_i y_i)$，则

$$a = \bar{y} - b\bar{x} \tag{1.4.3}$$

$$b = \frac{\bar{x} \cdot \bar{y} - \overline{xy}}{\bar{x}^2 - \overline{x^2}} \tag{1.4.4}$$

由式(1.4.3)和式(1.4.4)计算出的 a 和 b，就是线性回归方程中的待定参数 a 和 b 的最佳估计值. 应该承认，由式(1.4.3)和式(1.4.4)确定的回归系数 a 和 b 虽然是最佳的，但并不是没有误差. 它们的误差计算比较复杂，一般来说，如果实验点对直线的偏离大(即 ε_i 大)，那么由这列数据求得的 a 和 b 的误差也大，由此定出的经验公式可靠程度就低；反之，如果实验点对直线的偏离小(即 ε_i 小)，那么由这列数据求得的 a 和 b 的误差也小，由此定出的经验公式可靠程度就高.

在待定参数 a 和 b 确定以后，为了判断所得结果是否合理，通常用相关系数 r 来检验，对于一元线性回归，相关系数 r 定义为

$$r = \frac{\overline{xy} - \bar{x} \cdot \bar{y}}{\sqrt{(\overline{x^2} - \bar{x}^2)(\overline{y^2} - \bar{y}^2)}} \tag{1.4.5}$$

式中，$\bar{y}^2 = \left(\frac{1}{n}\sum_{i=1}^{n} y_i\right)^2$，$\overline{y^2} = \frac{1}{n}\sum_{i=1}^{n} y_i^2$.

可以证明，r 值在 -1 和 $+1$ 之间(即 $|r|$ 值总是在 0 和 1 之间). $|r|$ 值越接近 1，说明实验数据点密集地分布在所拟合的直线附近，用最小二乘法进行线性回归是合适的. $|r|=1$ 表示变量 x、y 完全线性相关，拟合直线通过全部实验数据点. 相反，$|r|$ 值越小线性越差，如果 $|r|$ 远小于 1 而接近于 0，用线性回归来推测实验数据的变化规律与实际差异很大，应采用其他函数曲线或方法进行拟合. 一般 $|r| \geqslant 0.9$ 时可认为两个物理量之间存在较密切的线性关系，此时用最小二乘法直线拟合才有实际意义，如图 1.4.3 所示.

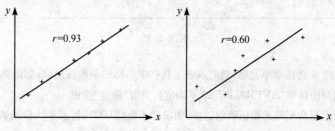

图 1.4.3　相关系数与线性关系

最小二乘法作线性回归在科学实验中的应用十分广泛,特别是计算机普及后,计算工作量已大大减轻.而且许多袖珍型函数计算器上均具有二维统计功能,可直接使用计算器上的功能键迅速得到$|r|$及a和b的数值.

附:使用 Excel 处理实验数据

Excel 是一种先进的多功能集成软件,具有强大的数据处理、分析、统计等功能.它最显著的特点是函数功能丰富、图表种类繁多.使用者能在表格中定义运算公式,利用软件提供的函数功能进行复杂的数学分析和统计,并利用图表来显示工作表中的数据点及数据变化趋势.物理实验数据处理的常用方法——列表法、作图法、逐差法、曲线(包括直线)拟合、最小二乘法,均可方便快速地在 Excel 中实现.下面我们主要对中文版 Excel 处理物理实验数据作些简要介绍.

1. 用 Excel 记录实验数据、绘制表格、简单数据处理和简单作图

先学习使用它的第一步——记录测量数据,这叫做建立工作表.然后再学习利用它的函数功能——计算一组数据的算术平均值,最后用它画出最简单的图表.

例 1　建立如下表格,记录某一周内每一天的最高气温,画成图表,并且求出它们的平均值.

日期 D/天	1	2	3	4	5	6	7	平均值
温度 T/℃	15.0	17.5	18.5	21.0	16.0	14.5	22.0	

解　可以按照下面的方法操作:

(1) 进入 Excel 的界面后,用鼠标点击选定 A1 单元格,使其成为活动单元格,处于可以输入数据的状态,然后输入 D 表示日期.

(2) 在 B1,C1,…,H1 各单元格中顺序输入数据 1,2,…,7.

(3) 在 A2 单元格输入字母 T 表示温度,在 B2,C2,…,H2 各单元格中顺序输入各天的温度值 15.0,17.5,…,22.0.以上操作完成后,屏幕上的工作表如附图 1.1 所示.

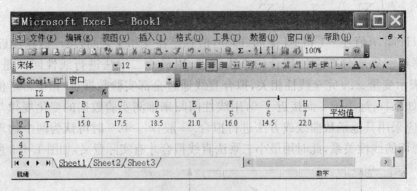

附图 1.1

(4) 选定空白的 I2 为活动单元格,然后点击工具栏中的粘贴函数对话框,如附图 1.2 所示.从对话框的"函数分类"窗口中选择"AVERAGE"(求平均值),点击"确定"按钮.

注:Excel 中有大量常用的函数供我们选择,如求和函数(SUM)、算术平均值函数(AVERAGE)、标准偏差函数(STDEV)、计数函数(COUNT、COUNTIF)、线性回归拟合方程的斜率函数(SLOPE)、线性

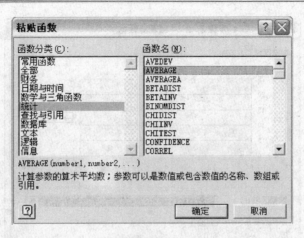

附图 1.2

回归拟合方程的截距函数(INTERCEPT)、截性回归拟合方程的预测值函数(FORECAST)、相关系数函数(CORREL)、t 分布函数(TINV)等.

(5) 这时有出现一个计算平均值的对话框,如附图 1.3 所示,要求你选择对哪些数值取平均值. 在闪动着光标的写有"Number1"窗口中输入"B2：H2",或者用拖动鼠标的方法选取 B2 到 H2 这七个单元格中的数据,(这时会出现流动的虚线框把这七个数据包起来). 再按"确定"钮,则对话框消失,而在 I2 单元格中就显示出平均值"17.785 71". 小数位数这么多,是因为计算机的计算精度很高,当然你也可以通过设定该单元格数值类型,取小数点后位数为一位即可显示 17.8.

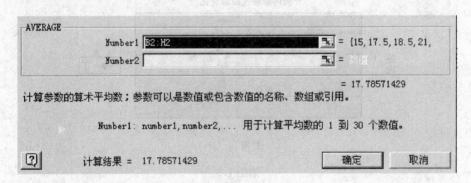

附图 1.3

接下来是画温度变化的曲线.

(1) 点击界面上工具栏中的"图表向导"按钮,则出现图表类型对话框. 在"图表类型"窗口中选择第五种,即"XY 散点图",在"子图表类型"中选择左下角的"折线散点图",点击"下一步"按钮.

(2) 这时出现了图表源数据对话框. 在"数据区域"窗口中输入"B1：H2",在"系列产生在"标题后面的两个选项中,用鼠标选择"行",就出现了附图 1.4 所示的状态,可以预览到图线的形状. 点击"下一步"按钮.

(3) 这时出现了"图表选项"对话框,它有五个选项卡. 在"标题"卡的"图表标题"窗口中输入"一周内最高气温的变化",在 X 轴窗口中输入"日期",在 Y 轴窗口中输入"温度". 点击"完成"按钮,于是得到了附图 1.5 所示的图线.

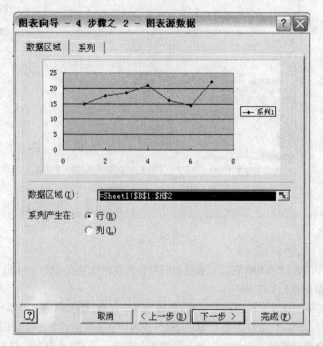

附图 1.4

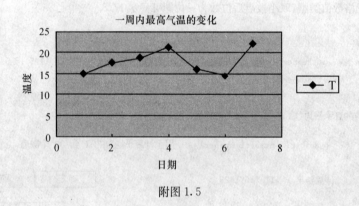

附图 1.5

2. 用 Excel 的数据进行线性回归分析

用线性回归的方法处理实验数据比较繁杂,需进行大量的计算工作. 而使用 Excel 来处理便会使这个过程变得非常简单方便.

例 2　将测一电阻丝在不同温度下的电阻值的数据输入到 Excel 工作表中,如附图 1.6 所示.

解　(1) 单击"工具"菜单上"数据分析"命令,在弹出的"数据分析"窗口的"分析工具"列表框中,选择"回归",单击"确定"按钮,如附图 1.7 所示.

(2) 在弹出的"回归"对话框的"输入"域中输入 R 值的数据所在的单元格区域和 θ 值的数据所在的单元格区域;在"输出选项"中选择"输出区域"单选按钮并输入要显示结果的单元格(若需要作线性拟合图,还可在"残差"域中选择复选按钮"线性拟合图". 单击"确定"按钮,如附图 1.8 所示.

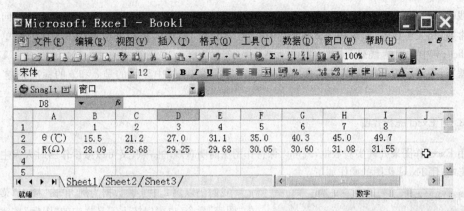

附图 1.6

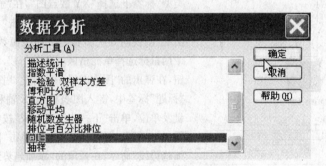

附图 1.7

	A	B	C	D	E	F	G	H	I
1		1	2	3	4	5	6	7	8
2	θ(℃)	15.5	21.2	27.0	31.1	35.0	40.3	45.0	49.7
3	R(Ω)	28.09	28.68	29.25	29.68	30.05	30.60	31.08	31.55
4	SUMMARY OUTPUT								
5									
6	回归统计								
7	Multiple	0.999976							
8	R Square	0.999951							
9	Adjusted	-1.33333							
10	标准误差	0.008949							
11	观测值	1							
12									
13	方差分析								
14		df	SS	MS	F	gnificance F			
15	回归分析	8	9.856269	1.232034	123068.4	#NUM!			
16	残差	6	0.000481	8.01E-05					
17	总计	14	9.85675						
18									
19		Coefficient	标准误差	t Stat	P-value	Lower 95%	Upper 95%	下限 95.0%	上限 95.0%
20	X Variabl	26.52766	0.010046	2640.653	1.99E-19	26.50308	26.55224	26.50308	26.55224
21	X Variabl	0.101053	0.000288	350.8111	3.62E-14	0.100348	0.101757	0.100348	0.101757

附图 1.8

线性回归分析的很多计算数值都可显示出来,其中,有我们的实验数据处理要求的线性回归方程的常数、相关系数等.如附图 1.8 所示,单元格"Multiple"显示的是相关系数 $r=0.999\ 976$;单元格"Coefficient"中显示的线性回归方程的截距 $a=26.527\ 66(\Omega)$ 及斜率 $b=0.101\ 053(\Omega/℃)$;"标准误差"行中显示的是测量值 R 的标准偏差 S_R;"标准误差"列中显示的是 a 和 b 的标准偏差 S_a 和 S_b 等.

3. 用 Excel 进行作图

用 Excel 作图来处理实验数据,既可以保持作图法简明直观的特点,又可以减少作图时人为主观因素的影响.用 Excel 作图的操作如下:

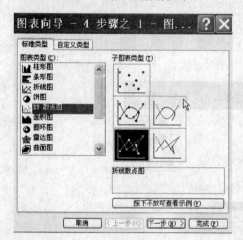

附图 1.9

我们仍以例 2 中实验数据为例,单击"插入"菜单中的"图表"命令(也可以按下工具栏中的"图标"按钮),在弹出的"图表向导…步骤之 1-图表类型"对话框的"标准类型"标签下选择"XY 散点图",在"子图表类型"中选择折线散点图.如附图 1.9 所示.单击"下一步"按钮,在弹出的"图表向导…步骤之 2-图表源数据"中"数据区域"中用鼠标选择单元格区域"B2:I3",再单击"下一步"按钮,在弹出的"图表向导…步骤之 3-图表选项"对话框的"标题"标签中,键入图表标题、X 轴和 Y 轴代表的物理量及单位,单击"下一步"和"完成"按钮后即可显示如附图 1.10 所示的折线散点图.再单击"图表"菜单中的"添加趋势线"命令,在弹出的"添加趋势线"对话框中,单击"类型"标签后,根据实验数据所体现的关系或规律,从"线性"、"乘幂"、"对数"、"指数"、"多项式"等类型中,选择一个适当的拟合图线,如本例中选择"线性".单击"选项"标签,在"趋势预测"域中通过前推和倒推的数字增减框可将图线按需要延长,以便应用外推法;选中"显示公式"复选按钮,可得出图线的经验公式,省去了求常数的过程;选中"显示 R 的平方值"复选按钮,可得出相关系数的平方值,以判别拟合图线是否合理.最后单击"确定"按钮.

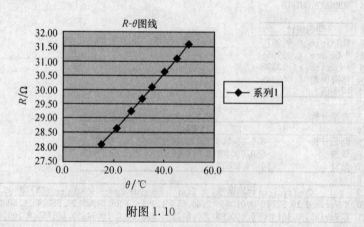

附图 1.10

这时的图线并不符合实验作图的要求,还可以通过"图表选项"、"坐标轴格式"、"数据系列格式"、"绘图区格式"等对话框(均可通过点击所需修改的项目,利用鼠标右键实现),对标度、有效数字等方面进行编辑处理,即可得出符合作图法要求的图线,如附图 1.11 所示.

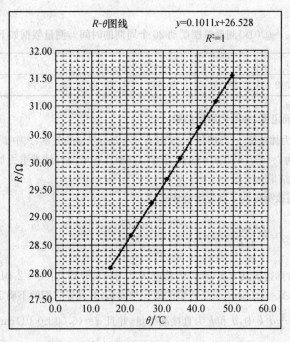

附图 1.11

练　习　题

1. 指出下列情况属于偶然误差还是系统误差?

(1) 视差;(2) 天平零点漂移;(3) 游标卡尺零点不准;(4) 照相底板收缩;(5) 水银温度计毛细管不均匀;(6) 电表的接入误差.

2. 试判断下列测量是直接测量还是间接测量? 你还能举出哪些例子?

(1) 用弹簧测量力的大小;(2) 用天平称物体质量;(3) 用伏安法测量电阻;(4) 用单摆测量重力加速度.

3. 有下列几个读数:

(1) 长度 13.10cm;(2) 长度 139cm;(3) 长度 91.4×10^2 cm;(4) 温度 1035℃;(5) 质量 0.002g.

问:各数中哪几位是准确数字? 哪位是欠准数字? 各有几位有效数字?

4. 用最小刻度为 1 mm 的钢质米尺测量一金属块长度,不同的人得到的数据分别为:4.986cm、4.986 6cm、4.9cm、4.98cm.

问:这些数据中,哪个记录得正确,哪个不正确? 为什么?

5. 试比较下列测量的优劣:

(1) $x_1 = (55.98 \pm 0.03)$mm;(2) $x_2 = (0.488 \pm 0.004)$mm;(3) $x_3 = (0.009 \pm 0.002)$mm;(4) $x_4 = (1.98 \pm 0.05)$mm.

6. 根据有效数字运算规则计算下列各题:

(1) $327.0 + 0.18$;(2) $25 \times 10^2 - 27$;(3) $3.71 \div (1 \times 10^3)$;(4) $(178.5 + 0.834) \times 3.00^2 \pi$;

(5) $\dfrac{0.427 \times (72.6 + 4.38)}{223.7 - 219.3}$.

7. 有两个测量结果:(18.634±0.020)cm,(9.040±0.01)cm 对不对? 如果不对请改正,并说明为什么.

8. 用电子秒表($\Delta_{仪}=0.01s$)测量单摆摆动 20 个周期的时间 t,测量数据如下:

i	1	2	3	4	5	6	7
t/s	20.12	20.19	20.11	20.13	20.14	20.12	20.17

试求周期 T 及测量不确定度,并写出测量结果.

9. 利用单摆测重力加速度 g,当摆角 $\theta < 5°$时有 $T \approx 2\pi \sqrt{l/g}$ 的关系,式中 l 为摆长,T 为摆动周期,它们的测量结果分别为 $l=(97.69\pm0.03)$cm,$T=(1.984\pm0.023)$s,试求重力加速度 g 的测量值及其不确定度,并写出测量结果.

10. 试推导下列间接测量的不确定度合成公式.

(1) $f=\dfrac{uv}{u+v}$;(2) $f=\dfrac{D^2-L^2}{4D}$;(3) $n=\dfrac{\sin\frac{1}{2}(\alpha+\delta)}{\sin\frac{\alpha}{2}}$.

11. 用米尺测正方形边长共 5 次(米尺的精度为 0.1cm),分别为:$A_1=2.01$cm,$A_2=2.00$cm,$A_3=2.04$cm,$A_4=1.98$cm,$A_5=1.98$cm,求正方形的面积与周长,并计算它们的不确定度.

12. 已知公式 $V=\dfrac{\pi}{4}d^2k$ 中,d 和 k 为直接测得量,并且 $d=(5.00\pm0.01)$cm,$k=(10.00\pm0.01)$cm,V 为间接测得量. 问 π 应取几位有效数字? 并求 V 的结果及其不确定度.

13. 已知某圆柱体的质量 $m=(236.12\pm0.05)$g,直径 $d=(2.345\pm0.005)$cm,高 $h=(8.21\pm0.01)$cm. 求圆柱体的密度及不确定度,并分析直接测量值 m、d 和 h 的不确定度对间接测量值 ρ 的影响程度的大小.

14. 一定质量的气体,当体积一定时压强与温度的关系为:$p=p_0(1+\beta t)$cmHg,通过实验测得一组数据如下:

i	1	2	3	4	5	6	7
$t/°C$	7.5	16.0	23.5	30.5	38.0	47.0	54.5
$p/cmHg$	73.8	76.6	77.8	80.2	82.0	84.4	86.6

试用作图法求出 p_0、β,并写出实验经验公式.

15. 试用最小二乘法对习题 9 的数据进行直线拟合,求出 p_0 和 β 值.

16. 用伏安法测量电阻的实验数据如下:

i	1	2	3	4	5	6	7	8
U/V	0.00	2.00	4.00	6.00	8.00	10.00	12.00	14.00
I/mA	0.00	3.85	8.15	12.05	15.80	19.90	23.05	28.10

试用逐差法求电阻 R.

第2章 物理实验基本知识

2.1 物理实验的基本测量方法

物理实验包括在实验室人为再现自然界的物理现象、寻找物理规律和对物理量进行测量三部分. 因此,物理实验与物理量测量既有区别又有联系. 在任何物理实验中,几乎都要对物理量进行测量,故人们有时也把物理量测量称为物理实验. 实验方法是以实验理论为基础,以实验技术、实验装置为主要手段进行科学研究、取得所需结果的方法,是理论联系实际的桥梁和纽带. 它凝聚了许多科学家和实验工作者的巧妙构思,是一代人甚至几代人智慧的结晶,值得我们很好地学习和借鉴.

物理实验待测的物理量非常广泛,包括力学量、热学量、电磁学量和光学量等,测量的方法也很多,本节仅介绍几种具有共性的基本测量方法. 实际上,在物理实验中各种方法往往是相互联系、综合使用的,所以在进行测量时,应认真考虑所进行的实验应使用哪些测量方法,有意识地使自己受到物理实验的基本思想、基本方法和科学实验的基础训练.

2.1.1 比较法

比较法是最普遍、最常用的测量方法. 所谓比较法是将待测量量与同类物理量的标准量具(仪器)直接或间接地进行比较,测出其量值. 比较法可分为直接比较和间接比较两类.

1) 直接比较法

直接比较法是将待测量量与一个经过校准的属于同类物理量的标准量具直接进行比较,就可得到待测量. 例如,用米尺测量物体的长度就是最简单的直接比较测量. 用经过标定的电表、秒表、电子称测量电量、时间、质量等,其直接测出的读数也可看做是直接比较的结果. 要注意的是采用直接比较法的量具及仪器必须是经过标定的.

2) 间接比较法

有些物理量难以直接比较,需要通过某种关系将待测量量与某种标准量进行间接比较,求出其大小. 例如,用物质的热膨胀与温度之间的关系做成的水银温度计就是一种间接比较法;又如,用李萨如图形测电信号的频率就是先将信号输入示波器转换为图形后,再由标准信号求出被测信号的频率.

实际上,所有测量方法本质都是比较法,都是将待测量量与标准量进行比较的过程,只不过比较的形式不都是那么明显而已.

2.1.2 放大法

实验中经常需要测量一些微小物理量,由于待测量太小,以至无法被实验者或仪器直接感觉和反映,因而需设计相应的装置或采用某种方法将被测量放大,然后再进行测量. 通常采用的放大法有机械放大法、积累(或累计)放大法、光学放大法、电子学放大法等.

1) 机械放大法

它是利用机械部件之间的几何关系将物理量在测量过程中加以放大,从而提高测量仪器的分辨率,达到提高测量精度的目的. 例如,利用游标原理进行放大. 螺旋测微计和读数显微镜都是利用螺旋放大法进行精密测量的(详见长度测量实验). 而迈克耳孙干涉仪则采用了二级放大的原理使仪器读数分度值达到 0.000 1mm,从而实现了精密测量.

2) 积累(或累计)放大法

如用秒表测量单摆摆动周期,一般都是测量累计摆动 50 或 100 个周期的时间. 设所用机械秒表的仪器误差为 0.1s,某单摆周期约为 2s,则测量单个周期时间间隔的相对误差为 0.1/2＝0.05,即 5%. 若测量 100 个周期的累计时间,则相对误差为 0.1/200＝0.000 5,即 0.05%,提高了测量精度.

3) 光学放大法

光学放大法分为视角放大和微小变化量放大两种. 显微镜和望远镜属于视角放大仪器,它们只能放大物体的几何线度,帮助观察者分辨物体的细节或便于使测量基准对齐. 而真正要测出被测物的尺寸,必须配以相应的读数装置. 测微目镜、读数显微镜即为光学视角放大与机械放大的组合型仪器.

测量长度微小变化的光杠杆(详见金属杨氏弹性模量测定实验)是通过光学原理,把变化角度成倍放大,并利用光线形成一个很长的指针来测量的. 在复射式灵敏检流计中也应用了光杠杆放大原理.

4) 电子学放大法

在有些测量装置中则利用电子学原理来实现被测量量的放大,如测量微弱电信号(电流、电压或功率)都需要用到电子学放大法,这种装置一般称为放大器.

总之,放大法提高了实验的可观察度和测量精度,是物理实验中常见的基本测量方法.

2.1.3 补偿法

补偿法在实验中常被使用,它的定义为:某系统受某种作用产生 A 的效应,受到另一种作用产生 B 的效应,如果由于 B 效应的存在而使 A 效应显示不出来,就叫做 B 对 A 进行了补偿. 或者说,补偿法就是将因种种原因使测量状态受到的影响尽量加以弥补. 补偿大多用在补偿法测量和补偿法消除系统误差两个方面. 例如,电位差计就是利用电压补偿原理测量电压的(详见用直流电位差计测电动势实验). 又如,在光学实验中为防止由于光学器件的引入而影响光程差,在光路里常人为地适当配置光学补偿器来抵消这种影响,迈克耳孙干涉仪中的补偿板即是典型的一例(详见迈克耳孙干涉实验).

2.1.4 换测法

在实验中,有很多物理量由于其属性关系,很难用仪器或仪表直接测量,或者测量不是很方便、准确性差,此时可以根据物理量之间的定量关系和各种效应把不易测量的待测量转换成容易测量的物理量进行测量,然后再反求待测量,这种方法即为换测法. 换测法实际上也就是间接测量法的具体应用,一般分为参量转换和能量转换两大类.

1) 参量转换法

参量转换法是利用各种参量的变换及其变化的定量函数关系,达到测量某一物理量的方法. 前面讲到的间接比较法大都属于此类. 例如,最常见的玻璃液体温度计,就是利用材料在一定范围内热膨胀与温度的线性关系,将温度测量转换为长度测量. 又如,实验中测量钢丝的杨氏模量 Y,是以应变与应力成线性变化的规律,将 Y 的测量转换成对应力 $\dfrac{F}{S}$ 和应变 $\dfrac{\Delta L}{L}$ 的测量后得到 $Y = \dfrac{F/S}{\Delta L/L}$.

2) 能量转换法

与参量转换不同,能量转换是利用一种形式转换为另一种形式时物理量之间的对应关系进行的间接测量. 实现能量转换的器件称为传感器,它是能量换测法的关键所在. 例如,用热电偶测量温度,是利用材料的温差电动势原理,将温度测量转换成对热电偶的温差电动势的测量,它属于热电换测法. 此外,实验中还常用到压电换测法(压力和电势间的变换,如话筒和扬声器)、光电换测法(光信号转换为电信号,如光电管、光电倍增管、光电池、光敏二极管等器件)及磁电换测法(磁学量与电学量的转换,如霍尔元件)等,具体原理可参阅有关实验,这里不作介绍.

2.1.5　模拟法

模拟法是指人们依据相似理论,人为制造一个类同于研究对象的物理现象或过程,用模型的测试替代对实际对象的测试.

在实际测量中,限于条件,有许多现象是不可能直接观察的. 例如一个大的水利工程,在论证和设计阶段,要做一定的实验,如洪水的冲击、地震的危害等. 这些过程不仅不能按实验要求随时再现,就是有一定手段再现其后果也不容乐观. 还有一些比较抽象的现象,如电场或磁场的性质,一则仪器难引入,再则仪器引入后就无法消除这些装置对原始状态的影响,达不到测量的目的. 为了解决这一类问题,通常采用模拟法.

模拟法分为物理模拟和数学模拟两大类:

1) 物理模拟

物理模拟是指人为制造的"模型"与实际"原型"有相似的物理过程和相似的几何形状,并以此为基础的模拟方法. 例如,为了研究高速飞机上各部位的受力,以便于飞机的设计,人们首先制造一个与原型飞机几何形状相似的模型,并放入风洞,创造一个与实际空中飞行完全相似的物理过程,通过对模型各部件受力情况的测试,达到在短时间内以较小的代价获得可靠的实验数据的目的.

2) 数学模拟

数学模拟是指模型和原型在物理实质方面可以完全不同,但它们却遵循相同的数学规律,通过模型得到原型所需要的数据的方法. 例如,用恒稳电流场来模拟静电场,就是基于这两种场的分布有相同的数学形式.

随着计算机技术的高速发展和广泛应用,现在人们可以通过计算机模拟实验过程,从而可预测实验的可能结果.这是一种新的模拟方法,属于计算物理研究的内容.

物理实验中还用到其他许多实验方法,如平衡法、干涉法等,这些内容可参考有关实验,这里不作介绍.在具体的实验中,各种方法往往是相互联系、相互渗透的,要学会综合应用.因此,实验者只有对各种实验方法有深刻的了解,才能在未来的实际工作中得心应手地综合应用.

2.2　物理实验中的基本调整与操作技术

实验中的调整和操作技术十分重要,正确的调整和操作不仅可将系统误差减小到最低限度,而且对提高实验结果的准确度有直接影响.有关仪器设备的调整和操作技术内容相当广泛,需要通过具体的实验训练逐步积累起来.每一个实验的内容与方法仅具有启发性的意义,没有普遍意义.熟练的实验技术和能力只能来源于实践.

在实验过程中,我们必须养成良好的习惯,在进行任何测量前首先要调整好仪器,并且按正确的操作规程去做.任何正确的结果都来自仔细的调节、严格的操作、认真的观察和合理的分析.

这里只介绍一些最基本的具有一定普遍意义的调整和操作技术,以及电学实验、光学实验的基本操作规程,有些问题将在具体的实验中介绍.

2.2.1　零位调整

一个初学者往往不注意仪器或量具的零位是否正确,总以为它们在出厂时都已校正好了,但实际情况并非如此.由于环境的变化或经常使用而引起磨损等原因,它们的零位往往已经发生了变化.因此在实验前总需要检查和校准仪器的零位,否则将人为地引入误差.

零位校准的方法一般有两种,一种是测量仪器有零位校准器(如电表等),则应调整校准器,使仪器测量前处于零位;另一种是仪器不能进行零位校正或调整较困难的(如端面磨损的米尺、螺旋测微计、游标卡尺等),则在测量前应记下初读数,即"零位读数",以便在测量结果中加以修正.

2.2.2　水平、铅直调整

在实验中经常遇到要对使用的仪器进行"水平"或"铅直"的调整,如平台的水平、支柱的铅直等.大部分需调整的仪器自身就装有水准仪或悬锤,底座有两个或三个(排成等边或等腰三角形)可调节的螺丝,我们只需调节螺丝,使水准仪的气泡居中或铅锤的锤尖对准底座上的座尖,即可达到调整要求,如调节物理天平的底板水平.有些仪器虽然没有水准仪及铅锤,但用自身装置就可进行调整,如约利秤等.有些仪器不能用自身装置来调整水平,但可选用相应的水准仪来调整,如用长方形水准仪来调整一般的平面,可在互相垂直的两个方向上调整;另有一种圆形水准仪,用它可较方便地调整较小的圆形平面,如三线摆的上下圆盘、分光计的载物台等.

2.2.3　消除视差

在实验测量中从仪器上读取数据时,会遇到读数准线(如电表的指针、光学仪器中的叉丝等)与标尺平面不重合的情况,如电表的指针和面板间总是离开一定的距离.因此,当眼睛在不同位置观察时,读得的示值就会有差异,这就是视差.

怎样判断有无视差?方法是在调整仪器或读取示值时,观测者眼睛稍稍移动,观察标线与标尺刻线间是否有相对移动.如有,说明有视差存在,要进一步调整仪器(如望远镜、显微镜等);或找到正确的读数方法(如指针式仪表).

怎样消除视差?对于一般仪器仪表,读数应做到正面垂直观测,如通常精度较高的电表在面板上装有平面镜,正确的读数方法应是视线垂直于面板,使指针与刻度槽下平面镜中的像重合.对于测量用光学仪器,如测微目镜、望远镜和读数显微镜等,光学仪器对观测物进行非接触测量,测量前都需进行仔细调整以消除视差.这些仪器在其目镜焦平面内侧装有作为读数准线的十字叉丝或是刻有读数准线的玻璃分划板.当我们用这些仪器观测待测物体时,有时会发现随着眼睛的移动,物体的像和叉丝间有相对位移,这说明二者之间有视差存在,必须进一步调节目镜(连同叉丝)与物镜之间的距离,边调节边稍稍移动眼睛观察,直到叉丝与物体所成的像之间基本无相对移动,则说明被测物体经物镜成像到叉丝所在的平面上,视差消除.图 2.2.1 中表示叉丝的像和物体的二次像不在同一平面内,因此存在视差.

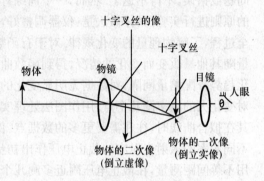

图 2.2.1　望远镜中的视差

调整光学仪器需要耐心、细致,要通过具体实验去体会.

2.2.4　等高共轴调整

几乎所有的光学仪器,都要求仪器内部的各个光学元件主光轴相互重合.为此,要对各光学元件进行共轴调整.共轴调节一般可分粗调和细调两步进行.

粗调主要靠目测来判断.将各光学元件和光源的中心大致调成等高,且各元件所在平面基本上相互平行且与移动方向铅直.若各元件沿水平轨道滑动,可先将它们靠拢,再调等高共轴,可减小视觉判断的误差.

细调时,利用光学系统本身或借助其他光学仪器,根据光学的基本规律来调整.例如,薄透镜实验,根据透镜的成像规律,由二次成像法调整、移动光学元件,使两次所成的像没有上、下和左、右移动.在薄透镜焦距的测量实验中,将进行自准直法和二次成像法调节等高共轴的训练.

2.2.5　逐次逼近法

任何调整几乎都不是一蹴而就的,而要依据一定的判断,经过仔细、反复的调节.逐次逼近法正是一种快速而简便有效的调整方法. 天平调平衡,电桥调平衡,补偿法测电动势时调整补偿点等都用了逐次逼近法. 在调整过程中,应首先确定平衡点所在的范围,然后逐渐缩小这个范围直至最后调到平衡点. 例如,调整电桥平衡时,若待测电阻 R_x 与其他桥臂上的已知电阻满足关系 $R_x = \dfrac{R_1}{R_2}R_0$,电桥平衡时检流计示值为零. 通常 $\dfrac{R_1}{R_2}$ 事先选定,因此 R_0 高于和低于平衡值时,检流计偏转方向正好相反. 若 $R_0=2000\Omega$ 时,检流计左偏 5 个分度,而 $R_0=3000\Omega$ 时,右偏 3 个分度,据此可知平衡值应在 $2000\sim3000\Omega$. 再调整 R_0 为 2500Ω 时,左偏 2 个分度,$R_0=2600\Omega$ 时右偏 1 个分度,则 R_0 的平衡值应在 $2500\sim 2600\Omega$. 如此逐次逼近,可迅速找到平衡点.

2.2.6　先定性、后定量原则

实验初学者往往急于获得测量结果,盲目操作,当实验进行到中途甚至结束时才发现问题或错误,不得不返工. 然而,一个训练有素的实验工作者,则是采用"先定性、后定量"的原则进行实验. 具体做法是:仪器调整好,在进行定量测量前,先定性地观察实验变化的全过程,了解物理量的变化规律. 对于有函数关系的两个或多个物理量,要注意观察一个量随其他量改变而变化的情况,得到函数曲线的大致图形. 在定量测试时,可根据曲线变化趋势分配测量间隔,对数据无明显变化的范围,可增大测量的间距以减少测量点;反之,对变化大的应多测几个点. 用作图法处理实验数据时,需根据图上数据点来拟合图线,尤其在拟合曲线时,往往需要更多的数据点. 例如,光电效应法测普朗克常量实验中,应先对不同频率的入射光对应的截止电压作出初步判断,据此决定测量范围和分配测量间距,采用不等间距测量,在截止电压附近多测几个点,这样作图就比较合理.

2.3　电磁学实验基本知识

电磁学从其建立之初就是一门实验科学. 很早以前,人们就发现了毛皮摩擦过的琥珀能吸引轻微物体. 后来,随着著名的库仑定律、安培定律等实验定律的提出,电磁学逐渐形成了日益完整的理论体系. 现代的电磁学实验尽管所用仪器设备已经很复杂、精密,但仍然是人们观察研究电磁现象,学习理论知识的重要途径,并通过这些实验掌握各种电磁测量的基本技能和电磁学实验研究的基本方法. 下面简单介绍电磁学实验中常用的一些仪器及电磁学实验中一般应遵循的操作规则.

2.3.1　电磁学实验中常用仪器简单介绍

1. 电源

实验室常用的电源有直流电源和交流电源.

常用的直流电源有直流稳压电源、干电池和蓄电池. 直流稳压电源的内阻小,输出功率较大,电压稳定性好,而且输出电压连续可调,使用十分方便. 它的主要指标是最大输出电压和最大输出电流,如 DH1718C 型直流稳压电源最大输出电压为 30V,最大输出电为 5A. 干电池的电动势约为 1.5V 左右,使用时间长了,电动势下降得很快,而且内阻也要增大. 铅蓄电池的电动势约为 2V 左右,输出电压比较稳定,储藏的电能也比较大,但需经常充电,比较麻烦.

交流电源一般使用 50Hz 的单相或三相交流电. 市电每相 220V,如需用高于或低于 220V 的单相交流电压,可使用变压器将电压升高或降低.

不论使用哪种电源,都要注意安全,千万不要接错,而且切忌电源两端短接. 使用时注意不得超过电源的额定输出功率,对直流电源要注意极性的正负,常用"红"端表示正极,"黑"端表示负极;对交流电源要注意区分相线、零线和地线.

2. 电表

电表的种类很多,在电磁学实验中,以磁电式电表应用最广,实验室常用的是便携式电表. 磁电式电表具有灵敏度高,刻度均匀、便于读数等优点,适合于直流电路的测量. 下面具体介绍几种磁电式电表(电表面板符号见附录).

1) 电流计(表头)

它是利用通电线圈在永久磁铁的磁场中受到一力偶作用发生偏转的原理制成的. 其结构可以简单地用图 2.3.1 表示. 永久磁铁的两个极上连着带圆孔的极掌,极掌之间装有圆柱形软铁制的铁芯,极掌和铁芯之间的空隙磁场很强,磁力线以圆柱的轴线为中心呈均匀辐射状. 在圆柱形铁芯和极掌间空隙处放有长方形线圈,两端固定了转轴和指针,当线圈中有电流通过时,它将因为受电磁力矩而偏转,同时固定在转轴上的游丝产生反方向的扭力矩. 当两者达到平衡时,线圈停在某一位置,偏转角的大小与通入线圈的电流成正比,电流方向不同,线圈的偏转方向也不同,这是磁电式电表的基本特征.

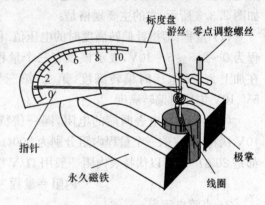

图 2.3.1 电流计(表头)结构

电流计(表头)的主要规格:

(1) 满度电流. 即表针偏转到满度时,线圈所通过的电流值,以 I_g 表示. 一般表头满度电流为 $50\mu A$、$100\mu A$、$200\mu A$ 和 $1mA$.

(2) 内阻. 主要是指图 2.3.1 中长方形线圈的电阻,以 R_g 表示. 表头内阻一般为几十欧姆到 2000 多欧姆. 表头满度电流越小,内阻越大.

电流计的特征是指针零点在刻度中央,便于检测不同方向的直流电,常用来检验电路中有无电流通过,如在电桥和电位差计的电路中作平衡指示器. 专门用来检验电路中有无电流通过的电流计称为检流计,它常用 G 表示. 它分为指针式和光点反射式两类. 指针式目前用的较多的是 AC5 系列,光点反射式是 AC15 型. 关于 AC15 型检流计,将在实验《学习灵敏电流计的使用》中详细介绍. 这里重点介绍 AC5 型检流计.

AC5 型检流计的面板如图 2.3.2 所示,使用方法如下:

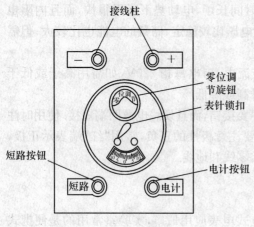

图 2.3.2　AC5 型检流计面板

表针锁扣打向红点（左边）时，由于机械作用锁住表针，打向白点（右边）时指针可以偏转. 检流计使用完毕后，锁扣应打向红点. 零位调节旋钮应在检流计使用前调节使表针在零线上. 锁扣打向红点时，不能调节零位调节旋钮，以免损坏表头，把接线柱接入检流电路，按下电计按钮并旋转此按钮（相当于检流计的开关），检流电路接通. 短路按钮实际上是一个阻尼开关，使用过程中，可待表针摆到零位附近按下此按钮，尔后松开，这样可以减少表针来回摆动的时间.

2）直流电压表

直流电压表是用来测量直流电路中两点之间电压的. 根据可测电压大小的不同，可分为毫伏表（mV）和伏特表（V）等. 电压表是将表头串联一个适当大的降压电阻而构成的，如图 2.3.3 所示，它的主要规格是：

（1）量程：即指针偏转满度时的电压值. 例如，伏特表量程为 0～2.5～5～10V，表示该表有三个量程，第一个量程在加上 2.5V 电压时偏转满度，第二、第三个量程在加上 5V、10V 电压时偏转满度.

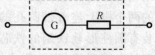

图 2.3.3　直流电压表

（2）内阻：即电表两端的电阻，同一伏特表不同量程内阻不同. 例如，0～2.5～5～10V 伏特表，它的三个量程内阻分别为 500Ω、1000Ω、1500Ω，但因为各量程的每伏欧姆数都是 200Ω/V，所以伏特表内阻一般用 Ω/V 统一表示，可用下式计算某量程的内阻：

$$内阻＝量程×每伏欧姆数$$

3）直流电流表

直流电流表是用来测量直流电路中的电流的. 根据电流大小的不同，可分为安培表（A）、毫安表（mA）和微安表（μA）. 电流表是在表头的两端并联一个适当的分流电阻而构成的，如图 2.3.4 所示. 它的主要规格是：

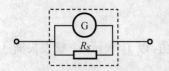

图 2.3.4　直流电流表

（1）量程. 即指针偏转满度时的电流值，安培表和毫安表一般都是多量程的.

（2）内阻. 一般安培表的内阻在 0.1Ω 以下. 毫安表、微安表的内阻可从 100～2000Ω.

4）使用直流电流表和电压表的注意事项

（1）电表的连接及正负极：直流电流表应串联在待测电路中，并且必须使电流从电流表的"＋"极流入，从"－"极流出. 直流电压表应并联在待测电路中，并应使电压表的"＋"极接高电位端，"－"极接低电位端.

（2）电表的零点调节：使用电表之前，应先检查电表的指针是否指零，如不指零，应小心调节电表面板上的零点调节螺丝，使指针指零.

　　(3) 电表的量程:实验时应根据被测电流或电压的大小,选择合适的量程.如果量程选得太大,则指针偏转太小,会使测量误差太大;量程选得太小,则过大的电流或电压会使电表损坏.在不知道测量值范围的情况下,应先试用最大量程,根据指针偏转的情况再改用合适的量程.

　　(4) 电表的放法:仪表规定有平放和竖放两种使用方法,应按照它原来的规定放置,否则会造成系统误差.我们这里的仪表大部分是平放的,切不可把平放电表竖起来使用.

　　(5) 视差问题:读数时应使视线垂直于电表的刻度盘,以免产生视差.级别较高的电表,在刻度线旁边装有平面反射镜.读数时,应使指针和它在平面镜中的像相重合.

　　5) 电表误差

　　(1) 测量误差.电表测量产生的误差主要有两类:

　　仪器误差:由于电表结构和制作上的不完善所引起.如轴承摩擦、分度不准、刻度尺划的不精密、游丝的变质等原因的影响,使得电表的指示与其值有误差.

　　附加误差:这是由于外界因素的变动对仪表读数产生影响而造成的.外界因素指的是温度、电场、磁场等.

　　当电表在正常情况下(符合仪表说明书上所要求的工作条件)运用时,不会有附加误差,因而测量误差可只考虑仪器误差.

　　(2) 电表的测量误差与电表等级的关系.在规定的正常条件下,仪表标度尺上的每条刻度线都是有绝对误差的,不同的刻度线,对应的误差也不同,其中有一个最大的绝对误差,用这个最大绝对误差 Δn 与仪表量程 A_m 的百分比来表示电流表、电压表等仪表的准确度,即 $K = \dfrac{\Delta n}{\Delta A_m} \times 100\%$. 各种电表根据仪器误差的大小共分为七个等级,即 0.1、0.2、0.5、1.0、1.5、2.5、5.0.电表的等级在表上以一个数字表示.例如,0.5 表示电表是 0.5 级,允许误差为 0.5%.

　　在正常条件下,可由电表的级别计算绝对误差、相对误差,进一步确定有效数字的位数.它们之间的关系可表示如下:

$$仪器误差 = 量程 \times 仪表等级\%$$

　　例 1　用量程为 15V 的伏特表测量时,表上指针的示数为 7.28V,若表的等级为 0.5 级,读数结果应如何表示?

　　解　仪器误差 $\Delta V_仪 = 量程 \times 表的等级\% = 15 \times 0.5\% = 7.5\% = 0.08V$(误差取一位)

$$相对误差 \frac{\Delta V}{V} = \frac{0.08}{7.28} = 1\%$$

由于用镜面读数较准确,可忽略读数误差,因此绝对误差只用仪器误差.读数结果为

$$V = (7.28 \pm 0.08)V$$

　　例 2　用一只 2.5 级量程为 $0 \sim 0.6 \sim 3A$ 的电流表测量电流,测值为 0.50A,求测量误差.

　　解　若用 3A 量程的一挡去测量,在该标度尺上任一读数的最大绝对误差

$$\Delta I_1 = \pm 2.5\% \times 3A = \pm 0.075A$$

相对误差

$$E = \frac{\pm 0.075A}{0.50A} = \pm 15\%$$

若用 0.6A 量程的一挡去测量,最大绝对误差

$$\Delta I_2 = \pm 2.5\% \times 0.6A = \pm 0.015A$$

相对误差

$$E = \frac{\pm 0.015A}{0.50A} = \pm 3\%$$

此例说明:用同一电表测量同一量,由于采用不同的量程,得到的结果的准确度大不相同,可见选择量程很重要.一般来说,以读数占满刻度的 2/3 以上较好.对于电阻表,则当指针在标度尺中段时,测量比较准确.

例 3　用量程为 15V、0.5 级的伏特表测量电压时,应读几位有效数字?

解　根据电表的等级数和所用量程可求出

$$\Delta V = 15 \times 0.5\% = 0.08V$$

故读数值时只需读到小数点后两位,以下位数的数值按数据的舍入规则处理.

6) 数字电表

数字电表是一种新型的电测仪表,在测量原理、仪器结构和操作方法上都与指针式电表不同,数字电表具有准确度高、灵敏度高、测量速度快的优点.

数字电压表和电流表的主要规格是:量程、内阻和精确度.数字电压表内阻很高,一般在 MΩ 以上,要注意的是其内阻不能用统一的每伏欧姆数表示,说明书上会标明各量程的内阻.数字电流表具有内阻低的特点.

下面着重介绍数字电表的误差表示方法以及在测量时如何选用数字电表的量程.

数字电压表常用的误差表示方法是

$$\Delta = \pm(A\% V_x + b\% V_m)$$

式中,Δ 为绝对误差值,V_x 为测量指示值,V_m 为满度值,A 为误差的相对项系数,b 为误差的固定项系数.

从上式可以看出数字电压表的绝对误差分为两部分,式中第一项为可变误差部分;式中第二项为固定误差部分,与被测值无关.

由上式还可得到测量值的相对误差 r 为

$$r = \frac{\Delta}{V_x} = \pm\left(a\% + b\% \frac{V_m}{V_x}\right)$$

此式说明满量程时 r 最小,随着 V_x 的减小 r 逐渐增大,当 V_x 略大于 $0.1V_m$ 时,r 最大.当 $V_x \leqslant 0.1V_m$ 时,应该换下一个量程使用,这是因为数字电压表量程是十进位的.

例如,一个数字电压表在 2.0000V 量程时,若 $A = 0.02$,$b = 0.01$,其绝对误差为

$$\Delta = \pm(0.02\% V_x + 0.01\% V_m)$$

当 $V_x = 0.1V_m = 0.2000V$ 时,相对误差为

$$r = \pm(0.02\% + 10 \times 0.01\%) = \pm 0.12\%$$

而满度时 r 值只有 $\pm 0.03\%$.所以,在使用数字电压表时,应选合适的量程,使其略大于被测量,以减小测量值的相对误差.

3. 电阻

实验室常用的电阻除了有固定阻值的定值电阻以外,还有电阻值可变的电阻,主要有电阻箱和滑线变阻器.

1) 电阻箱

电阻箱外形如图 2.3.5(b) 所示,它的内部有一套用锰铜线绕成的标准电阻,按图 2.3.5(a) 连接. 旋转电阻箱上的旋钮,可以得到不同的电阻值. 在图 2.3.5(b) 中,每个旋钮的边缘都标有数字 0,1,2,…,9,各旋钮下方的面板上刻 ×0.1,×1,×10,…,×10 000 的字样,称为倍率. 当每个旋钮上的数字旋到对准其所示倍率时,用倍率乘上旋钮上的数

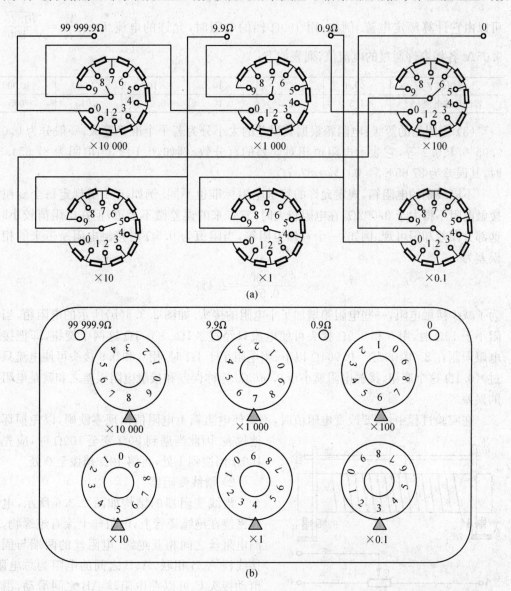

图 2.3.5　电阻箱

值并相加,即为实际使用的电阻值. 如图 2.3.5(b)所示的电阻值为

$$R=8\times10\,000+7\times1\,000+6\times100+5\times10+4\times1+3\times0.1=87\,654.3(\Omega)$$

电阻箱面板上方有 0、0.9Ω、9.9Ω、$9\,999.9\Omega$ 四个接线柱,0 分别与其余三个接线柱构成所使用的电阻箱的三种不同调整范围. 使用时,可根据需要选择其中一种,如使用电阻小于 10Ω 时,可选 $0\sim9.9\Omega$ 两接线柱,这种接法可避免电阻箱其余部分的接触电阻对使用的影响.

电阻箱的规格是:

(1) 总电阻:即最大电阻,如图 2.3.5 所示的电阻箱总电阻为 $99\,999.9\Omega$.

(2) 额定功率:指电阻箱每个电阻的功率额定值,一般电阻箱的额定功率为 0.25W, 可以由它计算额定电流. 例如,用 100Ω 档的电阻时,允许的电流 $I=\sqrt{\dfrac{W}{R}}=\sqrt{\dfrac{0.25}{100}}=0.05\text{A}$. 各档容许通过的电流值,列表如下:

旋钮倍率	$\times0.1$	$\times1$	$\times10$	$\times100$	$\times1\,000$	$\times10\,000$
容许负载电流/A	1.5	0.5	0.15	0.05	0.015	0.005

(3) 电阻箱的等级:电阻箱根据其误差的大小分为若干个准确等级,一般分为 0.02、0.05、0.1、0.2 等,它表示电阻值相对误差的百分数. 例如,0.1 级,当电阻为 $87\,654.3\Omega$ 时,其误差为 $87\,654.3\times0.1\%\approx87.7\Omega$.

不同级别的电阻箱,规定允许的接触电阻标准也不同. 例如,0.1 级规定每个旋钮的接触电阻不得大于 0.002Ω,在电阻较大时,它带来的误差微不足道,但在电阻值较小时,这部分误差却很可观. 例如,一个六钮电阻箱,当阻值为 0.5Ω 时接触电阻所带来的相对误差为

$$\frac{6\times0.002}{0.5}=2.4\%$$

为了减少接触电阻,一些电阻箱增加了小电阻的接头. 如图 2.3.5(b)所示的电阻箱,当电阻小于 10Ω 时,用 0 和 9.9Ω 接头可使电流只经过 $\times1\Omega$、$\times0.1\Omega$ 这两个旋钮,即把接触电阻限制在 $2\times0.002\Omega=0.004\Omega$ 以下;当电阻小于 1Ω 时,用 0 和 0.9 接头可使电流只经过 $\times0.1\Omega$ 这个旋钮,接触电阻就小于 0.002Ω. 标称误差和接触电阻误差之和就是电阻箱的误差.

在实验过程中,需要改变电阻值时,不要使电阻箱上电阻值出现零欧姆,以免损坏其他仪表. 因此当遇到 90Ω 变至 100Ω 时,应先将 100Ω 档拨到 1 处,再将 10Ω 档拨至 0 处.

2) 滑线变阻器

滑线变阻器的结构如图 2.3.6 所示,电阻丝密绕在绝缘瓷管上,电阻丝上涂有绝缘物,各圈电阻丝之间相互绝缘. 电阻丝的两端与固定接线柱 A、B 相联,A、B 之间的电阻为总电阻. 滑动接头 C 可以在电阻丝 AB 之间滑动,滑动接头与电阻丝接触处的绝缘物被磨掉,使滑动

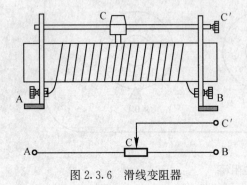

图 2.3.6　滑线变阻器

接头与电阻丝接通.C 通过金属棒与接线柱 C′相连,改变 C 的位置,就改变 AC 或 BC 之间的电阻值.使用滑线变阻器,虽然不能准确地读出其电阻值的大小,但却能近似连续地改变电阻值.

滑动变阻器的规格:

(1) 全电阻:AB 间的全部电阻值,以 R_w 表示.

(2) 额定电流:滑线变阻器允许通过的最大电流.在使用时要注意电路中的电流不能超过额定电流,否则将烧毁电阻丝.

滑线变阻器有两种用法:

(1) 限流电路.如图 2.3.7 所示,A、B 两接线柱使用一个,另一个空着不用.当滑动 C 时,AC 间电阻改变,从而改变了回路总电阻,也就改变了回路的电流(在电源电压不变的情况下).因此滑线变阻器起到了限制(调节)线路电流的作用.

为了保证线路安全,在接通电源前,必须将 C 滑至 B 端,使 R_{AC} 有最大值,回路电流最小.然后逐步减小 R_{AC} 值,使电流增至所需要的数值.

(2) 分压电路.如图 2.3.8 所示,滑线变阻器两端 A、B 分别与开关 K 两接线柱相连,滑动头 C 和一固定端 A 与用电部分连接.接通电源后,AB 两端电压 V_{AB} 等于电源电压 E.输出电压 V_{AC} 是 V_{AB} 的一部分,随着滑动端 C 位置的改变,V_{AC} 也在改变.当 C 滑至 A 时,输出电压 $V_{AC}=0$;当 C 端滑至 B 时,$V_{AC}=V_{AB}$,输出电压最大.所以分压电路中输出电压可以调节在从零到电源电压之间的任意数值上,为了保证安全,接通电源前,一般应使输出电压 V_{AC} 为零,然后逐步增大 V_{AC},直至满足线路的需要.

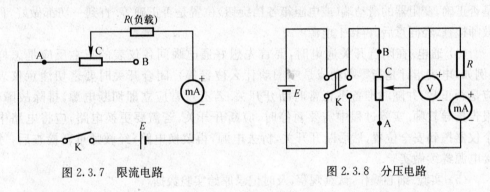

图 2.3.7　限流电路　　　　　　　　　　　图 2.3.8　分压电路

4. 开关

开关通常以它的刀数(即接通或断开电路的金属杆数目)及每把刀的掷数(每把刀可以形成的通路数)来区分开关.经常使用的有单刀单掷开关、单刀双掷开关、双刀双掷及换向开关等.开关的符号如图 2.3.9 所示.

2.3.2　电磁学实验操作规程

(1) 准备.做实验前要认真预习,做到心中有数,并准备好数据表.实验时,先要把本组实验仪器的规格弄清楚,然后根据电路图要求摆好仪器位置(基本按电路图排列次序,但也要考虑到读数和操作方便).

图 2.3.9　各种开关的符号

（2）连线. 要在理解电路的基础上连线. 看清和分析电路图中共有几个回路, 一般从电源的正极开始（电源先要关掉）, 按从高电势到低电势的顺序接线. 如果有支路, 则应把第一个回路完全接好后, 再接另一个回路, 切忌乱接. 一般在电源正极、高电位处用红色或浅色导线连接, 电源负极、低电位处用黑色或深色导线连接.

仪器布局要合理, 要将需要经常控制、调节和读数的仪器置于操作者面前, 开关一定要放在最易操纵的地方.

各器件要处于正确使用状态. 例如, 接通电源前, 电源输出电压和分压器输出电压均置于最小位置, 限流器的接入电阻部分阻值置于最大处, 电表要选择合理的量程, 电阻箱的阻值不能为零等.

（3）检查. 接好电路后, 要仔细检查, 先复查电路连接是否正确, 再检查其他的要求是否都做妥. 例如, 开关是否打开, 电表和电源正负极是否接错, 量程是否正确, 电阻箱数值是否正确, 变阻器的滑动端（或电阻箱各挡旋钮）位置是否正确等. 直到一切都做好, 再请教师检查. 经同意后, 再接上电源.

（4）通电. 在闭合开关通电时, 要首先想好通电瞬间各仪表的正常反应是怎样的（例如, 电表指针是指零不动或是应摆动什么位置等）. 闭合开关时要密切注意仪表反应是否正常, 并随时准备不正常时断开关. 若有反常应立即切断电源, 排除故障, 并报告指导教师. 实验过程中需要暂停时, 应断开关, 若需要更换电路, 应将电路中各个仪器拨到安全位置, 然后断开关, 拆去电源, 再改换电路, 经教师重新检查后, 才可接电源继续做实验.

（5）实验. 细心操作, 认真观察, 及时记录原始实验数据.

（6）安全. 电学实验使用的电源通常是 220V 的交流电和 0～30V 直流电, 但有时实验使用的电压较高. 一般人体接触 36V 以上电压时就有危险, 所以在电学实验过程中要特别注意人身安全, 谨防触电事故发生. 在教师未讲解, 未弄清注意事项和操作方法之前不要乱动仪器. 不管电路中有无高压, 要养成避免用手或身体接触电路中导体的习惯. 实验者接、拆线路, 必须在断电情况下进行；操作时, 人体不能触摸仪器的高压带电部位；高压部位的接线柱或导线, 一般要用红色标记, 以示危险.

（7）归整. 实验做完, 先断开关, 经教师检查原始实验数据认可后, 方可拆除线路. 拆线时要先断开电源, 按照先"电源"后"测量电路"的顺序把电路中所有连线依次拆除好, 并把各仪器、器件放回原处, 并按要求放置整齐, 再离开实验室.

表 2.3.1 列出了常见电气仪表面板上的标记.

表 2.3.1　常见电气仪表面板上的标记

名　　称	符　　号	名　　称	符　　号
测量仪表符号	○	磁电仪表	∩
检流计	G	静电仪表	=
安培表	A	直流	—
毫安表	mA	交流(单相)	∼
微安表	μA	直流和交流	≃
伏特表	V	标度尺准确度等级	1.5
毫伏表	mV	指示准确度等级(1.5 级)	ⓛ₅
千伏表	kV	标度尺为垂直	⊥
欧姆表	Ω	标度尺为水平	⌐
兆欧表	MΩ	绝缘强度(试验电压 2kV)	☆₂
负端钮	—	接地端	⊥
正端钮	+	调零	↶
公共端钮	*	Ⅱ级防外电和防外磁	Ⅱ

2.4　光学实验基本知识

　　光学是物理学中最古老的一门学科,也是当前学科领域中最活跃的前沿阵地之一,具有强大的生命力和不可估量的发展前途.它和其他学科一样,也是经过长期的实践,在大量的实验基础上逐步发展和完善的.虽然它的理论成果、新型光学实验技术的内容十分丰富,但是经典的实验方法仍是现代物理实验最基本的内容.因此,作为基础的光学实验课,学习的重点仍应该是学习和掌握光学实验的基本知识、基本方法以及培养基本的实验技能,通过研究一些基本的光学现象,加深对经典光学理论的理解,提高对实验方法和技术的认识.下面简单介绍光学实验中常用仪器及光学实验中一般应遵循的操作规程.

2.4.1　光学实验常用仪器

　　光学实验仪器可以扩展和改善视角的观察以弥补视角的局限性.构成光学仪器的主要元件有透镜、反射镜、棱镜、光栅和光阑等,这些元件按不同方式的组合构成了不同的光学系统.光学仪器可以粗分为助视仪器(放大镜、显微镜、望远镜)、投影仪器(放影机、投影仪、放大机、照相机)和分光仪器(棱镜分光系统、光栅分光系统).下面介绍部分常用的光学仪器,主要介绍光学实验中常用仪器的构造、调节.

1. 助视仪器

1) 目镜

　　目镜是放大视角用的仪器.放大镜(放大镜也是最简单的目镜)是用来直接放大实物,而目镜则是用来放大其他光具组所成的像.一般对目镜的要求是有较高的放大率和较大的视场角,同时要尽可能校正像差. 为此,目镜通常是由两片或更多片的透镜组成. 目前应用最广泛的目镜有阿贝目镜和高斯目镜,如图 2.4.1 所示,分别为阿贝目镜和高斯目镜的示意图. 图中的叉丝为测量时的准线,反射镜和小棱镜的作用是改变照明光的入射方向,照亮叉丝.

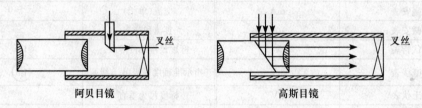

图 2.4.1　常用目镜

2）显微镜

显微镜由目镜和物镜组成,其光路图如图 2.4.2 所示. 待观察物 PQ 置于物镜 L_o 的焦平面 F_o 之外,距离焦平面很近的地方,这样可使物镜所成的实像 $P'Q'$ 落在目镜 L_e 的焦平面 F_e 之内靠近焦平面处. 经目镜放大后在明视距离处形成一放大的虚像 $P''Q''$.

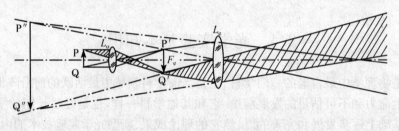

图 2.4.2　显微镜光路

理论计算可得显微镜的放大率为

$$M = M_o \cdot M_e = -\frac{\Delta \cdot s_o}{f'_o \cdot f'_e} \qquad (2.4.1)$$

式中,M_o 是物镜的放大率,M_e 是目镜的放大率,f'_o、f'_e 分别是物镜和目镜的像方焦距,Δ 是显微镜光学间隔(通常是 17cm 或 19cm),$s_o = -25$cm,为正常人眼的明视距离. 由式 (2.4.1)可知,显微镜的镜筒越长,物镜和目镜的焦距越短,放大率就越大. 一般 f'_o 取得很短(高倍的只有 1～2mm),而 f'_e 在几个厘米左右. 在镜筒长度固定的情况下,如果物镜目镜的焦距给定,则显微镜的放大率也就确定了. 通常物镜和目镜的放大率是标在镜头上的.

3）望远镜

望远镜是帮助人眼观望远距离物体,也可作为测量和对准的工具,它也是由物镜和目镜所组成,其光路图如图 2.4.3 所示. 远处物体 PQ 发出的光束经物镜后被会聚于物镜的焦平面 F'_o 上,成一缩小倒立的实像 $P'Q'$,像的大小决定于物镜焦距及物体与物镜间的距离. 当焦平面 F'_o 恰好与目镜的焦平面 F_e 重合在一起时,会在无限远处呈一放大的、倒立的虚像,用眼睛通过目镜观察时,将会看到这一放大且移动的倒立虚像 $P''Q''$. 若物镜和目镜的像方焦距为正(两个都是会聚透镜),则为开普勒望远镜;若物镜的像方焦距为正(会聚透镜),目镜的像方焦距为负(发散透镜),则为伽利略望远镜.图 2.4.3 为开普勒望远镜的光路图.

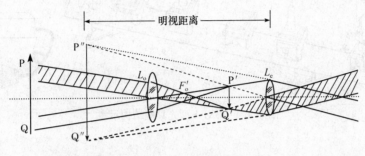

图 2.4.3　开普勒望远镜光路

由理论计算可得望远镜的放大率为

$$M = -\frac{f'_o}{f'_e} \tag{2.4.2}$$

式(2.4.2)表明,物镜的焦距越长,目镜的焦距越短,望远镜的放大率就越大.对开普勒望远镜($f'_o > 0, f'_e > 0$),放大率 M 为负值,系统成倒立的像;而对伽利略望远镜($f'_o > 0, f'_e < 0$),放大率 M 为正值,系统成正立的像,因实际观察时,物体并不真正位于无穷远,像也不成在无穷远,该式仍近似适用.

2. 常用实验仪器的构造与调节

在光学实验中,常使用的一些基本光学仪器有光具座、测微目镜、读数显微镜及分光仪等.下面对这几种光学仪器作以简单介绍.

1) 光具座

(1) 光具座的结构.光具座的主体是一个平直的轨道,有简单的双杆式和通用的平直轨道式两种.轨道的长度一般为 1~2m,上面刻有毫米标尺,还有多个可以在导轨面上移动的滑动支架.一台性能良好的光具座应该是导轨的长度较长、平直度较好、同轴性和滑块支架的平稳性较好.

光学实验室常用的光具座有 GJ 型、GP 型、CXJ 型等,它们的结构和调试方法基本相同.图 2.4.4 显示出 CXJ-1 型光具座的结构示意图,它是目前光学实验中比较通用的一种光具座,长 1520mm,中心高 200mm,精度较高.

(2) 光具座的调节.将各种光学元件(透镜、面镜等)组合成特定的光学系统,运用这些光学系统成像时,要想获得优良的像,必须保持光束的同心结构,即要求该光学系统符合或接近理想光学系统的条件.这样,物方空间的任一物点,经过该系统成像时,在像方空间必有唯一的共轭像点存在,而且符合各种理论计算公式.为此,在使用光具座时,必须进行共轴调节.共轴调节内容包括:所有透镜的主光轴重合且与光具座的轨道平行,物中心在透镜的主光轴上,物、透镜、屏的平面都应同时垂直于轨道.这里用两次成像法作以说明,如图 2.4.5 所示,当物屏 Q 与像屏 P 相距 $D > 4f$,且透镜沿主光轴移动时,两次成像

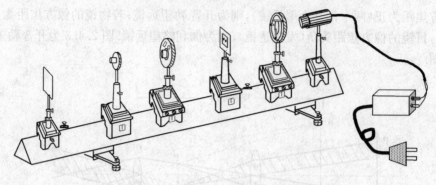

图 2.4.4　CXJ-1 型光具座结构示意

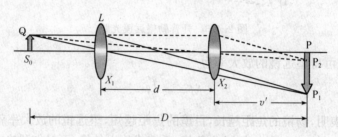

图 2.4.5　两次成像光路

位置分别是 P_1、P_2，一个是放大的像，一个是缩小的像. 若物中心处于透镜光轴上，大像的中心点 P_1' 与小像的中心点 P_2' 重合，若 P_1' 在 P_2' 之下（或之右），则物中心 P 必在主光轴之上（或之左）. 调节时使两次成像中心重合并位于光屏的中心，依次反复调节，便可调好.

2）读数显微镜

读数显微镜是用于精确测量微小长度的专用显微镜，主要由用于测量的螺旋测微装置和用于观察的显微镜两部分组成. 读数显微镜形式比较多，物理实验室常用的是 JXD-B型读数显微镜.

（1）主要技术参数：

① 测量装置规格：

物　镜		目　镜		显微镜放大倍数	工作距离/mm	视场直径/mm
放大倍数	焦距/mm	放大倍数	焦距/mm			
3	36.48	10	25	30	47.48	6.3
8	19.8			80	9.49	2.2

② 测量范围：x 方向，50mm；z 方向，30mm.

③ 最小读数：x 方向，0.01mm；z 方向，0.10mm.

（2）仪器结构. JXD-B 型读数显微镜的外形结构如图 2.4.6 所示，它是将低倍显微镜安装在精密的螺旋测量装置上，转动测微螺旋，显微镜筒能在垂直于光轴的方向上移动，移动的距离可从读数装置上读出. 目镜中装有十字分划板，用来对准测量的目标. 测微鼓轮 A 的周边上刻有 100 个分格. 鼓轮旋转一周，显微镜筒水平移动 1mm，每转一分格，显微镜筒将移动 0.01mm,它的量程一般是 50mm. 水平移动的距离(毫米数)由水平标尺 F 上读出,小于 1mm 的数,由测微鼓轮读出,两者之和就是此时读数显微镜的位置坐标值.

（3）调整方法及注意事项：

① 测量前应先调节目镜,使测量十字叉丝在视场中清晰可见. 把被测物用压板 10 固定在工作台上,使被测物表面与镜管 5 的光轴垂直. 用小手柄 13 压住支杆 12,粗调工作距离,使物镜距被测物在 4cm 内,拧紧大手柄 11 后,再用调焦手轮 17 由近向远进行微调,使清晰像与测量叉丝无视差地对准后,方可进行测量.

② 测量时,必须使目镜的一根十字叉丝与显微镜的移动方向相垂直. 移动显微镜,使这条叉丝逐次和被测物(像)长度的两端点相重合. 若显微镜移动方向与该两点的连线方向相一致,且显微镜的光轴也垂直于该连线,那么,相应于两次位置的读数之差,为被测两点之间的距离. 否则,将使测得值不等于待测长度的真实值.

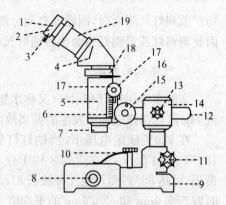

图 2.4.6　JXD-B 型读数显微镜的外形结构

1. 目镜；2. 目镜座；3. 锁紧螺钉；4. 棱镜盒；5. 镜管；6. 标尺；7. 物镜；8. 反光镜小手轮；9. 底座；10. 压片；11. 大手柄；12. 支杆；13. 小手柄；14. 十字孔支架；15. 读数鼓轮；16. 指标；17. 手轮；18. 锁紧手轮；19. 目镜管

③ 由于显微镜的移动也是靠测微螺旋丝杆的推动,因此,读数显微镜和测微目镜一样,也要防止回程误差,为了减少回程误差,要采用单方向移动测量.

④ 使用完毕后,应将仪器归放在原仪器柜中,以免灰尘进入仪器. 各种光学零件切勿随意拆动,以保持仪器的精度.

3）分光仪

分光仪是一种常用的光学仪器,它实际就是一种精密的测角仪. 在几何光学实验中,主要用来测定棱镜顶角、光束的偏向角等. 而在物理光学中,加上分光元件(棱镜、光栅)可作为分光仪器,用来观察光谱,测量光谱线的波长等.

2.4.2　光学实验常用光源

能够发光的物体统称为光源. 实验室中常用的是将电能转换为光能的光源——电光源. 常见的有热辐射光源和气体放电光源及激光光源三类.

1. 热辐射光源

常用的热辐射光源是白炽灯. 白炽灯有下列几种：

（1）普通灯泡. 作白色光源,应按仪器要求和灯泡上指定的电压使用,如光具座、分光仪、读数显微镜等.

（2）汽车灯泡. 因其灯丝线度小、亮度高,常用作点光源或扩束光源,也应按电压值使用.

（3）标准灯泡. 常用有碘钨灯和溴钨灯. 是在灯泡内加入碘或溴元素制成. 碘或溴原子在灯泡内与经蒸发而沉积在泡壳上的钨化合,生成易挥发的碘化钨或溴化钨. 这种卤化物扩散到灯丝附近时,因温度高而分解,分解出来的钨重新沉积在钨丝上,形成卤钨循环.因此碘钨灯或溴钨灯寿命比普通灯长得多,发光效率高,光色也较好.

2. 气体放电光源

实验室常用钠灯和汞灯(又称水银灯)作为单色光源,它们的工作原理都是以金属 Na 或 Hg 蒸气在强电场中发生的游离放电现象为基础的弧光放电灯.

在 220V 额定电压下,当钠灯灯管壁温度升至 260℃时,管内钠蒸气气压约为 3×10^{-3}Torr(1Torr$=1.333\,22 \times 10^2$Pa),发出波长为 589.0nm 和 589.6nm 的两种单色黄光最强,可达 85%,而其他几种波长 818.0nm 和 819.1nm 等光仅有 15%.所以,在一般应用时取 589.0nm 和 589.6nm 的平均值 589.3nm 作为钠光灯的波长值.

汞灯可按其气压的高低,分为低压汞灯、高压汞灯和超高压汞灯.低压汞灯最为常用,其电源电压与管端工作电压分别为 220V 和 20V,正常点燃时发出青紫色光,其中主要包括七种可见的单色光,它们的波长分别是 612.35nm(红)、579.07nm 和 576.96nm(黄)、546.07nm(绿)、491.60nm(蓝绿)、435.84nm(蓝紫)、404.66nm(紫).

使用钠灯和汞灯时,灯管必须与一定规格的镇流器(限流器)串联后才能接到电源上去,以稳定工作电流.钠灯和汞灯点燃后一般要预热 3～4min 才能正常工作,熄灭后也需冷却 3～4min 后,方可重新开启.

3. 激光光源

激光是 20 世纪 60 年代诞生的新光源.激光器的发出原理是受激发射而发光.它具有发光强度大、方向性好、单色性强和相干性好等优点.激光器的种类很多,如氦氖激光器、氦镉激光器、氩离子激光器、二氧化碳激光器、红宝石激光器等.

实验室中常用的激光器是氦氖(He-Ne)激光器.它由氦氖混合气体、激励装置和光学谐振腔三部分组成.氦氖激光器发出的光波波长为 632.8nm,输出功率在几毫瓦到十几毫瓦之间.多数氦氖激光管的管长为 200～300mm,两端所加高压是由倍压整流或开关电源产生,电压高达 1 500～8 000V,操作时应严防触及,以免造成触电事故.由于激光束输出的能量集中、强度较高,使用时应注意切勿迎着激光束直接用眼睛观看.

目前,气体放电灯的供电电源广泛采用电子整流器,这种整流器内部由开关电源电路组成,具有耗电小、使用方便等优点.

光学实验中,常把光束扩大或产生点光源以满足具体的实验要求,图 2.4.7、图 2.4.8 表示两种扩束的方法,它们分别提供球面光波和平面光波.

图 2.4.7　提供球面光波的扩束　　　　　图 2.4.8　提供平面光波的扩束

2.4.3　光学仪器的正确使用与维护

光学仪器的核心部分是它的光学元件,而各种光学元件大多是玻璃制品.由于光学仪器一般比较精密,光学元件表面加工(磨平、抛光)也比较精细,有的还镀有膜层,且光学元件又大都是由透明、易碎的玻璃材料制成,使用时一定要十分小心,不能粗心大意. 如果使用和维护不当,很容易造成不必要的损坏. 最常见的损坏有下列几种:

(1) **破损**:由于使用者粗心大意,使光学元件发生磕碰、跌落、震动或挤压等情况,从而造成缺损或破裂.

(2) **磨损**:这是最常见,也是危害最大的损坏. 往往由于在光学元件的表面附有灰尘或不洁物时,因处理方法不正确(如用手和其他粗糙的东西擦),致使光学表面(光线经过的表面)留下擦不掉的划痕,结果严重地影响了光学仪器的透光能力和成像质量,甚至无法进行观察和测量.

(3) **污损**:当拿取光学元件不合规范,手上的油污、汗或其他不洁液体沉淀在元件的表面上时,会使光学仪器表面留下污迹斑痕. 对于镀膜的表面,问题将会更严重,若不及时进行清除,将降低光学仪器的透光性能和成像质量.

(4) **发霉生锈**:对仪器保管不善,光学元件长期在空气潮湿、温度变化较大的环境下使用,因粘污霉菌所致,光学仪器的金属机械部分也会产生锈斑,使光学仪器失去原来的光洁度,影响仪器的精度、寿命和美观.

(5) **腐蚀,脱胶**:光学元件表面因受到酸、碱等化学物品的作用时,会发生腐蚀现象. 如有苯、乙醚等试剂流到光学元件之间或光学元件与金属的胶合部分,就会发生脱胶现象.

2.4.4　光学实验的操作规则

光学实验是物理实验的一个重要部分,其主要特点是:实验与理论课的联系比较密切,测量精度高,数据重复性好,实验仪器比较精密、贵重、易损,调试要求严格,实验规律性强. 因此在实验前应当充分预习实验内容,了解实验的基本原理,熟悉仪器的基本构造和调节方法;在实验中正确操作仪器,仔细观察、分析仪器调整过程中出现的各种现象,掌握调整规律,正确记录和处理数据;在实验后认真总结经验,不断提高实验技能.

为了防止光学仪器出现故障或损坏,在使用和维护光学仪器时必须遵守下列规则:

(1) **注意保护光学器件**. 光学实验是"清洁的实验",对光学仪器和元件,应注意防尘,保持干燥以防发霉,绝对禁止用手触入光学元件的抛光表面,也不能对着它呼气,只能用手接触经过磨砂的"毛面",如透镜的侧边,棱镜的上下底面等. 必要时可用擦镜纸或蘸有酒精或乙醚溶液的脱脂棉轻轻擦拭. 光学器件必须轻拿轻放,严防跌落.

(2) **对机械部分操作要轻、稳**. 光学仪器的机械可动部分很精密,应注意添加润滑剂,以保持各转动部分灵活自如,并注意防锈,以保持仪器外貌光洁美观. 操作时动作要轻,用力要均匀平稳,不得强行扭动,也不要超过其行程范围,否则将会大大降低其精度.

(3) **注意眼睛安全**. 一方面要了解光学仪器的性能,以保证正确、安全使用仪器. 另一方面光学实验中用眼的机会很多,因此要注意对眼睛的保护,不要使其过分疲劳. 特别是对激光光源,绝对不允许用眼睛直接观察激光束,以免灼伤眼球.

此外,在暗房中工作应先放妥并熟记各仪器、元件、药瓶的位置,操纵移动仪器、元件时,手应由外向里紧贴桌面,轻缓挪动,避免碰翻或带落其他器件,要注意用电安全.

第3章 预备性、基础性实验

实验1 长度测量

长度是一个基本的物理量,在生产和科学实验中被广泛应用,在实验中进行的多数测量,最终都化为长度的测量.除数字显示仪器外,几乎所有测量仪器最终都按长度进行标度.如水银温度计是用标度尺指示水银柱在毛细管中液面的高度;指针式电表是依据指针在弧形刻度盘上的位置来读数.所以,长度测量几乎是一切测量的基础,掌握长度测量方法十分重要.

【实验目的】

(1) 掌握游标和螺旋测微装置的原理;
(2) 学会正确使用游标卡尺和螺旋测微计;
(3) 练习正确读取和记录测量数据;
(4) 掌握数据处理的一般程序,熟悉直接和间接测量中的不确定度计算.

【实验仪器】

游标卡尺,螺旋测微计,铜柱体,小钢球.

【实验原理】

长度的测量方法和测量工具按测量精度的要求不尽相同.实验中最常用的测量长度的量具是米尺、游标卡尺、螺旋测微计(千分尺)和读数显微镜等.表征这些仪器的主要规格有量程和分度值.量程表示仪器的测量范围;分度值表示仪器所能准确读到的最小数值.分度值的大小反映仪器的精密程度,分度值越小,仪器越精密,仪器的误差相应也越小.

米尺是日常生活中最常用的长度测量仪器.米尺的量程大多是 10~100cm,分度值为1mm.用米尺测量长度只能准确读到毫米位,毫米以下的一位数要凭视力估计.

游标卡尺和螺旋测微计较米尺的测量精度高,它们的测量原理具有普遍意义.本实验重点学习这两种仪器的使用.

读数显微镜的突出特点是可以实现非接触的长度测量,其测量原理与使用方法将在"实验2 物体密度的测量"中介绍.

1. 游标卡尺

1) 游标卡尺的结构

为了使米尺测得更准一些,在米尺上附加一个能够滑动的有刻度的小尺,叫做游标,利用它可以把米尺估读的那位数值准确地读出来.

　　游标卡尺主要由主尺和游标两部分构成(图 3.1.1):与量爪 A、A′相联的主尺 D(主尺按米尺刻度)以及与量爪 B、B′及深度尺 C 相联的游标 E. 游标可紧贴着主尺滑动;量爪 A、B 用来测量厚度和外径;量爪 A′、B′用来测量内径;深度尺 C 用来测量槽的深度. 它们的读数值,都是由游标的 0 线与主尺的 0 线之间的距离表示出来. F 为固定螺钉.

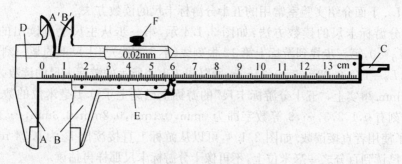

图 3.1.1　游标卡尺

2) 游标卡尺的游标原理(最小分度原理)

　　游标卡尺在构造上的主要特点是:游标上 p 个分格的总长与主尺上$(p-1)$个分格的总长相等. 设 y 代表主尺上一个分格的长度,x 代表游标上一个分格的长度,则有

$$px = (p-1)y$$

那么,主尺与游标上每个分格的差值是:

$$\delta x = y - x = \frac{1}{p}y = \frac{\text{主尺上最小分度值}}{\text{游标上分度格数}}$$

式中,δx 就是游标卡尺所能准确读到的最小数值,即分度值(或称游标精度). 这是由主尺的刻度值和游标卡尺刻度值之差给出的,因此,δx 不是估读的. 若把游标等分为 10 个分格(即 $p=10$),这种的游标卡尺叫做"十分游标"."十分游标"的 $\delta x = 1/10$mm. 如 $p=20$,则游标卡尺的最小分度为 $1/20$mm$=0.05$mm,称为 20 分度游标卡尺;还有常用的 50 分度的游标卡尺,其分度值为 $1/50$mm$=0.02$mm.

　　以 $p=10$ 的游标卡尺为例,当量爪 A、B 合拢时,游标上的"0"线与主尺上的"0"线重合,如图 3.1.2 所示. 这时,游标上第一条刻线在主尺第一条刻线的左边 0.1mm 处,游标上第二条刻线在主尺第二刻线的左边 0.2mm 处,……,以此类推. 这就提供了利用游标进行测量的依据. 如果在量爪 A、B 间放进一张厚度为 0.1mm 的纸片,那么,与量爪 B 及相联的游标就要向右移动 0.1mm,这时,游标的第一条线就与主尺的第一条线相重合,而游标上所有其他各条线都不与主尺上任一条刻度线相重合;如果纸片厚 0.2mm,那么,游标就要向右移动 0.2mm,游标的第二条线就与主尺的第二条线相重合,……,以此类推. 反过来讲,如果游标上第二条线与主尺的刻度线重合,那么纸片的厚度就是 0.2mm,如图 3.1.3 所示.

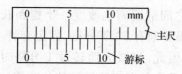

图 3.1.2　游标卡尺量爪合拢示意

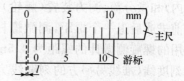

图 3.1.3　游标卡尺测纸片厚度

3）游标卡尺的读数

游标卡尺的读数表示的是主刻度尺的 0 线与游标刻度尺的 0 线之间的距离. 读数可分为两部分：先在主尺上与游标"0"线对齐的位置读出毫米以上的整数部分 L_1（整毫米位），再根据游标刻度尺上与主刻度尺对齐的刻度线读出不足毫米分格的小数部分 L_2，则 $L=L_1+L_2$. 下面介绍实验室常用的五十分游标卡尺的读数方法.

五十分游标卡尺的读数方法：如图 3.1.4 示，第一步从主尺上可读出的准确数是 0mm，即 $L_1=0$，第二步找到游标上第 12 根刻线（不含零线）与主尺上的某一刻度线重合，则尾数为 $L_2=12\times0.02$mm$=0.24$mm，所以图 3.1.4 所示的游标卡尺的读数为 $L=L_1+L_2=0.24$mm. 事实上，"五十分游标卡尺"的游标上已刻上了 0.1 毫米位的数值，如图示的游标上刻有 0，1，2，3，…，9 等数字即为 0mm，0.1mm，0.2mm，0.3mm，…，0.9mm，这样，方便了使用者直接读数. 如图 3.1.4，可以从游标上直接读出 L_2 为 0.24 mm. 五十分游标卡尺已读到百分之一毫米位上，不再像十分游标卡尺那样再估读.

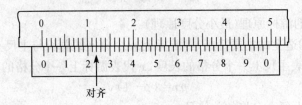

对齐

图 3.1.4

4）游标卡尺的使用与注意事项

游标卡尺使用前，应该先将游标卡尺的量爪合拢，检查游标的 0 线和主刻度尺的 0 线是否对齐. 若不对齐说明卡口有零误差，应记下零点读数，用以修正测量值；使用游标卡尺时，一般用左手拿物体，右手握尺，并用右手大拇指控制推把，使游标沿着主尺滑动. 推动游标时，不要用力过猛. 游标卡尺不能用来测量表面粗糙的物体，更不能卡住物体后再移动物体，以免磨损量爪；用毕应松开紧固螺钉，使量爪 A、B 间留有缝隙，然后放入盒内，不能随便放在桌上，更不能放在潮湿的地方.

2. 螺旋测微计（千分尺）

1）螺旋测微计的结构及机械放大原理

螺旋测微计是比游标卡尺更为精密的测量长度的仪器，其量程比游标卡尺小，为 25mm，分度值也比游标卡尺小，通常为 0.01mm，在测量时还可以估读到 0.001mm.

实验室常用的螺旋测微计的外形如图 3.1.5 所示，螺旋测微计的尺架成弓形，一端装有测砧，测砧很硬，以保持基面不受磨损. 测微螺杆（露出的部分无螺纹，螺纹在固定套管内）和微分筒、测力装置（棘轮）相连. 当微分筒相对于固定套管转过一周时，测微螺杆前进或后退一个螺距，测微螺杆端面和测砧之间的距离也改变一个螺距长. 实验室常用的螺旋测微计的螺距为 0.5mm，沿微分筒周界刻有 50 等分格，固定套管上刻有毫米刻度线（准线另一方的刻度线为 0.5mm 线）. 因此，当微分筒转过 1 分格时，测微螺杆沿轴线前进或后退 0.5/50$=0.01$mm，该值就是这种螺旋测微计的分度值. 在读数时可估计到最小分度的 1/10,即 0.001mm,故螺旋测微计又称为千分尺. 这就是所谓机械放大原理.

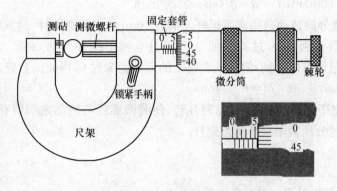

图 3.1.5　螺旋测微计

2) 螺旋测微计的读数

读数可分两步:首先,观察固定标尺读数准线(即微分筒前沿)所在的位置,可以从固定标尺上读出整数部分,每格 0.5mm,即可读到半毫米;其次,以固定标尺的刻度线为读数准线,读出 0.5mm 以下的数值,估计读数到最小分度的 1/10,然后两者相加.

如图 3.1.6(a)所示,整数部分是 5.5mm(因固定标尺的读数准线已超过了 0.5mm 分度线,所以是 5.5mm),微分筒圆周刻度是 20 的刻线正好与读数准线对齐,即 0.200mm. 所以,其读数值为 5.5+0.200＝5.700mm.

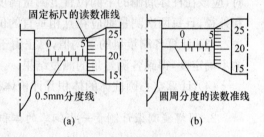

图 3.1.6　螺旋测微计读数示意

如图 3.1.6(b)所示,整数部分(主尺部分)是 5mm,而圆周刻度是 20.7,即 0.207mm,其读数值为 5+0.207＝5.207mm.

3) 螺旋测微计的使用与注意事项

(1) 测量物体的长度时,将待测物体放在测砧和测微螺杆之间后,不得直接拧转微分筒,而应轻轻转动测力装置,使测微螺杆前进,当它们以一定的力将待测物体夹紧时,测力装置中的棘轮即发出"喀、喀"的响声. 这样操作,既不至于把待测物夹得过紧或过松,影响测量结果,也不会压坏测微螺杆的螺纹. 螺旋测微计能否保持测量结果的准确,关键是能否保护好测微螺杆的螺纹.

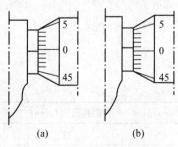

图 3.1.7　螺旋测微计初读数

(2) 在使用螺旋测微计测量物体长度前必须读取初读数. 即转动测力装置,当测微螺杆和测砧刚好接触时,记录固定套管上的准线在微分筒上的示值,即为初读数. 考虑初读数后,测量结果应是:测量值＝读数值－初读数. 在记录时还应注意初读数的"正、负". 如图 3.1.7(a)和图 3.1.7(b)所示,如果初读数用 δ_0 表示,测量待测物的读数是 d. 此时,待测量物体的实际长度为 $d'=$

$d-\delta_0$, δ_0 可正可负.

在图 3.1.7(a)中 $\delta_0=-0.006$mm, $d'=d-(-0.006)=d+0.006$mm. 在图 3.1.7(b)中 $\delta_0=+0.008$mm, $d'=d-\delta_0=d-0.008$mm.

（3）对于微分筒转动两周测微螺杆才前进 1mm 的螺旋测微计,读数时应特别注意活动套筒上的读数是否过 0,过 0 则加 0.5,不过 0 则不能加 0.5. 如图 3.1.5 所示,虽然 5.5mm 的刻线已经可以看到,但活动套筒上的读数尚未过 0,因此读数应为 5.0+0.474＝5.474mm,而非 5.5+0.474＝5.974mm.

（4）测量完毕,应将测微螺杆退回几转,使测微螺杆与测砧之间留有空隙,以免在受热膨胀时两者过分压紧而损坏测微螺杆.

【实验内容】

1. 用游标卡尺测量一空心有底圆柱体的体积

（1）练习正确使用游标卡尺. 先将游标卡尺外量爪 A、B 完全合拢,记录游标卡尺的初读数. 然后移动游尺,练习正确读数.

（2）测量空心圆柱体的外径 D、内径 d、高度 H 和中心孔深度 h（各 6 次）.注意:测量时,应该在柱体周围的不同位置上测量高度和中心孔深度;沿轴线的不同位置上测量内径和外径,且每两次测量都应在互相垂直的位置上进行.

（3）计算各测量量的平均值,修正由于游标卡尺初读数引入的系统误差,评价各个量的不确定度,得到各测量量的测量结果.

（4）计算空心圆柱体的体积并评价体积的不确定度,正确表示测量结果.

2. 用螺旋测微计测量一小钢球的体积

（1）练习正确使用螺旋测微计,首先记录初读数,然后移动测微螺杆,练习正确读数.

（2）测量小钢球的直径 d（在不同位置上测 6 次）.

（3）计算 d 的平均值. 修正由于初读数引入的系统误差,评价 d 的不确定度,得到 d 的测量结果.

（4）计算小钢球的体积并评价体积的不确定度,正确表示测量结果.

【实验数据记录及处理】

1. 用游标卡尺测量一空心有底圆柱体的体积

游标卡尺分度值:＿＿＿＿＿＿ mm;

游标卡尺零点读数:＿＿＿＿＿＿ mm;

游标卡尺的仪器误差限 $\Delta_{ins}=$＿＿＿＿＿＿ mm.

测量次数	外径 D/mm	内径 d/mm	高 H/mm	内圆柱孔深 h/mm
1				
2				

测量次数	外径 D/mm	内径 d/mm	高 H/mm	内圆柱孔深 h/mm
3				
4				
5				
6				
平均值				
修正初读数后的测量平均值				
A 类不确定度 u_A				
B 类不确定度 u_B				
不确定度 u				
测量结果	$D=\overline{D}\pm u_D$	$d=\overline{d}\pm u_d$	$H=\overline{H}\pm u_H$	$h=\overline{h}\pm u_h$

计算空心圆柱体的体积、评价空心圆柱体体积的测量不确定度及正确写出测量结果.

2. 用螺旋测微计测量一小钢球的体积

螺旋测微计的分度值：_____ mm；

螺旋测微计的零点读数：_____ mm；

螺旋测微计的仪器误差限 Δ_{ins} = _____ mm.

测量次数	1	2	3	4	5	6	平均值	修正初读数后的平均值
小钢球直径 d/mm								

计算小钢球的体积、评价小钢球体积的测量不确定度及正确写出测量结果.

【思考题】

(1) 已知游标卡尺的精度为 0.01mm，其主尺的最小分度的长度为 0.5mm，试问游标的分度数（格数）为多少？ 以毫米作单位，游标的总长度可能取哪些值？

(2) 一个角游标，主尺 29(29 分格)对应于游标 30 个分格，问这个角游标的分度值是多少？ 读数应到哪一位上？

实验 2　物体密度的测量

密度是物质的基本特性之一，它与物质的纯度有关. 因此，工业上常通过测定物体的密度来进行原料成分的分析、液体浓度的测定和材料纯度的鉴定. 因此，学习测定物体密度的方法是十分必要的.

【实验目的】

（1）学习使用读数显微镜和物理天平；

（2）学习流体静力秤衡法来测定不规则物体密度；

（3）学习对影响实验的误差原因进行分析.

【实验仪器】

读数显微镜,物理天平,待测物体,玻璃烧杯,细线,游标卡尺,螺旋测微计.

【实验原理】

1. 仪器结构原理

1）读数显微镜的结构和原理（参见 54 页）

2）物理天平

天平是一种等臂杠杆,按其称衡的精确程度分等级,精确度低的是物理天平,精确度高的是分析天平.不同精确程度的天平配置不同等级的砝码.各种等级的天平和砝码其仪器误差都有规定,可以查看产品说明书或检定证书.天平的规格除了等级以外,主要还有最大称量和感量（或灵敏度）.最大称量是天平允许称量的最大质量.感量就是天平的摆针从标度尺上零点平衡位置（这时天平两个称盘上的质量相等,摆针在标度尺的中间）偏转一个最小分格时,天平两称盘上的质量差.一般来说,感量的大小应该与天平砝码（游码）读数的最小分度值相适应（如相差不超过一个数量级）.灵敏度是感量的倒数,即天平平衡时,在一个盘中加单位质量后摆针偏转的格数.

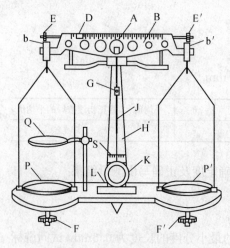

图 3.2.1　物理天平的构造

物理天平的构造如图 3.2.1 所示.在横梁 B 的中点和两端共有三个刀口.中间刀口 A 安置在支柱 H 顶端的玛瑙刀垫上,作为横梁的支点,在两端的刀口 b 和 b′上悬挂两个秤盘 P 和 P′.

每架物理天平都配有一套砝码,实验室常用的一种物理天平最大称量为 500g.1g 以下的砝码太小,用起来很不方便,所以在横梁上附有可以移动的游码 D. 横梁上每个分度值为 50mg,游码 D 在横梁上向右移动一个分度,就相当于在右盘中加一个 50mg 的砝码. 实验室常用的另一种物理天平的称量为 1000g、最小分度值为 0.1g（感量为 0.1g/分格）. 横梁下部装有读数指针 J,立柱 H 上装有标尺 S,根据指针来判断天平是否平衡.

为了便利某些实验,在底板左面装有托架 Q. 例如,用阿基米德原理测量物体的体积时,可将盛有水的烧杯放在托架上,以便于将物体浸沉在水中进行称衡.

物理天平操作步骤如下：

（1）调节水平螺钉 F 和 F′使支柱铅直,使天平底座上的水准泡移至圆圈刻度的中间位置.

（2）调整零点. 把游码 D 拨到刻度"0"处. 将称盘吊钩挂在两端刀口上. 将止动旋钮 K 向右旋转,支起天平横梁,观察指针 J 摆动情况,判断天平是否平衡. 当 J 在标度尺 S 的中线左右作等幅摆动时,天平即平衡了. 如不平衡,可以调整平衡螺母 E 或 E′.

（3）称衡. 将待测物体放在左盘内,砝码放在右盘内,进行称衡.

（4）每次称衡完毕,将 K 向左旋转,须立即放下横梁. 全部称完后将秤盘摘离刀口.

使用物理天平应当注意以下几点:

（1）天平的负载量不得超过其最大称量,以免损坏刀口和压弯横梁.

（2）为了避免刀口受冲击而损坏,必须切记:在取放物体、取放砝码、调节平衡螺母以及不使用天平时,都必须将天平止动. 只是在判断天平是否平衡时才将天平启动. 天平启、止动时动作要轻,止动时最好在天平指针接近标尺中间刻度时进行.

（3）待测物体和砝码要放在盘的正中. 砝码不得直接用手拿取,只准用镊子夹取. 称量完毕,砝码必须放回砝码盒内的特定位置,不得随意乱放.

（4）天平的各部分以及砝码都要注意防锈、防腐蚀. 高温物体、液体及带腐蚀性的化学药品不得直接放在称盘内称衡.

物理天平的正确使用可以归纳为四句话:调水平;调零点;左称物;常止动.

2. 实验测量原理

若物体的质量为 m,体积为 V,则其密度 ρ 为:$\rho = \dfrac{m}{V}$,因此,只要测量物体的体积和质量就可以得到它的密度 ρ.

物体的质量可以用物理天平测量得很准确,但如何准确地测定物体的体积却是一个问题. 简单规则形状的物体可以借助长度测量仪器如游标卡尺、千分尺等测量其几何尺寸,然后计算出它的体积. 但是许多物体的形状并不规则,它们的几何尺寸不易精确测量,导致体积的计算十分不便,甚至无法进行,这就给密度的测量带来了困难. 测量不规则物体体积的最简单方法是用量筒直接测量,但其测量准确度低. 本实验所采用的流体静力称衡法使不规则物体的密度测量有较高的准确度. 对于测量不规则物体的密度,这是一种常用的方法.

如果不计空气的浮力,物体在空气中称得质量为 m,把它全部浸没在液体中称得表观质量为 m_1,根据阿基米德原理,物体在液体中所受到的浮力 F 等于它在空气中的重量 $W = mg$ 与它浸没在液体中的视重 $W_1 = m_1 g$ 之差.

$$F = (m - m_1)g = \rho_0 V g$$

式中,ρ_0 是液体的密度,g 为重力加速度,V 是排开液体的体积,在物体全部浸入液体中时,也即物体的体积. 因此物体的密度为

$$\rho = \frac{m}{m - m_1} \rho_0$$

本实验中液体用水:ρ_0 即水的密度. 水的密度随温度的改变而略有变化,本实验水的密度近似取为 $1.0\text{g}/\text{cm}^3$. 应注意:只有当物体浸入液体后,其性质不发生变化时,才能用流体静力称衡法测定它的密度.

【实验内容】

(1) 测量一规则固体的密度.

(2) 用流体静力称衡法测定密度比水大的不规则固体的密度.

【实验数据记录及处理】

次数	游标卡尺: 精度:＿＿＿ mm 零点读数:＿＿ mm Δ_{ins} =＿＿＿ mm		千分尺: 精度:＿＿＿ mm 零点读数:＿＿ mm Δ_{ins} =＿＿＿ mm	读数显微镜: 精度:＿＿＿ mm Δ_{ins} =＿＿＿ mm	物理天平(型号:　　　) 分度值:＿＿＿＿ 最大称量:＿＿＿＿ 仪器误差 Δ_{ins}＿＿＿＿	
	长 a/mm	宽 b/mm	厚 c/mm	小孔直径 d/mm	铅块在空气中 的质量 m/g	铅块在水中 的质量 m_1/g
1				A: B:		
2				A: B:		
3				A: B:		
平均值						

铅的密度公认值 $\rho_{铅}$＝11.35g/cm³;水的密度 ρ_0＝1.0g/cm³.

(1) 小铅块的体积 $V=\left(ab-\dfrac{\pi}{4}d^2\right)c=$ ＿＿＿＿＿＿＿;

小铅块的密度 $\rho_1=\dfrac{m}{V}=$ ＿＿＿＿＿＿＿;

相对误差 $E_1=\dfrac{|\rho_{铅}-\rho_1|}{\rho_{铅}}\times100\%=$ ＿＿＿＿＿＿＿.

(2) 用流体静力称衡法计算小铅块的密度,并计算间接测量量 ρ_2 的不确定度.

【思考题】

如何测定密度比水的密度小的不规则固体的密度?

实验 3　验证牛顿第二定律

【实验目的】

(1) 熟悉气垫导轨的构造,掌握正确的使用方法;

(2) 熟悉光电计时系统的工作原理,学会用光电计时系统测量短暂时间的方法;

(3) 利用气垫导轨测滑块运动的速度和加速度;

(4) 验证牛顿第二定律.

【实验仪器】

气垫导轨和附件(光电门两个、滑块、砝码三个、挡光片),电脑计时器.

【实验原理】

牛顿第二运动定律指出：物体受到外力作用时，物体所获得的加速度的大小与合外力的大小成正比，并与物体的质量成反比；加速度的方向与合外力的方向相同.

如图 3.3.1 所示，在水平气轨上，有一质量为 m_1 的滑块，用一细线经一很轻的小滑轮，与质量为 m_2 的砝码相连，若忽略细线的质量和小滑轮转动时的折合质量，忽略空气的阻力，则有

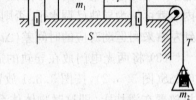

$$m_2g - T = m_2a \tag{3.3.1}$$
$$T = m_1a \tag{3.3.2}$$

解得

图 3.3.1　验证牛顿第二定律

$$m_2g = (m_1 + m_2)a \tag{3.3.3}$$
$$g = \frac{m_1 + m_2}{m_2}a \tag{3.3.4}$$

a 为该物体体系（m_1 和 m_2）的加速度，其数值可以通过测量滑块在相距为 S 的两位置上的速度 v_1、v_2 来求得

$$a = \frac{v_2^2 - v_1^2}{2S} \tag{3.3.5}$$

式(3.3.5)代入式(3.3.4)，即可求得重力加速度

$$g = \left(1 + \frac{m_1}{m_2}\right)\frac{v_2^2 - v_1^2}{2S} \tag{3.3.6}$$

令 $F = m_2g$，$M = m_1 + m_2$，则式(3.3.3)变为

$$F = Ma \tag{3.3.7}$$

F 为物体体系所受的合外力，M 为系统质量. 由此，我们可以用实验中获得的数据来验证牛顿第二定律：

(1) 保持物体系统质量（$m_1 + m_2$）不变，则加速度 a 应正比于系统所受合外力 m_2g 且比值为常数（$m_1 + m_2$）.

(2) 保持物体系统所受合外力 m_2g 不变，则加速度 a 应与系统质量（$m_1 + m_2$）成反比.

【实验内容】

(1) 仔细阅读本实验附录，使电脑计时器处于正常工作状态.

(2) 打开气源，将气轨调至水平.

对气垫导轨的水平调节是进行气垫导轨实验必须掌握的一项基本技能. 调节水平的方法有静态和动态两种. 实验时应先静态调平，再动态调平.

① 静态调节法：接通气源，用手测试导轨，若感到导轨两侧气孔明显有气流喷出，则通气状态良好. 把装有挡光片的滑块轻置于导轨上，若滑块总向导轨一头定向滑动，则表

明导轨该头的位置相对较低,可调节导轨一端的单脚螺钉,使滑块在导轨上保持不动或稍微左右摆动而无定向移动,那么导轨已调水平.

② 动态调节法:调节两光电门的间距,使之约 50.00cm(以指针为准).打开电脑计时器开关,导轨通气良好后,放上滑块,使之以某一初速度在导轨上来回滑行.设滑块经过两光电门的时间分别为 Δt_1 和 Δt_2,观察 Δt_1 和 Δt_2 的数据.若考虑空气阻力的影响,滑块经过第一个光电门的时间 Δt_1 总是略小于经过第二个光电门的时间 Δt_2(两者相差 2% 以内),就可认为导轨已调水平.否则根据实际情况调节导轨下面的单脚螺钉,反复观察,直到左右来回运动对应的时间差($\Delta t_1 - \Delta t_2$)大体相同为止.

(3) 将两光电门放在导轨的适当处,记下它们间的距离 S,测量滑块上挡光框的宽度 ΔS(图 3.3.2),按图 3.3.1 放置好滑块和砝码.其中一枚砝码挂在细线末端,其余两枚放置在滑块上(即这时物体体系的质量为滑块和三个砝码的质量之和),滑块先后通过两光电门的时间 Δt_1、Δt_2,利用 $v = \dfrac{\Delta S}{\Delta t}$ 计算 v_1、v_2.并由式(3.3.5)和式(3.3.6)计算出 a 值和 g 值,重复两次,求其平均值.并将 g 值与公认值 $979.4 \mathrm{cm/s^2}$ 比较,求相对误差.

(4) 分两次从滑块上将两枚砝码移至线下端,重复上述内容(3),求出各次的 a 值,从而验证,在物体体系质量不变时,物体的加速度与系统所受合外力成正比.

(5) 保持下挂线末端砝码质量不变(例如取 $m_2 = 10.00\mathrm{g}$),改变滑块的质量(例如第一次仅用一个滑块 m_1,第二次在滑块上再附加一重块 m',取 $m' = 10.00\mathrm{g}$)重复内容(3),算出各加速度值,从而验证当物体体系所受外力不变时,其加速度与系统质量成反比.

图 3.3.2　挡光片

注意:实验中 ΔS 为遮光片两个挡光沿的宽度如图 3.3.2 所示.在此测量中实际上测定的是滑块上遮光片(宽 ΔS)经过某一段时间的平均速度,但由于 ΔS 较窄,所以在 ΔS 范围内,滑块的速度变化比较小,故可把平均速度看成是滑块上遮光片经过两光电门的瞬时速度.同样,如果 Δt 越小(相应的遮光片宽度 ΔS 也越窄),则平均速度越能准确地反映滑块在该时刻运动的瞬时速度.

【实验数据记录及处理】

1. 验证 M 不变时,$a \propto F$

$S = \underline{\hspace{1.5cm}}$ cm,$\Delta S = \underline{\hspace{1.5cm}}$ cm,$M = m_1 + m_2 = \underline{\hspace{1.5cm}}$ g

	次数	Δt_1	Δt_2	v_1	v_2	a	g	$\bar{a}$	$\bar{g}$
$m_2 = 5.00\mathrm{g}$	1								
	2								
$m_2 = 10.00\mathrm{g}$	1								
	2								
$m_2 = 20.00\mathrm{g}$	1								
	2								

$g = \underline{\hspace{1.5cm}}$,$E_g = \underline{\hspace{1.5cm}}$.

验证结果：$\dfrac{F_1}{a_1}=$ _____，$\dfrac{F_2}{a_2}=$ _____，$\dfrac{F_3}{a_3}=$ _____.

并由此说明当 M 不变时，a 与 F 的关系.

2. 验证 F 不变时，$a\varpropto\dfrac{1}{M}$

$S=$ _____ cm，$\Delta S=$ _____ cm，$m_1=$ _____ g，$m'=\underline{\quad 10\quad}$ g，$m_2=\underline{\quad 10\quad}$ g

次　数	$M_1=m_1+m_2=$ g					$M_2=m_1+m_2+m'=$ g				
	Δt_1	Δt_2	v_1	v_2	a_1	Δt_1	Δt_2	v_1	v_2	a_2
1										
2										
平　均			$\bar{a}_1=$					$\bar{a}_2=$		

验证结果：$M_1\bar{a}_1=$ _____，$M_2\bar{a}_2=$ _____.

并由此说明当 F 不变时，a 与 M 的关系.

以上各量的单位均用 [cm·g·s] 制单位.

【实验注意事项】

(1) 气轨的导轨面与滑块的工作面必须保持平整、清洁.

(2) 使用时应小心轻放，防止碰伤，严禁压伤或撞击导轨，以免导轨变形.

(3) 气轨上的小孔要保持通畅，若小孔堵塞，可用直径 0.6mm 的钢丝疏通.

(4) 在气源不供气的情况下，滑块不得在导轨面上推动，以防划伤气轨和滑块的工作面，影响正常实验.

(5) 小型气源噪声大、温度高，不宜长时间连续工作，不用时应及时关掉.

【思考题】

(1) 本实验对每个量的测定，怎样才能使误差更小些？

(2) 实验中如果导轨未调平，对验证牛顿第二定律有何影响，得到的图将是什么样的？

(3) 如何在气垫导轨上用与本实验不同的方法来测重力加速度？

附：MUJ-4B 电脑计时器

1. 面板各部位的作用

(1) 前面板.

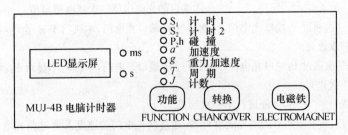

附图 3.1

功能键:如按下功能键,光电门遮过光,则清"0",功能复位.光电门没遮过光,按功能键,仪器将选择新的功能.

转换键:在计时 1(S_1)、计时 2(S_2)功能时,仪器可自动存入前 24 个测量值,按下转换键,可显示存入值.当显"E×",提示将显示存入的第×值.

在显示存入值过程中,按下功能键,会清除已存入的数值.

(2) 后面板.

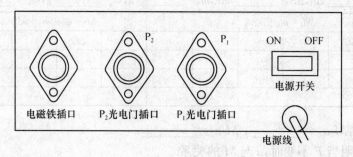

附图 3.2

2. 仪器使用与操作

(1) 计时 1(S_1):测量对任一光电门的挡光时间,可连续测量.自动存入前 24 个数据,按下转换键可查看.

(2) 计时 2(S_2):测量光电门两次挡光的间隔时间,可连续测量.自动存入前 24 个数据,按下转换键可查看.

(3) 碰撞(P_2h):等质量、不等质量碰撞.在 P_1、P_2 端口各接一个光电门,两只滑块上分别安装同一宽度的凹形挡光片和碰撞弹簧.让滑块从气轨两端向中间运动,各自通过一个光电门后相撞.每一次碰撞过程的速度测量后,仪器将循环显示两只光电门依次记录的滑块速度值(最多可记录 4 个速度值),如

显示值	表达的含义
P_{1-1}	P_1 端口的光电门第一次通过
××××	P_1 端口的光电门第一次速度测量值
P_{1-2}	P_1 端口的光电门第二次通过
××××	P_1 端口的光电门第二次速度测量值
P_{2-1}	P_2 端口的光电门第一次通过
××××	P_2 端口的光电门第一次速度测量值
P_{2-2}	P_2 端口的光电门第二次通过
××××	P_2 端口的光电门第二次速度测量值

① 如果滑块三次通过 P_1 端口光电门,一次通过 P_2 端口光电门,本机将不显示 P_{2-2} 而显示 P_{1-3},表示 P_1 端口光电门第三次遮光.

② 如果滑块三次通过 P_2 端口光电门,一次通过 P_1 端口光电门,本机将不显示 P_{1-2} 而显示 P_{2-3},表示 P_2 端口光电门第三次遮光.

只有再按功能键清"0"后,才能进行下一次测量.

(4) 加速度(a):测量带凹形挡光片的滑行器,通过两光电门的速度及通过两光电门这段路程的时间.本机会循环显示下列数据:

1	第一个光电门
××××	第一个光电门测量值
2	第二个光电门
××××	第二个光电门测量值
1—2	第一至第二个光电门
××××	第一至第二个光电门测量值

只有再按功能键清"0"后,方可进行新的测量.

(5) 重力加速度(g):将电磁铁插入电磁铁插口,两个光电门插入光电门插口,电磁铁键上方发光管亮时,吸上小钢球;按电磁铁键,小钢球下落(同步计时),到小钢球前沿遮住光电门(计录时间),显示

1	第一个光电门
××××	t_1 值
2	第二个光电门
××××	t_2 值

因

$$h_1 = \frac{1}{2}gt_1^2, \quad h_2 = \frac{1}{2}gt_2^2$$

故有 $g = \dfrac{2(h_2 - h_1)}{t_2^2 - t_1^2}$,$(h_2 - h_1)$ 为两光电门之间的距离.

按功能键或电磁铁键,仪器可自动清"0". 电磁铁可吸小钢球.

重力加速度的测量方法,还可用计时 2(S_2)功能测量,具体方法可参见用自由落体仪测定重力加速度实验.

(6) 周期(T):测量简谐运动 1~5000 周期的时间,可选用以下一种方法测量.

① 不设定周期数:每次开机仪器自动显示周期数为 0,每完成一个周期,显示周期数会加 1. 按转换键即停止测量. 显示最后一个周期数约 1s 后,显示累计时间值. 再按转换键,可提取单个周期的时间值.

② 设定周期数:显示设定周期数时,按住转换键不放,确认到你所需周期数时放开此键即可.(只能设定 100 以内的周期数). 每完成一个周期,显示周期数会自动减 1,当最后一次遮光完成,显示累计时间值.

显示累计时间值时,按转换键可显示本次实验(最多前 20 个周期)每个周期的测量值,如显示 E_2(表示第二个周期),××××(第二个周期的时间),…….

待运动平稳后,按功能键,即可重新开始测量.

(7) 计数(J):测量光电门的遮光次数.

实验 4　用自由落体仪测定重力加速度

重力加速度是物理学中的一个重要参量. 伽利略首先证明:如果忽略空气摩擦的影响,则所有落地物体都将以同一个加速度下落,这个加速度就是重力加速度 g. 地球上各个地区重力加速度 g 的数值随该地区的地理纬度和相对海平面的高度不同而稍有差异. 一般地说,在赤道附近地区重力加速度 g 的数值最小,越靠近南、北两极,g 的数值越大,g 的最大值与最小值相差仅约 1/300. 研究重力加速度的分布情况在地球物理学中具有重要意义. 在本实验中,我们用自由落体仪测定重力加速度.

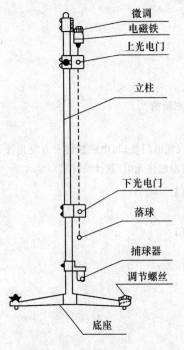

图 3.4.1 自由落体测定仪

【实验目的】

(1) 通过测定重力加速度,深刻理解匀加速直线运动的规律;

(2) 掌握用电脑计时器测量微小时间间隔;

(3) 测定重力加速度.

【实验仪器】

自由落体仪装置一套,小钢球一个,电脑计时器一个.

仪器描述:图 3.4.1 所示为自由落体测定仪,它由立柱、电磁铁、捕球器和两个光电门组成.立柱是一根约 1.7m 的金属杆,其侧面附有刻度尺,用来测量光电门的位置.电磁铁通电时吸住金属小球,断电时松开金属小球,使它作自由落体运动.为了精确测定小钢球下落的时间,在金属杆上装有两个可上下移动或固定的光电门,每个光电门上都装有二极管,分别用导线与电脑计时器的相应部分连接.金属小球下落时分别对两个光电门挡光,控制电脑计时器开始或停止计时,这样,小球依次通过间距为 S 的两个光电门所需的时间可以直接从计时器上读出.小钢球下落后掉入捕球器内.

【实验原理】

在重力的作用下,物体的下落运动(包括自由落体和竖直下抛运动)都是匀加速直线运动,这种运动满足以下方程:

$$S = v_0 t + \frac{1}{2} g t^2 \tag{3.4.1}$$

$$v_t = v_0 + g t \tag{3.4.2}$$

式中,g 为重力加速度,v_0 为初速度,v_t 为末速度,S 为在时间间隔 t 内物体下落的距离.

(1) 令 $v_0 = 0$,即为自由落体运动,则式(3.4.1)变为:$S = \frac{1}{2} g t^2$,即 $g = \frac{2S}{t^2}$. 可见,如果能测得物体在最初 t 秒内通过的距离 S,便可算出 g 值.

但这种方法实现时有两个困难:一是 S 算到哪里为止? 因为小球下落经过光电门到达什么位置时才算挡住了光是不容易准确确定的;二是电磁铁有剩磁.当一断电即开始计时,但是小球不见得立即下落,于是 t 就测不准了.这两点都会带来一定的测量误差.在做本实验时,调节磁头与第一光电门间的距离,使钢球通过第一光电门的速度为零.

(2) 若 $v_0 \neq 0$,如图 3.4.2 所示,让物体从 O 点开始自由下

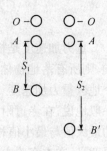

图 3.4.2

落,设它到达 A 点的速度为 v_0. 从 A 点起,经过时间 t_1 后,物体到达 B 点. 令 A、B 两点间距离为 S_1,则

$$S_1 = v_0 t_1 + \frac{1}{2} g t_1^2 \tag{3.4.3}$$

若保持前面所述的条件不变,则从 A 点起,经过时间 t_2 后,物体到达 B',令 A、B' 两点间的距离为 S_2,则

$$S_2 = v_0 t_2 + \frac{1}{2} g t_2^2 \tag{3.4.4}$$

将式(3.4.4)乘以 t_1,再减去式(3.4.3)乘以 t_2,得

$$S_2 t_1 - S_1 t_2 = \frac{1}{2} g(t_2^2 t_1 - t_1^2 t_2) \tag{3.4.5}$$

即

$$g = \frac{2(S_2 t_1 - S_1 t_2)}{t_2^2 t_1 - t_1^2 t_2} = 2\left(\frac{S_2}{t_2} - \frac{S_1}{t_1}\right)\Big/(t_2 - t_1) \tag{3.4.6}$$

利用上述方法测量,将原来难于精确测定的 v_0 通过式(3.4.3)、式(3.4.4)消除,也解决了剩磁所引起的时间测量困难,用这种方法可得到精度较高的实验结果.

【实验内容】

1. **按方法(1)($v_0 = 0$)测定重力加速度**

(1) 利用重锤调节落体仪支柱处于竖直状态.

(2) 调节上光电门的位置,使小球自由下落通过上光电门时的速度为零.

(3) 合上电脑计时器开关及电磁铁开关,使计时器处于正常工作状态,功能键选择 S_2.

(4) 适当调节下光电门的位置,记下两光电门之间的距离 S. 断开电磁铁开关,记下小球自由下落通过距离 S 所用的时间 t,重复三次,求出 $\bar{t}$,按方法(1)计算出 g 值.

(5) 调节不同的 S 值,按步骤(4)测出各 g 值,计算 $\bar{g}$ 值,并与公认值($g_0 = 9.794\text{m/s}^2$)比较,求误差.

2. **按方法(2)($v_0 \neq 0$)测重力加速度**

(1) 将上光电门固定在离电磁头适当距离的位置上(使小球自由下落经此门时速度不等于零),下光电门固定在所选取的位置上,记下两光电门之间的距离 S_1.

(2) 测出小球自由下落经距离 S_1 所需的时间 t_1,重复三次,求出 $\bar{t}_1$.

(3) 保持上光电门及电磁头位置不变,改变下光电门位置,测出小球分别通过距离 S_2 和 S_3 所需时间 $\bar{t}_2$ 和 $\bar{t}_3$.

(4) 按式(3.4.6)计算 g 值,并与公认值比较,求误差.

注意:由于支柱较轻,实验时动作一定要轻,不能使支柱晃动,待小钢球静止后再下落计时.

【实验数据记录及处理】

(1) 小球通过上光电门时的速度 $v_0 = 0$,数据测量如下表.

两光电门间的距离 S/cm	所用时间 t/s		重力加速度 $g = 2S/t^2/(cm/s^2)$
	各次测量值	平均值	

（2）小球通过上光电门时的速度 $v_0 \neq 0$，测量数据如下表.

两光电门间的距离 S/cm	所用时间 t/s		重力加速度 $/(cm/s^2)$
	各次测量值	平均值	

【思考题】

（1）试比较一下实验中两种测定重力加速度的方法各有哪些优缺点？

（2）如果用体积相同而质量不同的木球代替小铁球，试问实验所得到的 g 值是否不同？你将怎样通过实验来证实你的答案呢？

（3）试分析本次实验产生误差的主要原因，并讨论如何减小重力加速度 g 的测量误差.

（4）A 和 B 的位置怎样比较合适？试改变 A、B 的位置进行实验，并对结果进行讨论.

实验 5　欧姆定律的验证及其应用

欧姆定律是电路中最基本的定律，它反映了电流、电压和电阻之间相互联系的规律，可用来解决有关电路的很多实际问题. 在电流、电压和电阻这三个物理量中，只要知道其中的任意两个量，就可以求出第三个量. 例如，若知道了某段导体两端的电压和通过它的电流，就可以求出这段导体的电阻，这就是通常所说的伏安法测电阻.

【实验目的】

（1）熟悉安培表、伏特表、电阻箱、变阻器及电源等基本电磁测量仪器的使用方法；

（2）使用安培表和伏特表来验证欧姆定律；

（3）掌握用伏安法测量电阻的方法，了解电表的接入误差.

【实验仪器】

伏特表,安培表,直流稳压电源,电阻箱(待测电阻),滑线变阻器,开关,导线.

【实验原理】

1. 什么是欧姆定律

通过一段导体的电流 I 与该导体两端的电压 U 成正比,与该导体的电阻 R 成反比,这就是欧姆定律.用数学式子可表示为:$I = \dfrac{U}{R}$,式中电流单位用安,电压单位用伏,电阻单位用欧姆.

2. 欧姆定律的应用

由欧姆定律的数学表达式得

$$R = \frac{U}{I} \tag{3.5.1}$$

若用电压表测得电阻两端的电压 U,同时用电流表测出通过该电阻的电流 I,由此可求得电阻 R.这种用电表直接测出电压和电流数值,由欧姆定律计算电阻的方法,称为伏安法.

3. 伏安法测电阻两种接法的讨论

伏安法原理简单、测量方便,它尤其适用于测量非线性电阻的伏安特性.但是用这种方法进行测量时,电表的内阻要影响测量结果.下面就对电表内阻的影响进行分析讨论.

用伏安法测量电阻,可采用两种接线方法,如图 3.5.1 所示.

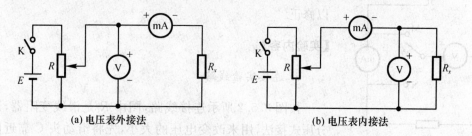

(a) 电压表外接法　　　　　　　　(b) 电压表内接法

图 3.5.1　用伏安法测电阻的两种接法

图 3.5.1(a)为电压表外接法(也称电流表内接法),其中电流表的读数 I 为通过待测电阻 R_x 的电流;电压表的读数 U 不是 U_x 而是 $U = U_x + U_A$.如果将电表的指示值 I、U 代入式(3.5.1),待测电阻的测量值为:$R_测 = \dfrac{U}{I} = \dfrac{U_x + U_A}{I_x} = R_x + R_A = R_x\left(1 + \dfrac{R_A}{R_x}\right)$,式中 R_A 为电流表的内阻,R_A/R_x 是电流表内阻给测量带来的相对误差.可见采用电压表外接法时,测得的电阻值 $R_测$ 比实际值 R_x 偏大.如果知道 R_A 的数值,则待测电阻 R_x 可用下式计算:

$$R_x = \frac{U - U_A}{I} = R_测 - R_A = R_测\left(1 - \frac{R_A}{R_测}\right) \tag{3.5.2}$$

图 3.5.1(b)为电压表内接法(也称电流表外接法),其中电压表的读数 U 等于电阻 R_x 两端的电压 U_x;电流表的读数不等于 I_x,而是 $I=I_x+I_V$. 如果将电表的指示值 U、I 代入式(3.5.1),则得到待测电阻 R_x 的测量值为

$$R_{测}=\frac{U}{I}=\frac{U_x}{I_x+I_V}=\frac{U_x}{I_x\left(1+\dfrac{I_V}{I_x}\right)}$$

将 $\left(1+\dfrac{I_V}{I_x}\right)^{-1}$ 用二项式定理展开,可写为:$R_{测}\approx\dfrac{U_x}{I_x}\left(1-\dfrac{I_V}{I_x}\right)=R_x\left(1-\dfrac{R_x}{R_V}\right)$,式中 R_V 为电压表的内阻,R_x/R_V 是电压表内阻给测量带来的相对误差. 可见,采用电压表内接法时,测得的电阻值 $R_{测}$ 比实际值 R_x 偏小. 如果知道 R_V 的数值,则待测电阻 R_x 可由下式计算:

$$R_x=\frac{U_x}{I-I_V}=\frac{U_x}{I\left(1-\dfrac{I_V}{I}\right)}\approx\frac{U_x}{I}\left(1+\frac{I_V}{I}\right)=R_{测}\left(1+\frac{R_{测}}{R_V}\right) \tag{3.5.3}$$

由以上分析可知用伏安法测电阻时,由于安培表和伏特表都有一定的内阻,将它们接入电路后,就存在着接入误差(系统误差),所以测得的电阻值不是偏大就是偏小. 要确定究竟采用哪一种接法,必须事先对 R_x、R_A、R_V 三者的相对大小有粗略的估计. 当 $R_x\gg R_A$,而 R_V 未必比 R_x 大时,采用电压表外接电路有利(图 3.5.1(a)的接法),当 $R_x\ll R_V$,而 R_x 又不过分大于 R_A 时,采用电压表内接电路有利(图 3.5.1(b)的接法). 对于既满足 $R_x\gg R_A$,又满足 $R_x\ll R_V$ 关系的电阻,可采用图 3.5.1(a)或图 3.5.1(b)的接法进行测量. 如果要得到待测电阻的准确值,必须分别按式(3.5.2)和式(3.5.3)加以修正.

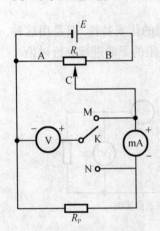

图 3.5.2　实验线路图

【实验内容】

1. 连接实验线路

按图 3.5.2 所示连接线路,图中 R_t 是滑线变阻器,采用分压式接法,用来改变电压的大小,先将滑动头 C 靠近固定端 A 处,经检查线路无误时将滑线变阻器滑动头 C 缓慢向 B 移动,K 是单刀双向开关,打向 M 为图 3.5.1(a)的接法,打向 N 为图 3.5.1(b)的接法. R_P 为电阻箱,既作固定电阻使用,又作待测电阻用.

2. 验证欧姆定律

将开关 K 打向 M 端,调节滑线变阻器,使电压 U 固定在某一定值(如 $U=3.00$ V),然后改变电阻 R 的数值(如 $R=20\,\Omega,40\,\Omega,60\,\Omega,\cdots$),记录与电阻 R 对应的电流表的读数. 比较所得的电阻和电流的数据,验证电流 I 和电阻 R 是否成反比例. 以电流 I 为纵坐标,电阻 R 为横坐标,绘一 I-R 曲线看电流 I 与电阻 R 是否成反比例? 应该注意的是,在改变电阻 R 时,电压表的指示也有变化. 因而每改变一次电阻 R 时,都要调节滑线变阻器,以

保持电压 U 在固定的数值.

3. 用伏安法测电阻

(1) 从电阻箱上取 R_x 为 100Ω,将开关 K 分别拨向 M 和 N,调节滑线变阻器在不同的电压下测量 5 或 6 个数据. 绘出 U-I 曲线,通过曲线的斜率计算出 R_x 的测量值,再用式 (3.5.2)、式(3.5.3)计算 R_x 实际值.

(2) 从电阻箱上取 R_x 为 10Ω,按上述步骤(1)的方法测量之.

(3) 分别计算上述各测量值因电表内阻引起的相对误差,从而说明测量高电阻用哪种接法为好,测量低电阻用哪种接法为好?

【实验数据记录及处理】

1. 验证欧姆定律

U 取 3.00V 不变,验证 $I = \dfrac{U}{R}$,并作 I-R 图.

R/Ω	20	40	60	80	100	120
I/mA						

2. 用伏安法测电阻

电压表量程:＿＿ V,内阻 $R_V=$＿＿ Ω;电流表量程＿＿ mA,内阻 $R_A=$＿＿ Ω

	次　数	1	2	3	4	5	6
取 $R_x=100\Omega$ 为待测	U/V	1.50	2.00	2.50	3.00	3.50	4.00
	Ⓥ 外接法 $I_{外}/\text{mA}$						
	Ⓥ 内接法 $I_{内}/\text{mA}$						
取 $R_x=10\Omega$ 为待测	U/V	0.30	0.40	0.50	0.60	0.70	0.80
	Ⓥ 外接法 $I_{外}/\text{mA}$						
	Ⓥ 内接法 $I_{内}/\text{mA}$						

R_x 测量值（即直线斜率）	R_x 实际值(Ω)	由电压表和电流表内阻引起的相对误差
$R_{外}=$　　Ω	$R_x=R_{外}-R_A=$	$\dfrac{\lvert R_x-R_{外}\rvert}{R_x}\times 100\%=$　　%
$R_{内}=$　　Ω	$R_x=R_{内}\left(1+\dfrac{R_{内}}{R_V}\right)=$	$\dfrac{\lvert R_x-R_{内}\rvert}{R_x}\times 100\%=$　　%
$R_{外}=$　　Ω	$R_x=R_{外}-R_A=$	$\dfrac{\lvert R_x-R_{外}\rvert}{R_x}\times 100\%=$　　%
$R_{内}=$　　Ω	$R_x=R_{内}\left(1+\dfrac{R_{内}}{R_V}\right)=$	$\dfrac{\lvert R_x-R_{内}\rvert}{R_x}\times 100\%=$　　%

【思考题】

在安培表外接，$R_V \gg R_x$ 时，相对误差为 R_x/R_V，试推导这一结果．

实验 6　学习使用多用电表

【实验目的】

(1) 学会使用多用电表；

(2) 了解电表的接入误差；

(3) 熟悉接线方法．

【实验仪器】

多用电表，干电池，导线，电阻板，直流电源．

【实验原理】

多用电表是最常用的仪器，它可以测量交流和直流电压、电流，还可以测量电阻，用途广但准确度稍低．

1. 直流电压挡

如图 3.6.1 是多用电表作为一个多量程的直流伏特表，各量程分别是 1V，5V，25V，100V，500V．图 3.6.1(a) 是量程为 1V、5V、25V 的简化电路，由于 R_1、R_2 的分流作用，虚线框内部分相当于 $50\mu A$ 的表头，串联不同的电阻分别得出所要求的量程，图 3.6.1(b) 是量程为 100V、500V 的电路，由于 R_1 改为和表头串联，分流电阻只剩下 R_2，故虚线框内部分的表头量程加大到 $200\mu A$，这样，同样是串联 $R_3 + R_4 + R_5$，得到伏特表量程为 100V，再串联 R_6 得到量程 500V．

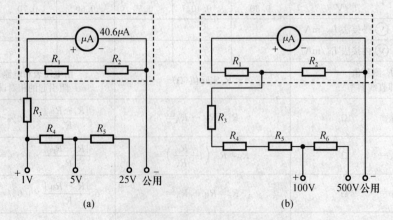

图 3.6.1　多用电表作为一个多量程的直流伏特表

多用电表在使用时往往不是固连在待测电路上，而测量时连上，读数后即撤离，所以接入误差成为经常考虑的问题,下面先考察接入误差的成因及修正办法.

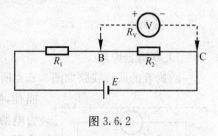

图 3.6.2

如图 3.6.2 的电路,BC 间的电压 V_{BC} 显然等于 $\dfrac{R_2}{R_1+R_2}E$,如果把伏特表 V 接在 B、C 两点,测出的电压是否就是 V_{BC} 呢? 不是的,由于伏特表有一定的内阻 R_V,伏特表接入后电路的电压分配会发生改变,BC 间的电压变为 V'_{BC},我们想要知道的是电表未接入时的电压 V_{BC},但电表测出却是 V'_{BC},这两者之间差 ΔV 称为接入误差,定义为

$$\Delta V = V_{BC} - V'_{BC}$$

$$V'_{BC} = \frac{\dfrac{R_V R_2}{R_V + R_2}}{R_1 + \dfrac{R_V R_2}{R_V + R_2}}E = \frac{1}{1 + \dfrac{R_1(R_V + R_2)}{R_V R_2}}E$$

$$\frac{\Delta V}{V'_{BC}} = \frac{V_{BC} - V'_{BC}}{V'_{BC}} = \frac{V_{BC}}{V'_{BC}} - 1 = \frac{R_2}{R_1 + R_2}\left[1 + \frac{R_1(R_V + R_2)}{R_V R_2}\right] - 1$$

$$= \frac{R_V R_2 + R_1 R_2 + R_1 R_V}{R_V(R_1 + R_2)} - 1 = \frac{R_1 R_2}{R_V(R_1 + R_2)}$$

观察图 3.6.2 的电路可知,$\dfrac{R_1 R_2}{R_1 + R_2}$ 正是以伏特表接入点 B、C 为考察点的等效电阻 $R_{\text{等效}}$(此时电源看作短路,故为 R_1 和 R_2 并联),故得

$$\frac{\Delta V}{V'_{BC}} = \frac{R_{\text{等效}}}{R_V} \tag{3.6.1}$$

根据式(3.6.1)很容易知道接入误差的大小,并在必要时可以修正测量值.

2. 直流电流挡

当选择开关 K 至 mA 挡时,多用电表就是一个多量程安培表,简化电路如图 3.6.3,跟测电压类似,测电流时也有接入误差,若多用电表的内阻为 R_A,以电表接入点为考察点,电路的电阻为 $R_{\text{等效}}$,则接入误差为

$$\frac{\Delta I}{I'} = \frac{R_A}{R_{\text{等效}}} \tag{3.6.2}$$

I' 即电表读出的电流值.

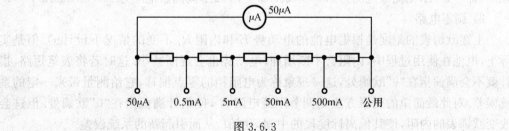

图 3.6.3

3. 欧姆表

1) 欧姆表原理

欧姆表的原理线路如图 3.6.4 所示，其中虚线框内部分为欧姆表，a 和 b 为红、黑两表笔

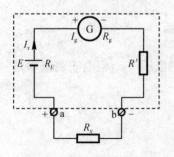

插孔，测量时将待测电阻 R_x 接在 a 和 b 之间，在欧姆表中，E 为电源（干电池），G 为表头（内阻为 R_g，满度电流为 I_g），R' 为限流电阻，由欧姆定律可知回路中的电流 I_x 由下式决定

$$I_x = \frac{E}{R_g + R' + R_x + R_E} \tag{3.6.3}$$

可以看出，对一给定的欧姆表（即 E、R_E、R_g、R' 给定），则 I_x 仅由 R_x 决定，即 I_x 与 R_x 之间有一一对应的关系，这样，在表头刻度上标出相应的 R_x 值即成一欧姆表.

图 3.6.4　欧姆表原理线路图

由式(3.6.3)可以看出，当 $R_x = 0$ 时，回路中的电流最大，为 $\dfrac{E}{R_g + R' + R_E}$，在欧姆表中设法改变表头的满度电流 I_g 使其等于此最大电流，即

$$I_g = \frac{E}{R_g + R' + R_E} \tag{3.6.4}$$

习惯上用 $R_中$ 表示 $R_g + R' + R_E$，称之为欧姆表的中值电阻，即

$$R_中 = R_g + R' + R_E$$

这样式(3.6.4)和式(3.6.3)改写为

$$I_g = \frac{E}{R_中} \tag{3.6.5}$$

和

$$I_x = \frac{E}{R_中 + R_x} \tag{3.6.6}$$

由式(3.6.6)可以看出：欧姆表的刻度是非线性的（不均匀的），正中那个刻度值即 $R_中$，这是因为 $R_x = R_中$ 时指针偏转为满度的一半，即 $I_x = \dfrac{1}{2} I_g$，当 $R_x \ll R_中$ 时，有 $I_x \approx \dfrac{E}{R_中} = I_g$，此时偏转接近满度，随 R_x 之变化亦不明显，因而测量误差很大；当 $R_x \gg R_中$ 时，$I_x \approx 0$，因而测量误差亦很大. 所以在实用上通常只用欧姆表中间的一段来测量，如 $\dfrac{1}{5} R_中 \sim 5R_中$ 这段范围. 实际上欧姆表都有几个量程，每个量程的 $R_中$ 都有不同，但每个量程的可用范围都是 $\dfrac{1}{5} R_中 \sim 5R_中$. 如果 $R_中 = 100\,\Omega$，则测量范围为 $20 \sim 500\,\Omega$；$R_中 = 1\,000\,\Omega$，则测量范围为 $200 \sim 5\,000\,\Omega$.

2) 调零电路

上述欧姆表的刻度是根据电池的电动势 E 和内阻 R_E 不变的情况下设计的. 但是实际上，电池在使用过程中，内阻会不断增加，电动势也会逐渐减小. 这时若将表笔短路，指针就不会满偏指在"0"欧姆处，这一现象称为电阻挡的零点偏移，它给测量带来一定的系统误差. 对此最简单的克服方法是调节限流电阻 R'，使指针满偏指在"0"欧姆处. 但这会改变欧姆表的内阻，使其偏离标度尺的中间刻度值，从而引起新的系统误差.

较合理的电路是在表头回路里接入对零点偏移起补偿作用的电位器 R_0，如图 3.6.5 所示. 电位器上的滑动头把 R_0 分成两部分，一部分与表头串联，其余部分与表头并联. 因电动势增加使电路中的总电流偏大时，可将滑动触头下移，以增加与表头串联的阻值，而减少与表头并联的阻值，使分流增加，以减少流经表头的电流. 而当实际的电动势低于标称值或内阻高于设计标准，使总电流偏小时，可将滑动头上移，以增加表头电流. 总之，调节电位器 R_0 的滑动头，可以使表

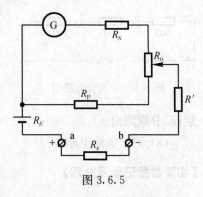

图 3.6.5

笔短路时流经表头的电流保持满标度电流. 电位器 R_0 称为调零电位器. 但改变调零电位器 R_0 的滑动头时，整个表头回路的等效电阻 R'_g 会随之改变，因而中值电阻 $R_中 = R_E + R'_g + R'$ 也会有变化. 为了减小这个变化对测量结果带来的误差，通常在设计欧姆表时，都是先设计 $R \times 1k\Omega$ 挡，这一挡的中值电阻约为 $10k\Omega$，是一个很大的电阻，R'_g 的变化对它的影响就可以忽略不计. 对于 $R \times 100\Omega$、$R \times 10\Omega$、$R \times 1\Omega$ 各挡，则采用 $R \times 1k\Omega$ 挡并联分流电阻的办法来实现.

【多用电表操作规程】

多用电表用途很多，使用方便，但不正确的操作极易导致损坏，故应遵守下列操作规程.

1. 准备

应切实认清所用多用电表的面板和刻度. 根据待测量的种类（交流或直流电压、电流或电阻）及大小，将选择开关 K 拨至合适的位置（不知待测量的大小时，一般应选最大量程先行试测）. 接好表笔（多用电表的正端应接红色表笔）.

2. 测量

使用伏特表或安培表时，应注意：

（1）安培表是测量电流的，它必须串联在电路中；伏特表是测量电压的，它应该与待测对象并联.

（2）电极的正负不要接反.

（3）执表笔时，手不能接触任何金属部分.

（4）测量时应采用跃接法，即在用表笔接触测量点的同时，注视电表指针偏转情况，并随时准备在出现不正常现象时，使表笔离开测点.

使用欧姆表时，应注意：

（1）每次换挡后都要调节欧姆零点.

（2）不得测带电的电阻，不得测额定电流极小的电阻（例如灵敏电流计内阻）.

（3）测试时，不得双手同时接触两个表笔笔尖，测高阻时尤需注意.

（4）结束使用时，务必将多用电表选择开关拨离欧姆挡，应拨到空挡或最大直流电压量程处，以保安全.

图 3.6.6　实验电路图

【实验内容】

（1）测电阻：用欧姆计测出标称为 2kΩ、24kΩ、100kΩ 电阻的阻值.

（2）测直流电压：按图 3.6.6 连接电路并选择合适量程，分别测出 ad、ab、bc、cd、bd 间的电压.

（3）测干电池电动势.

【实验数据记录及处理】

1. 测电阻

被测电阻标值/kΩ	2	24	100
测量值/kΩ			

2. 测直流电压

直流电压灵敏度：_____

被测端	ad	ab	bc	cd	bd
电表量程/V					
电表内阻 R_V/kΩ					
等效电阻 $R_{等效}$/kΩ					
测量值 V'/V					
接入误差 $\Delta V = \dfrac{R_{等效}}{R_V} V'$/V					
电压值 $V = V' + \Delta V$/V					

3. 测干电池电动势

次　数	1	2	3	平均值
干电池电动势/V				

【思考题】

（1）接入误差是多用表所特有的呢？还是任何伏特表、安培表特有的问题呢？

（2）为什么欧姆挡的有效量程只是中值电阻附近较窄的一段？

（3）欧姆表的红、黑表笔中哪一根电势较高？为什么？

（4）为什么不宜用欧姆表测量表头内阻？能否用欧姆表测电源内阻？

实验 7　薄透镜焦距的测量

光学仪器不仅在科技领域和生产部门已经得到了广泛应用，甚至在日常生活中也成为不可缺少的工具. 光学仪器的种类繁多，其中透镜是组成各种光学仪器的基本光学元件，反映透镜特性的一个重要参量是焦距，它决定了透镜成像的位置和性质（大小、虚实、倒立). 测焦距的方法很多,应该根据不同的透镜、不同的精度要求和具体条件选择合适的方法. 本实验要求在光具座上采用几种不同方法分别测定凸、凹两种薄透镜的焦距,以便了解透镜成像的规律,掌握光路调节技术.

【实验目的】

(1) 学习在光具座上对光学元件的等高共轴调整技术;

(2) 学会测定薄透镜焦距的几种方法;

(3) 观察和验证薄凸透镜成像的规律.

【实验仪器】

光具座一套,光源一套,弹簧夹片屏一只,凸、凹透镜各一只,平面镜一只,手持照明灯一个.

【实验原理】

1. 透镜成像公式

当透镜的厚度与其焦距相比可以忽略不计时,称这种透镜为薄透镜,本实验使用薄透镜. 透镜分凸透镜和凹透镜两种,凸透镜具有会聚光线的作用,当平行于主光轴的光线通过凸透镜后,光线将会聚于主光轴上一点,会聚点称为该凸透镜的焦点. 凹透镜具有发散光束的作用,当平行于主光轴的光线通过凹透镜后,光线将散开,其发散光的反向延长线与主光轴的交点称为该透镜的焦点. 透镜光心到焦点的距离称为焦距,用 f 表示.

测定薄透镜焦距的方法很多,但最根本的出发点都是物像公式. 在近轴光线的条件下,薄透镜成像的规律可表示为

$$\frac{1}{u} + \frac{1}{v} = \frac{1}{f} \tag{3.7.1}$$

式中,u 为物距;v 为像距(实像时为正,虚像时为负);f 为透镜焦距(凸透镜为正,凹透镜为负). 上式可改写为

$$f = \frac{uv}{u + v} \tag{3.7.2}$$

因此,只要测得 u 和 v,则可求得 f.

2. 凸透镜焦距的测量原理

(1) 定义法(直接法):根据焦距的定义,用平行光线照射透镜直接测定焦距.

(2) 平面镜法(自准法):如图 3.7.1 所示,当光点(物)处在凸透镜的焦平面上时,它发出的光线通过透镜后成为一束平行光. 若用与主光轴垂直的平面镜将此平行光反射回去,反射光再次通过透镜后仍会聚于光点所在的焦平面上,且会聚点与光点相对于光轴位置对称,物屏上得到一个与物体大小相等、

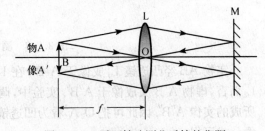

图 3.7.1　平面镜法测凸透镜的焦距

倒立清晰的图像.在这个方法中,我们是用实验装置本身产生的真正平行光,而不是用远处景物来近似的.故这个方法又叫做自准法.如图 3.7.1 所示,OB 即为焦距 f.

(3) 物距像距法:物体发出的光线经过凸透镜折射后成像,由薄透镜成像公式可得 $f=\dfrac{uv}{u+v}$,分别测出物距 u、像距 v,代入上式即可求得焦距 f.

(4) 共轭法(贝塞尔法):如图 3.7.2 所示,使物与像屏相距 L(要求 $L>4f$),并固定物与像屏的位置不变.在物与像屏间左右移动透镜时,将会在屏上成像两次.当透镜移到 O_1 处时,像屏上出现一个放大、倒立的实像.当透镜移到 O_2 处时,在像屏上出现一个缩小、倒立的实像.如果 O_1 和 O_2 之间的距离为 l,则根据透镜成像公式可以证明

$$f=\frac{L^2-l^2}{4L} \tag{3.7.3}$$

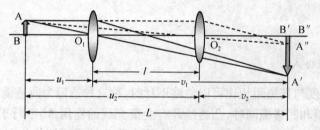

图 3.7.2　共轭法测凸透镜的焦距

这个方法的优点是:把焦距的测量归结为对于可精确测定的量 L 和 l 的长度测量,避免了在测量 u 和 v 时,由于对透镜光心位置估计不准所带来的测量误差.

3. 凹透镜焦距的测量原理

凹透镜是个发散透镜,物体放在任何位置通过凹透镜后,一定会形成一个缩小的、正立的虚像.由于虚像不能在像屏上显示出来,它的像距就无法直接测量.因此不能够用测凸透镜焦距的方法直接测量焦距,而利用凸透镜辅助就可以在像屏上得到实像,再测出像距就可以用透镜成像公式算出凹透镜的焦距.其测量原理如下光路图 3.7.3 所示.

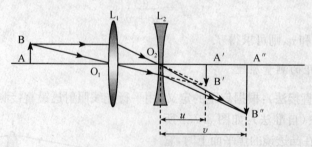

图 3.7.3　测量凹透镜焦距

实物 AB 经凸透镜 L_1 成像于 $A'B'$.在 L_1 和 $A'B'$ 之间插入待测凹透镜 L_2,就凹透镜 L_2 而言,虚物 $A'B'$ 又成像于 $A''B''$.实验中,调整 L_2 及像屏至合适的位置,就可找到透镜组所成的实像 $A''B''$.因此可把 O_2A' 看为凹透镜的物距 u,O_2A'' 看为凹透镜的像距 v,则由成像公式可得

$$-\frac{1}{u}+\frac{1}{v}=\frac{1}{f} \quad \text{（虚物的物距为负）}$$

$$f=\frac{uv}{u-v} \tag{3.7.4}$$

由于 $u<v$，求出的凹透镜 L_2 的焦距 f 为负值.

【实验内容】

1. 光学元件等高共轴的调整

薄透镜成像公式仅在近轴光线（指通过透镜中心与主光轴成很小夹角的光线）的条件下才能成立,这就要求光具座上各光学元件必须共轴等高.对于一个透镜的光路,因物光处于该透镜的主光轴上,一般只要在光源前面加一光阑,挡住边缘光线,使入射光与主光轴的夹角很小就可以.对于由几个透镜组成的光路,除了上述条件外,还要求各元件主光轴重合,同时还应使主光轴与光具座的导轨平行,方能满足近轴光线的要求.习惯上把各光学元件的主光轴重合称为等高共轴,调节步骤如下.

(1) 粗调:先用眼睛判断来进行调整.将光源和各光学元件安放在光具座上,并将它们全靠拢在一起,调节各元件的高低和前后位置,使各元件中心基本在平行于导轨的一条直线上,而且各元件平面又与导轨垂直.

(2) 细调:利用透镜成像的共轭法进行细调.按图 3.7.2 光路摆好元件,物与像屏之间距离 L 固定在略大于 $4f$ 的位置上,将凸透镜从物屏向像屏缓慢移动,若所成的大像与小像的中心重合,则等高共轴已调节好.若大像中心在小像中心的下方,说明凸透镜位置偏低,应将位置调高;反之,则将透镜调低;左右亦然.如此反复,直至两次成像时的中心交点位置重合,说明各元件已经共轴等高.在以后的实验中,这些元件的高低、上下、左右位置不能再动,否则破坏了共轴等高条件.

2. 用平面镜法测凸透镜的焦距

按图 3.7.1 摆好各光学元件,适当调节光路,使物屏发出的光通过透镜后,由平面镜再反射回去,并再次通过透镜射向物屏.改变凸透镜至物的距离,直至带箭头符号的物屏上出现清晰、倒立的箭头实像为止.当共轴很好时,物与像完全重合,用纸片遮住平面镜,清晰的像应该消失.测出此时透镜的光心到物屏的距离,就是透镜的焦距.

在实际测量时,由于成像清晰程度的判断不免有一定的误差,所以一般采用左右逼近法进行读数.即先使透镜从左向右移动,当像刚清晰时停止,记下此时透镜的位置读数;再使透镜从右向左移动,在像刚清晰时又可读得一数,取这两次读数的平均值作为像清晰时凸透镜的位置.重复以上的测量步骤三次,最后求出透镜的焦距 f.将测量数据填入表 3.7.1.

3. 用共轭法测凸透镜的焦距

按图 3.7.2 安放好各元件,利用自准法测得的透镜焦距,确定 L 的数值 $(L>4f)$,并固定 L 不变.从左向右移动透镜,当像屏上先后两次出现清晰的像时,记下两次成像时透镜的位置,然后让透镜再从右向左移动,同样记下两次成像时透镜的位置,重复上述测量,共测三组数据,分别算出 f,然后求其平均值.将实验数据填入表 3.7.2.

注意:间距 L 不要取得太大,否则,将使像缩得很小,以致难以确定凸透镜在哪一个位置上成像清晰.

4. 用物距像距法测凹透镜的焦距

在共轭法测凸透镜焦距的基础上,移动凸透镜 L_1 成一缩小倒立的实像于屏上一点 $A'B'$,记下此时 $A'B'$ 点的位置.按图 3.7.3 所示将待测凹透镜 L_2 放在 L_1 与 $A'B'$ 之间且紧靠屏,向外挪动像屏和凹透镜 L_2,直至在像屏再次得到一个清晰像 $A''B''$,记下凹透镜的位置 O_2 与像屏上 $A''B''$ 点的位置,如图 3.7.3 所示算出物距 u,像距 v,代入式(3.7.4)算出凹透镜的 f.将测量数据填入表 3.7.3.

【实验数据记录及处理】

表 3.7.1　用平面镜法测凸透镜的焦距

次　数	物屏位置读数/cm	透镜位置读数/cm			f/cm	$\bar{f}$/cm
		左→右	右→左	平均		
1						
2						
3						

表 3.7.2　用共轭法测凸透镜的焦距

物屏位置:_____ cm,像屏位置:_____ cm,L 数值_____ cm

次　数	L_1位置/cm			L_2位置/cm			l 数值/cm	f/cm	$\bar{f}$/cm
	左→右	右→左	平均	左→右	右→左	平均			
1									
2									
3									

表 3.7.3　用物距像距法测凹透镜的焦距

次　数	透镜位置读数/cm			物距 $u=|O_2-A'|$/cm	像距 $v=|A''-O_2|$/cm	f/cm	$\bar{f}$/cm
	A'点	O_2点	A''点				
1							
2							
3							

【思考题】

(1) 为什么要调节光学系统共轴?调节共轴有哪些要求?怎样调节?

(2) 为什么实验中常用白屏作为成像的光屏?可否用黑屏、透明平玻璃、毛玻璃?

(3) 如果凸透镜的焦距大于光具座的长度时,试设计一个实验,在光具座上能测量它的焦距.

实验 8　验证马吕斯定律

光的偏振现象证明了光波是一种横波.光的偏振现象的发现和研究,使人们对光的本质及光的反射、折射、吸收和散射等规律有了新的认识. 光的偏振现象在光学计量、晶体性质和检验应力分析、光学信息处理等方面有着广泛的应用.

【实验目的】

　　(1) 观察光的偏振现象,了解光偏振的基本规律;

　　(2) 测量偏振光光强,验证马吕斯定律.

【实验仪器】

　　半导体激光器一个,起偏器、检偏器各一个,硅光电池一个,微安表一个,手持照明灯一个,光具座一套.

【实验原理】

　　1. 偏振光的基本知识

　　光是电磁波,光波中的电振动矢量和磁振动矢量都与传播方向垂直,因此光波是横波. 实验表明,产生感光作用的是光波中的电矢量,所以又称电矢量为光矢量. 电矢量固定在某一平面内振动时的光波称为平面偏振光(或线偏振光),电矢量的振动方向和光的传播方向所构成的平面称为该偏振光的偏振面.

　　普通光源发出的光波,光矢量在垂直于传播方向的平面内是均匀而对称分布的,这种光称为自然光. 自然光可用振幅相等、振动方向互相垂直的两个平面偏振光来表示. 自然光、平面偏振光的表示方法如图 3.8.1 所示.

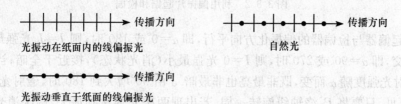

图 3.8.1　自然光与平面偏振光

　　2. 马吕斯定律

　　将自然光变成偏振光的器件称起偏器,鉴别光的偏振状态的过程称为检偏,它所用的装置称为检偏器. 实际上,起偏器和检偏器是互相通用的. 用于起偏时称为起偏器,用于检偏时称为检偏器.

　　偏振片是利用某种具有二向色性的物质的透明薄片制成的,如硫酸碘奎宁、硫酸金鸡钠碱、电气石等. 它能吸收某一方向的光振动,而只让与这一方向垂直的光振动通过. 为了便于说明和使用,在偏振片上标出记号"↕",表示该偏振片允许通过的光振动方向,这一方向称为"偏振化方向".

　　常用的检偏器有反射检偏器(或透射检偏器)、晶体检偏器、偏振片检偏器三种. 它们都有各自的偏振化方向. 让光通过起偏器后的线偏振光射到检偏器上,当检偏器的偏振化方向与起偏器的偏振化方向相同时,则该偏振光可继续透过检偏器射出.如果把检偏器的偏振化方向与起偏器偏振化方向垂直时,则该偏振光就不能透过检偏器射出.正是由于这一情况,我们以光的传播方向为轴,不断地旋转检偏器时,就会发现透过检偏器的偏振光,经历着由亮变暗,再由暗变亮的变化过程.如果射向检偏器的不是偏振光,而是自然光,则上述现象就不会出现.透过检偏器的光强的变化与两个偏振片偏振化方向之间的夹角变化有关,这是由马吕斯定律决定的.

　　如图3.8.2所示,当自然光射到偏振片 P_A 上时,振动方向与偏振化方向垂直的光被吸收,振动方向与偏振化方向平行的光能透过,从而获得线偏振光,其振幅为 A_0,强度为 I_0.若在偏振片 P_A 后面再放一块偏振片 P_B, P_B 就可以检验经 P_A 后的光是否为线偏振光,即 P_B 起了检偏器的作用.当起偏器 P_A 和检偏器 P_B 的偏振化方向的夹角为 α 时,则强度为 I_0 的偏振光,透过检偏器 P_B 后,透射光的强度(考虑吸收)满足马吕斯定律

$$I = I_0 \cos^2 \alpha \qquad\qquad (3.8.1)$$

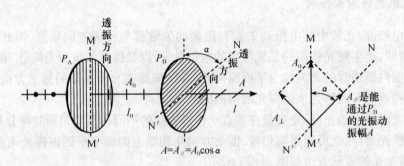

图 3.8.2　利用偏振片起偏和检偏

　　如果起偏器与检偏器的偏振化方向平行,即 $\alpha=0°$ 或 $180°$ 时,则 $I=I_0$ 光强最大;如它们彼此正交,即 $\alpha=90°$ 或 $270°$ 时,则 $I=0$ 光强最小(消光状态),接近于全暗;当 $0°<\alpha<90°$ 时,透射光强度随 α 而变,既非最亮也非最暗. α 由 $90°$ 增大到 $180°$ 时,透射光强度又逐渐增大.可见,只要将 P_B 绕轴线旋转一周,若出现两次光强达到最大,两次消光(光强为零),则入射 P_B 的光一定是线偏振光, P_B 从而起到检偏的作用.

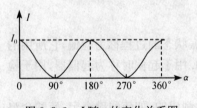

图 3.8.3　I 随 α 的变化关系图

　　如果以 I 为纵坐标,以 α 为横坐标,则 I 随 α 的变化应如图3.8.3所示.

　　由于硅光电池能将光能转换成电能,而且硅光电池所产生的电动势与光强度成正比,因此我们用硅光电池与微安表串联,来接受透过检偏器的偏振光.当旋转检偏器时,则可以看出微安表的电流大小是和光的强度成正比的.这样,就可以定量地测得当 α 改变时,透射光强变化的规律,从而验证了马吕斯定律.

【实验内容】

　　(1)将半导体激光器、偏振片及架、硅光电池探测器装在光具座上,并把微安表和硅

光电池探测器之间用导线连接好.

(2) 打开激光电源, 使激光器发出一束激光, 借此调节仪器各部分的高低及方向, 使激光束与整个装置的轴线重合, 要使激光束能射到硅光电池探测器的中心孔内.

(3) 将硅光电池探测器上的金属盖打开, 把一端的偏振片 (检偏器) 固定于零度位置, 旋转另一端的偏振片 (起偏器), 使通过微安表的电流值为最大. 此时, 由起偏器产生出来的偏振光的偏振化方向与检偏器轴之间的夹角为零度.

(4) 待激光器工作稳定后开始测量. 保持起偏器的位置不变, 而逐次转动检偏器. 在此同时测出相应的通过微安表的电流值. 而检偏器转过的角度可在偏振片架上读出来. 每次转动 15°, 读出相应的微安表的电流值, 直到旋转检偏器 360° 为止.

(5) 重复步骤 (4), 共测三次, 将数据记录于表 3.8.1.

(6) 计算所测的三组实验数据对应角度下光强的平均值并作 I-α 图.

【实验数据记录及处理】

表 3.8.1 验证马吕斯定律数据表格

α/(°)		0	15	30	45	60	75	90	105	120	135	150	...	360
1	$I/\mu A$													
2	$I/\mu A$													
3	$I/\mu A$													
平均	$I/\mu A$													

【实验注意事项】

(1) 切勿让激光束直射眼睛.

(2) 若激光器工作不够稳定, 则应在尽可能短的时间内完成一组数据的测定, 以免在测定过程中激光强度本身有过大的变化.

(3) 硅光电池探测器不用时, 应及时盖上硅光电池探测器上的金属盖, 以免硅光电池老化或损坏.

(4) 注意微安表的正负极以及指针的零点校正.

实验 9 转动惯量的测定

转动惯量是刚体在转动中惯性大小的量度, 它与刚体的质量大小、转轴的位置和刚体质量的分布有关. 对于形状简单规则的均匀刚体, 测出其外形尺寸和质量, 可用数学方法计算出其绕特定转轴的转动惯量; 而对于形状复杂, 质量分布不均匀的刚体用数学方法求转动惯量非常困难, 有时甚至不可能, 一般要通过实验方法来测定. 测定刚体转动惯量的实验方法有多种, 如三线摆法及转动惯量仪法等. 为了便于与理论计算值比较, 实验中被测物体仍采用形状简单规则的刚体. 对于形状较复杂的刚体, 如枪炮、弹丸、电动机转子、机器零件等也可以通过上述方法测量出其转动惯量.

实验 9-1　用三线摆测定物体的转动惯量

【实验目的】

（1）学会正确测量长度、质量和时间的方法；

（2）用三线摆测定圆盘和圆环对称轴的转动惯量；

（3）验证转动惯量的平行轴定理.

【实验仪器】

三线摆一套,待测圆环和圆柱各一只,电子秒表一只,米尺一把,游标尺一把,水准仪一个,计数器一台.

【实验原理】

物理学中转动惯量的数学表达式为 $J = \sum m_i r_i^2$. 式中, m_i 为质元的质量, r_i 为该质元到转轴的距离.

1. 测定悬盘绕中心轴的转动惯量 J_0.

三线摆如图 3.9.1 所示,在立柱和底座支撑着的横梁上,悬挂着均处于水平的上、下圆盘. 三根对称分布的等长悬线连接两个圆盘. 上圆盘可以固定转动,拧动旋钮可使下挂的悬盘绕垂直的中心轴 OO' 做扭摆运动. 因悬盘来回摆动的周期与其转动惯量大小有关,所以,悬挂物不同,转动惯量也就不同,相应的摆动周期也将发生变化.

如图 3.9.2 所示,当悬盘离开平衡位置向某一方向转过一个很小的角度 θ 时,整个悬盘的位置也将升高一高度 h,即悬盘既绕中心轴转动,又有升降运动,在任何时刻其转动

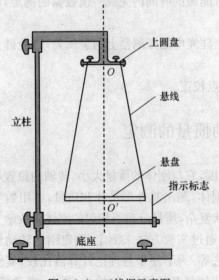

图 3.9.1　三线摆示意图

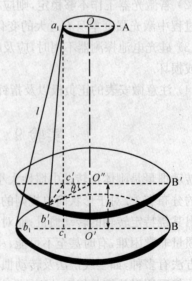

图 3.9.2

动能为 $\frac{1}{2}J_0\omega^2$ $\left(\omega=\dfrac{\mathrm{d}\theta}{\mathrm{d}t}\right)$，上下运动的平动动能为 $\frac{1}{2}mv^2$ $\left(v=\dfrac{\mathrm{d}h}{\mathrm{d}t}\right)$，重力势能为 mgh，如果忽略摩擦力，则在重力场中机械能守恒，即

$$\frac{1}{2}J_0\left(\frac{\mathrm{d}\theta}{\mathrm{d}t}\right)^2+\frac{1}{2}m\left(\frac{\mathrm{d}h}{\mathrm{d}t}\right)^2+mgh = \text{恒量} \tag{3.9.1}$$

式(3.9.1)中 m 为悬盘的质量，J_0 为其转动惯量。取悬盘在平衡位置时重力势能为零，在悬线足够长，且悬盘做小角度转动时，$\frac{1}{2}m\left(\dfrac{\mathrm{d}h}{\mathrm{d}t}\right)^2$ 远小于 $\frac{1}{2}J_0\left(\dfrac{\mathrm{d}\theta}{\mathrm{d}t}\right)^2$。略去式(3.9.1)中平动动能并对时间求导，则有

$$J_0\left(\frac{\mathrm{d}\theta}{\mathrm{d}t}\right)\frac{\mathrm{d}^2\theta}{\mathrm{d}t^2}+mg\frac{\mathrm{d}h}{\mathrm{d}t}=0 \tag{3.9.2}$$

若令上下盘之间的距离为 H，悬线长为 l，r 和 R 分别表示上下盘上系线点到圆心的距离，则根据图 3.9.2，应用简单的几何关系可以得到悬盘上升的高度

$$h = O'O'' = a_1c_1-a_1c_1' = \frac{(a_1c_1)^2-(a_1c_1')^2}{a_1c_1+a_1c_1'}$$

由于

$$(a_1c_1)^2 = (a_1b_1)^2-(b_1c_1)^2 = l^2-(R-r)^2$$

而

$$(a_1c_1')^2 = (a_1b_1')^2-(b_1'c_1')^2 = l^2-(R^2+r^2-2Rr\cos\theta)$$

得 $h=\dfrac{2Rr(1-\cos\theta)}{a_1c_1+a_1c_1'}=\dfrac{4Rr\sin^2\dfrac{\theta}{2}}{a_1c_1+a_1c_1'}$，当偏转角 θ 很小时，$\sin\dfrac{\theta}{2}\approx\dfrac{\theta}{2}$，$a_1c_1\approx a_1c_1'\approx H$，即 $H=\sqrt{l^2-(R-r)^2}$，所以 $h=\dfrac{Rr\theta^2}{2H}$，对 t 求导得

$$\frac{\mathrm{d}h}{\mathrm{d}t}=\frac{Rr\theta}{H}\left(\frac{\mathrm{d}\theta}{\mathrm{d}t}\right) \tag{3.9.3}$$

将式(3.9.3)代入式(3.9.2)后可得 $\dfrac{\mathrm{d}^2\theta}{\mathrm{d}t^2}+\left(\dfrac{mgRr}{HJ_0}\right)\theta=0$，即

$$\frac{\mathrm{d}^2\theta}{\mathrm{d}t^2}=-\left(\frac{mgRr}{HJ_0}\right)\theta=-\omega_0^2\theta$$

可见，振动的角加速度与角位移成正比，方向相反。显然上式是一个简谐运动方程，其解为 $\theta=\theta_0\cos(\omega_0 t+\varphi)$，式中 $\omega_0=\sqrt{\dfrac{mgRr}{HJ_0}}$ 为悬盘转动的角频率，θ_0 为角振幅。因为简谐运动的周期 $T=\dfrac{2\pi}{\omega_0}$，于是有

$$J_0 = \frac{mgRr}{4\pi^2 H}T^2 \tag{3.9.4}$$

这就是测定悬盘绕中心轴转动的转动惯量的计算公式。

2. 测定圆环绕中心轴的转动惯量

将质量为 M 的圆环放在悬盘上,使两者中心重合(使物体的质心恰好在仪器的转轴上),组成一个系统. 测得系统绕中心轴的转动的周期为 T_1,则它们总的转动惯量为

$$J_1 = \frac{(m+M)gRr}{4\pi^2 H}T_1^2 \tag{3.9.5}$$

得圆环绕中心轴的转动惯量为 $J = J_1 - J_0$.

圆环绕中心轴转动惯量的理论计算公式为

$$J' = \frac{M}{2}(R_{内}^2 + R_{外}^2)$$

式中,$R_{外}$ 为圆环外半径,$R_{内}$ 为圆环内半径.

【实验内容】

(1) 调整三线摆底脚的调平螺钉使三线摆立柱竖直,将水平仪置于悬盘上任意两悬线之间,调节悬线长度使悬盘处于水平,将三个调整旋钮固定.

(2) 轻轻扭动小圆盘(最大转角控制在5°左右),使悬盘摆动,用秒表测出悬盘摆动50个周期时间 t,重复三次求平均值记录于表 3.9.1,求出悬盘的摆动周期 T_0($T_0 = t/50$,t 为数 50 次的时间).

(3) 将待测圆环置于悬盘上,使两者中心轴线重合,按以上方法求出圆环与悬盘系统的摆动周期 T_1,算出 J_1,从而计算出待测圆环的转动惯量 $J = J_1 - J_0$.

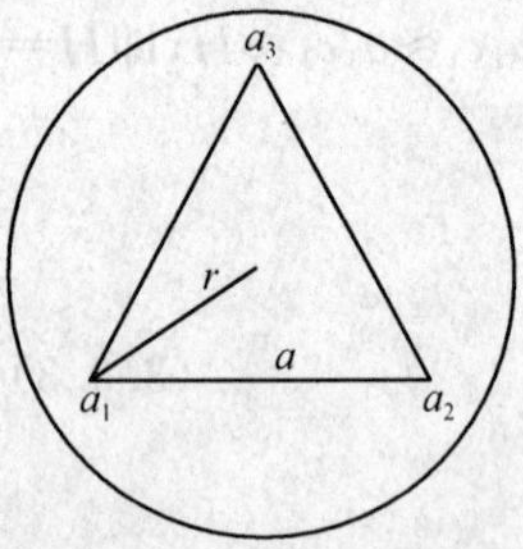

(4) 如图 3.9.3 所示,分别测出上面小圆盘和下挂悬盘三悬点之间的距离 a 和 b,各取其平均值,算出悬点到中心的距离 r 和 R.

(5) 测出两圆盘之间的垂直距离 H、圆环的内直径 $D_{内}$、外直径 $D_{外}$,将数据记录于表 3.9.2.

(6) 记下悬盘和圆环的质量 m、M(上述质量均已标明在盘上).

图 3.9.3　小圆盘示意图

(7) 将各实验结果与理论计算相比较,分析误差原因.

【实验数据记录及处理】

表 3.9.1

	悬　盘		悬盘加圆环	
摆动 50 次所需时间 t/s	1		1	
	2		2	
	3		3	
	平均		平均	
周期/s	$T_0 =$		$T_1 =$	

表 3.9.2

悬盘质量 $m=$_____ kg；待测圆环质量 $M=$_____ kg

	上下圆盘之间的垂直距离 $H(10^{-2}\text{m})$	上圆盘悬孔间距 $a(10^{-2}\text{m})$	下挂悬盘悬孔间距 $b(10^{-2}\text{m})$	待测圆环	
				外直径 $D_{外}(10^{-2}\text{m})$	内直径 $D_{内}(10^{-2}\text{m})$
1					
2					
3					
平均	$\bar{H}=$	$\bar{a}=$	$\bar{b}=$	$\bar{D}_{外}=$	$\bar{D}_{内}=$

$$\bar{r}=\frac{\sqrt{3}}{3}\bar{a}=\text{_____},\quad \bar{R}=\frac{\sqrt{3}}{3}\bar{b}=\text{_____};$$

计算圆环绕中心轴的转动惯量 J，并与理论值相比较，求误差.（有关计算应列出计算公式、代入实验数据，再写出计算结果，注意单位的统一性）

【实验注意事项】

（1）注意转动三线摆的上圆盘时，不可使下圆盘发生左右颤摆，因为我们没有考虑左右摆动的能量.

（2）式(3.9.4)只有在 θ 很小，三边相等，张力相等，上下盘水平，绕过两盘中心的轴转动的条件下才成立. 所以在测定周期时，转角 θ 不宜过大，一般不超过 $10°$.

（3）怎样启动三线摆？先使已调水平的下圆盘保持静止，然后轻轻转动上圆盘约 $5°$ 左右，随即退到原处.

（4）怎样数周期？确定下圆盘某一标记通过平衡位置时开始默数 5，4，3，2，1，0，当数到 0 时，启动秒表，再 1，2，3，4，…直数到所测的 50 个周期数，停止秒表. 这样，既有一个计数的准备过程，又不至于少数一个周期.

【思考题】

（1）用三线摆测刚体转动惯量时，为什么必须保持下盘水平？

（2）在测量过程中，如下盘出现晃动，对周期测量有影响吗？ 如有影响，应如何避免？

（3）三线摆放上待测物后，其摆动周期是否一定比空盘的转动周期大？ 为什么？

（4）测量圆环的转动惯量时，若圆环的转轴与下盘转轴不重合，对实验结果有何影响？

（5）如何利用三线摆测定任意形状的物体绕某轴的转动惯量？

实验 9-2　用转动惯量仪测定物体的转动惯量

【实验目的】

（1）用秒表计时法测定刚体的转动惯量；

（2）验证刚体的质量分布与转动惯量的关系.

【实验仪器】

BD-1-101X 型刚体转动惯量实验仪一套，秒表一只，米尺一把.

【实验原理】

当刚体绕定轴转动时,若已知刚体所受的合力矩为 M,刚体获得的角加速度为 β,由刚体的转动定律可知

$$M = J\beta \tag{3.9.6}$$

式中,J 为刚体对该轴的转动惯量.

本实验采用"刚体转动惯量仪"来测定刚体的转动惯量,实验装置如图 3.9.4 所示.

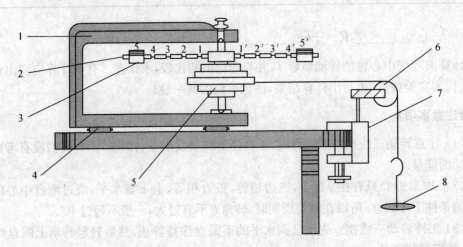

图 3.9.4　刚体转动惯量实验仪

1. 仪器支架;2. 杆;3. 重锤 m_0;4. 调平螺丝;5. 塔轮;6. 滑轮;7. 滑轮支架;8. 砝码

实验中刚体所受的外力矩有两个,一个是绳子张力 T 作用的力矩,$M_T = Tr$,r 为塔轮的绕线半径;另一个力矩是轴承处的摩擦力矩 M_μ.刚体所受的外力矩 $M = Tr - M_\mu$.

当略去滑轮及绳子的质量以及滑轮轴上的摩擦力,并认为绳子长度不变时,重物 m 以匀加速度 a 下落,则有

$$T = m(g - a)$$

式中,g 为重力加速度.当砝码 m 由静止开始,下落高度 h 所用时间为 t 时,则

$$h = \frac{1}{2}at^2$$

又因

$$a = r\beta$$

因此得

$$m(g - a)r - M_\mu = \frac{2hJ}{rt^2} \tag{3.9.7}$$

式中,m 是砝码和砝码钩的总质量,a 为砝码下落的加速度,当保持 $a \ll g$,可得

$$mgr - M_\mu = \frac{2hJ}{rt^2} \tag{3.9.8}$$

显然,式(3.9.8)是转动定律应用于本实验过程的结果,它反映了在转动定律成立的条件

下,实验变量 m,r,J,h,r,t 之间的关系.可见,本实验过程是一个多变量物理过程.那么,如何判断本实验过程中转动定律成立,并测量出相应刚体的转动惯量呢?

按照多变量物理过程的研究方法,下面就几种具体情况进行讨论.

(1) 在式(3.9.8)中,若保持 r,h 及 J 不变,改变砝码的质量 m,测出砝码下落高度 h 的时间 t,式(3.9.8)可化为

$$m = \frac{2hI}{gr^2}\frac{1}{t^2} + \frac{M_\mu}{gr} \tag{3.9.9}$$

上式为直线方程,即

$$m = k\frac{1}{t^2} + b$$

式中,$k = \frac{2hJ}{gr^2}$,$b = \frac{M_\mu}{gr}$,可见 m 与 t^2 成反比.若实验测得一系列 m 和 t,在直角坐标纸上作 $m-\frac{1}{t^2}$ 图像,如得一直线,则说明实验过程中转动定律成立.再由图解法求出 $m-\frac{1}{t^2}$ 直线的斜率 k 和截距 b,就可求得转动惯量 J 和摩擦力矩 M_μ.

(2) 如果保持 h,r 不变,对称的改变刚体的质量分布,对于每一个变化位置,通过上述方法都可以做出 $m-\frac{1}{t^2}$ 图像,从而可以得出转动惯量 J 与刚体质量分布的关系.

【实验内容】

(1) 调节刚体转动惯量实验仪.首先,调节仪器,调至塔轮轴线垂直.然后,装上塔轮,大致摆好实验系统各个部分的位置,特别要注意绕线的长度,最好是比砝码落地时所需线的长度略长为宜,注意保持绳子与塔轮轴垂直.最后,固定好重锤,调节塔轮顶端的固定螺钉,既不要过紧,也不要过松,尽量减小摩擦,使转动系统能够灵活转动.

(2) 在塔轮半径 $r \geqslant 2.00\text{cm}$ 的条件下选定一个值(令 $r = 2.50\text{cm}$),将圆柱体 m_0 放于 $(1,1')$ 位置,改变砝码质量 m(每个砝码的质量为 5.00g,砝码托盘的质量也为 5.00g),分别取 $m = 20.00\text{g}, 30.00\text{g}, 40.00\text{g}$;将砝码 m 从标志指针处由静止开始释放至着地(高度为 h),用秒表测出其下落的时间 t,对每一个 m 值对应的时间要测量三次求平均值.利用测量结果绘制 $m-\frac{1}{t^2}$ 图像,若为一条直线,说明实验过程转动定律成立,便可通过直线的斜率 k 求得转动惯量 J.

(3) 将圆柱体 m_0 分别放在 $(3,3')$、$(5,5')$ 位置,重复上述步骤(2),测出砝码下落高度 h 的时间 t,对每个 m 值对应的时间测三次求平均值.绘制出一组 $m-\frac{1}{t^2}$ 图像,研究转动惯量 J 与刚体质量分布的关系.

(4) 用米尺测量砝码下落高度 h.

(5) 可将 m_0 的材料换成铝的,其余条件不变,重复上述实验内容并与 m_0 为铁的情况比较,研究转动惯量与质量的关系.

【实验数据记录及处理】

塔轮半径 $r=$ _____,砝码下落高度 $h=$ _____.

实验序号	m_0 位置	砝码的质量 m/g	下落的时间 t/s	$\frac{1}{t^2}/s^{-2}$	k	J
1	1,1′	20				
		30				
		40				
2	3,3′	20				
		30				
		40				
3	5,5′	20				
		30				
		40				

【实验注意事项】

(1) 实验过程中保证细线从塔轮绕出后总是与转轴垂直,同时要使滑轮与细线在同一平面内.

(2) 带钩的砝码托的质量为 5.00g,应计入 m 内.

(3) 计算转动惯量的斜率,要通过作图求得.应在图上标出计算斜率所用的点的坐标,并写出斜率的数据.

(4) 砝码开始下落时,一定要做到初速度为零,且要保证 $a \ll g$.

【思考题】

(1) 试分析,在实验中如何保证 $a \ll g$ 的条件成立?

(2) 实验中有哪些影响测量准确度的因素?

(3) 通过实验,你对作图法的优点有何体会? 作图时应注意什么问题?

实验 10　用落球法测定液体黏滞系数

当一种液体相对于其他固体、气体运动,或同种液体内各部分之间有相对运动时,接触面之间存在摩擦力,这种性质称为液体的黏滞性. 黏滞力的方向平行于接触面,且使速度较快的物体减速,其大小与接触面面积以及接触面处的速度梯度成正比. 比例系数 η 称为黏度(也称黏滞系数),用来表征液体黏滞性的强弱.

对液体黏滞性的研究在物理学、化学化工、生物工程、医疗、航空航天、水利、机械润滑和液压传动等领域有广泛的应用. 例如研究石油在管道中传输、减小运动物体在液体中的阻力、测量血液的黏滞力以得到有价值的诊断、机械的润滑、有机合成等,都需要测定黏度.

本实验的目的是通过用落球法测量液体的黏滞系数,学习并掌握测量的原理和方法.

【实验目的】

(1) 观察液体的内摩擦现象,学会用落球法测量液体的黏滞系数;

(2) 熟练运用基本仪器测量长度、质量和时间.

【实验仪器】

黏滞系数测定仪一台,小钢球若干,游标卡尺一个,千分尺一个,电子秒表一个,液体密度计一个(选配),磁铁,镊子.

【实验原理】

在稳定流动的液体中,由于各层液体的流速不同,相互接触的两层液体之间有力的作用.流速较慢与流速较快的两相邻液层间的作用力,会使流速较快的液层减速,又使流速较慢的液层加速.两相邻液层间的这一作用力称为液体的内摩擦力或黏滞力.液体的这一性质称为黏滞性.黏滞阻力并不是物体与液体间的摩擦力,而是由附着在物体表面并随物体一起运动的液体层与附近液层间的摩擦而产生的,黏滞力的大小与液体的性质、物体的形状和运动速度等因素有关.

一个在黏滞液体中缓慢下落的固体小球受到三个力的作用:重力、浮力和阻力.这时阻力是由液体的内摩擦即黏滞阻力引起的.如果球在液体中下落时速度很小,球也很小,而且液体在各方向上都是无限广阔的,斯托克斯指出,这时的黏滞阻力 f 为

$$f = 6\pi\eta vr \tag{3.10.1}$$

式中,η 为液体的黏滞系数,v 是小球下落的速度,r 是小球的半径.η 与温度有密切的关系,对液体来说,η 随温度的升高而减少.

但是液体放在容器内总不是无限广阔的.本实验中,小球是在内半径为 R 的装有液体的圆柱形玻璃管内运动,如果只考虑管壁对小球运动的影响,则式(3.10.1)应修正为

$$f = 6\pi\eta rv\left(1 + 2.4\,\frac{r}{R}\right) \tag{3.10.2}$$

如已知小球的密度为 ρ,液体的密度为 ρ_0,则小球所受的重力为 $\frac{4}{3}\pi r^3 \rho g$,方向为垂直向下,浮力为 $\frac{4}{3}\pi r^3 \rho_0 g$,浮力和黏滞阻力的方向为垂直向上.在小球刚落入液体时,重力大于浮力与黏滞阻力之和,显然小球做加速运动.但随着小球运动速度的增加,黏滞力也增加,当速度增加到某一值 v_0(称为小球在圆筒内的收尾速度),小球所受的合力为零,此后小球就以该速度匀速下落,根据力的平衡方程得

$$\frac{4}{3}\pi r^3(\rho - \rho_0)g = 6\pi\eta rv_0\left(1 + 2.4\,\frac{r}{R}\right) \tag{3.10.3}$$

故液体的黏滞系数为

$$\eta = \frac{2}{9}\frac{(\rho - \rho_0)gr^2}{v_0\left(1 + 2.4\,\dfrac{r}{R}\right)} = \frac{(\rho - \rho_0)d^2 g}{18v_0\left(1 + 2.4\,\dfrac{d}{D}\right)} \tag{3.10.4}$$

式中,d 为小球直径,D 为玻璃圆筒的内直径.

可见,已知小球的密度 ρ、液体密度 ρ_0 和重力加速度 g,只要测出小球的直径 d,圆筒内直径 D 和小球匀速运动时的速度 v_0,就可以算出液体的黏滞系数 η.

式(3.10.4)要求实验时小球必须沿装有液体的圆柱形玻璃管的中心轴线下落,如果小球偏离中心轴线下落,会产生较大的误差.

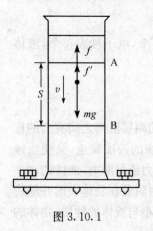

图 3.10.1

【实验内容】

1. 用秒表计时法测定液体黏滞系数

(1) 调节黏滞系数测定仪底座水平.

(2) 用游标尺测量各圆筒的内直径 D.

(3) 用米尺量出圆筒上标号线 A、B 间距离 S(图 3.10.1).

(4) 用千分尺测出小钢球直径 d,求出 10 个小球的平均直径.

(5) 记下实验时的液体温度 T.

(6) 用镊子夹起小钢球,放入圆管中央的液体中,用电子秒表测出小球匀速下降通过路程 AB 所需的时间 t,则 $v_0 = S/t$.

(7) 测量液体的密度 ρ_0(如密度计未提供,液体密度可由实验室给出).

(8) 根据式(3.10.4)分别求出各管的 η 值.

2. 用光电计时法测定流体黏滞系数

(1) 调整黏滞系数测定仪底盘水平、立柱铅直. 在实验架的横梁中心部位放置重锤部件,放线,接通实验架上的两个激光发射器的电源,调节激光发射器的位置,使红色激光束平行地对准垂线.

(2) 用游标尺测量圆筒的内直径 D,将数据记录在表 3.10.1 中.

(3) 收回重锤,将盛有被测液体的量筒放置到实验架底盘中央,在实验中保持位置不变. 在实验架横梁中心部位放置引导管.

(4) 用千分尺测出小钢球直径 d 并记录在表 3.10.2 中,求出 10 个小球的平均直径.

(5) 记下实验时的液体温度 T. 用密度计测出液体的密度 ρ_0.

(6) 用镊子夹起小钢球,放入引导管,落入液体中,用激光光电计时仪测出小球匀速下降通过路程 S_1 所需的时间 t 并记录在表 3.10.3 中,路程 S_1 可从固定激光器的立柱标尺上读出,则 $v_0 = S_1/t_1$.

(7) 根据式(3.10.4)求出 η 值.

【实验数据记录及处理】

表 3.10.1　测量各玻璃管内直径 D　　　　　零点读数:_____ cm

项 目 ＼ 次 数	1	2	3	4	5	平均值
粗管 $D_1/10^{-2}$m						
细管 $D_2/10^{-2}$m						

表 3.10.2　测量小球直径 d　　　　　　零点读数：_____ mm

次　数	1	2	3	4	5	6	7	8	9	10	平均值
各小球直径/10^{-3}m											

表 3.10.3　小球匀速下降路程 AB 的时间 t

次　数		1	2	3	4	5	平均值
$S_1 =$_____ /10^{-2}m	t_1/s						
$S_2 =$_____ /10^{-2}m	t_2/s						

已知：重力加速度 $g = 979.4 \text{cm/s}^2$；小钢球密度 $\rho = $_____ g/cm^3；液体密度 $\rho_0 = $_____ g/cm^3；室温 $T_0 = $_____ ℃.

求各管的液体黏滞系数及其平均值（有关计算应列出计算公式，代入实验数据，再写出计算结果）.

【实验注意事项】

（1）玻璃筒调垂直后，在整个实验过程中要保持不变，以保证小球沿中心轴线下落.

（2）小球下落时，液体应是静止的，因此在实验过程中要保持液体处于静止状态，并注意液体中应无气泡，否则小球下落必受影响.

（3）每下落一个小球时要隔一定时间，不能连续放球下落，因小球连续下降使液体内部有牵连速度.

（4）流体的黏滞系数 η 随温度变化显著. 故测量过程中液体的温度应尽量保持不变，实验测量过程持续的时间间隔应尽可能短. 在实验中不要用手触摸筒壁.

【思考题】

（1）在特定的液体中，当小球的半径减小时，它下降的收尾速度将如何变化？ 当小球的密度增大时，又将如何呢？

（2）小球在黏滞液体中下落的时间为什么不从液面开始计时，而要距离液面一定的距离才开始计时？

（3）小球是否进入匀速运动？ 如何判断？ 请简单地测试一下.

附：FD-VM-II 型落球法液体黏滞系数测定仪简介

1. 仪器装置

FD-VM-II 型落球法液体黏滞系数测定仪，采用激光光电传感器结合单片机计时，克服了人工秒表计时的视差和反应误差，提高了小球下落速度的准确度. 仪器装置组成如图 3.10.2 所示，主要由实验架、激光光电计时仪构成，还包括量筒、重锤、引导管等配件. 激光光电计时仪装置由激光光源、光敏三极管、直流电源及计时器组成.

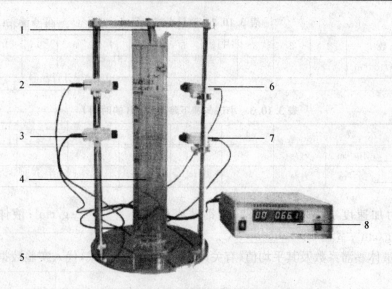

图 3.10.2　FD-VM-II型落球法液体黏滞系数测定仪
1. 引导管；2. 激光接收器 A；3. 激光接收器 B；4. 量筒；5. 实验架；
6. 激光发射器 A；7. 激光发射器 B；8. 激光光电计时仪

2. 使用方法

（1）调整底盘水平、立柱铅直. 在实验架的横梁中心部位放置重锤部件，放线，使重锤尖端靠近底盘，并留一小间隙. 调节底盘旋钮，使重锤对准底盘中心圆点.

（2）接通实验架上的两个激光发射器的电源，可看见它们发出红光，调节激光发射器的位置，使红色激光束平行地对准垂线.

（3）收回重锤，将盛有被测液体的量筒放置到实验架底盘中央，在实验中保持位置不变.

（4）调整激光接收器接收孔的位置，使其对准激光束.

（5）先用厚纸挡光，试验激光光电门挡光效果，观察是否能按时启动和结束计时. 然后，将小球放入导管，观察小球下落，开始实验. 若小球不能挡光，可适当调整激光器和接收器的位置.

（6）测小球下落高度，可从固定激光器的立柱标尺上读出.

（7）激光光电计时仪的使用方法：首先，打开电源开关，按仪器面板上的复位键，使显示屏显示初始状态；然后，开始实验，仪器从激光接收器第一次触发开始计时，到激光接收器第二次触发停止计时，此时间就为小球下降过程中所花费的时间.

3. 注意事项

实验中，应尽量避免激光束直射人的眼睛，以免损伤视力.

实验 11　惠斯通电桥测电阻

测量电阻有多种方法，利用电桥测量电阻是常用的方法之一，它是在电桥平衡的条件下将标准电阻与待测电阻相比较以确定待测电阻的数值. 用电桥测电阻具有测试灵敏、测量精确、使用方便等优点，电桥电路已广泛用于工业生产和自动控制系统中.

电桥可分为直流电桥和交流电桥,物理实验中常使用直流电桥. 直流电桥又分为单臂电桥和双臂电桥,单臂电桥又称惠斯通电桥. 本实验介绍的是直流单臂电桥(惠斯通电桥)测量电阻,主要用于精确测量中值电阻($10\sim10^6\,\Omega$);双臂电桥又称开尔文电桥,它只适用于测量 $10\,\Omega$ 以下的低值电阻.

【实验目的】

(1) 掌握惠斯通电桥的原理及使用方法;

(2) 学会用板式电桥和箱式电桥测电阻.

【实验仪器】

板式惠斯通电桥,检流计,待测电阻 R_{x1} 和 R_{x2},电阻箱,滑线变阻器,箱式电桥,直流稳压电源,开关,导线若干.

【实验原理】

1. 惠斯通电桥测电阻的原理

用伏安法测量电阻时,由于伏特表和安培表的接入,不可避免地存在电表的接入误差,而电桥电路却克服这一缺点. 因此,一般地讲,电桥法测量要比直接测量来的准确. 电桥法测量电阻的实质是将待测电阻与标准电阻进行比较,以测定待测电阻的阻值. 由于标准电阻可以做得很准确,因而电桥法测电阻可以得到较高的准确度.

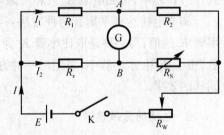

图 3.11.1 惠斯通电桥测
电阻实验电路图

惠斯通电桥测电阻电路图如图 3.11.1 所示,合上开关 K,调节可调电阻 R_S(实验中用电阻箱代替),使得检流计指针指零,则 A 点和 B 点电势相等,设此时通过 R_1 的电流为 I_1,通过 R_x 的电流为 I_2,有

$$I_1R_1 = I_2R_x \qquad (3.11.1)$$

$$I_1R_2 = I_2R_S \qquad (3.11.2)$$

上述两式相除得

$$R_x = \frac{R_1}{R_2}R_S = KR_S \qquad (3.11.3)$$

这就是应用惠斯通电桥测量电阻的原理. 式中 $K = \dfrac{R_1}{R_2}$ 为比率臂或倍率.

图 3.11.1 所示电路通常称作惠斯通电桥电路,是惠斯通于 1843 年首先提出的. 一般将 R_1、R_2、R_x 和 R_S 叫做电桥的桥臂,检流计 G 称为桥. 当检流计中没有电流通过时,称电桥处于平衡状态,而式(3.11.3)便是电桥平衡条件. 由此可见,电桥是否平衡完全由四个

桥臂电阻的阻值所决定.

上述用惠斯通电桥测量电阻的方法,也体现了一般桥式电路的特点,现在重点说明它的几个主要优点:

(1) 平衡电桥采用了示零法——根据检流计的"零"或"非零"的指标,即可判断电桥是否平衡而不涉及数值的大小. 因此,只需示零器足够灵敏就可以使电桥达到很高灵敏度,从而为提高它的测量精度提供了条件.

(2) 用平衡电桥测量电阻方法的实质是拿已知的电阻和未知的电阻进行比较. 这种比较测量法简单而精确. 如果采用精确电阻作为桥臂,可以使测量的结果达到很高的精确度.

(3) 由于平衡条件与电源电压无关,故可避免因电压不稳定而造成的误差.

实验中,为了消除比率臂 K 的影响,可采用把待测电阻和可调电阻交换,即在上一次基础上调电桥平衡后,保持 R_1、R_2 不变,交换 R_S 和 R_x,再重新调节可调电阻 R_S 到 R'_S,电桥再次达到平衡,同理有

$$R_x = \frac{R_2}{R_1}R'_S \tag{3.11.4}$$

由式(3.11.3)和式(3.11.4)可得待测电阻为

$$R_x = \sqrt{R_S R'_S} \tag{3.11.5}$$

式(3.11.5)中,待测电阻 R_x 只和可调电阻 R_S 有关,而与比率臂无关,从而减小误差.

调节电桥达到平衡有两种方法:一种是保持标准电阻 R_S(又称比较臂)不变,调节比率臂 K 的值;另一种是取比率臂 K 为某一个定值,调节比较臂 R_S. 前一种方法的准确度低,很少使用. 本实验中,采用后一种方法,且比率臂 $K = R_1 / R_2$ 用电阻丝来代替,可起到同样的效果.

2. 电桥的灵敏度

式(3.11.3) $R_x = R_1 R_S / R_2$ 是在电桥平衡的条件下推导出来的. 而电桥是否平衡,实验上是看检流计有无偏转来判断的. 当我们认为电桥已达到平衡时 $I_g = 0$,而 I_g 不可能绝对等于零,而仅是 I_g 小到无法用检流计检测而已. 例如,有一惠斯通电桥上的检流计偏转一格所对应的电流大约为 10^{-6} A,当通过它的电流为 10^{-7} A,指针偏转 $1/10$ 格,我们是可以察觉出来的,当通过它的电流小于 10^{-7} A 时,指针的偏转小于 $1/10$ 格,我们就很难察觉出来了. 为了定量地表示检流计不够灵敏带来的误差,可引入电桥灵敏度 S_i 的概念,它的定义是

$$S_i = \frac{\Delta n}{\dfrac{\Delta R_x}{R_x}} \tag{3.11.6}$$

ΔR_x 是当电桥平衡后把 R_x 改变一点的数量(实际上待测电阻 R_x 是不能变的,改变的是标准电阻 R_S),而 Δn 是因为 R_x 改变了 ΔR_x 电桥略失平衡引起的检流计偏转格数. 它越大,说明电桥越灵敏,带来的误差也就越小.

从误差来源看,只要仪器选择合适,用电桥测电阻可以达到很高的精度. 在测灵敏度

时,由于 R_x 是不可变的,故可以用改变 R_S 的办法来代替.计算表明

$$S_i = \frac{\Delta n}{\frac{\Delta R_1}{R_1}} = \frac{\Delta n}{\frac{\Delta R_x}{R_x}} = \frac{\Delta n}{\frac{\Delta R_S}{R_S}} = \frac{\Delta n}{\frac{\Delta R_2}{R_2}}$$

可见,任意改变一臂测出的灵敏度,都是一样的.

【实验内容】

1. 用板式惠斯通电桥测量电阻

(1) 按图 3.11.2 所示接好电路,图中有斜线部分是宽金属片(电阻可忽略不计),R_x 为待测电阻(本实验中有两个待测电阻,即 R_{x_1} 和 R_{x_2},先将 R_{x_1} 接入电路中),R_S 是可调标准电阻(用电阻箱来代替),G 为检流计,保护电阻 R_t 为滑线变阻器,开始时应取最大值.b 为滑动触头,其上有两个接触点,实验时只用其中一个.

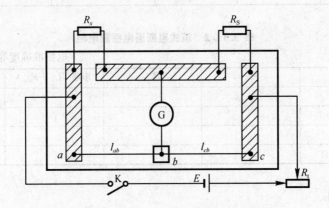

图 3.11.2 板式惠斯通电桥测量线路图

(2) 调节滑动触头 b,使比率臂 $l_{ab}/l_{cb} = 1$,合上开关 K,瞬时按下触头 b,改变电阻箱 R_S 使检流计基本平衡,然后将变阻器 R_t 逐渐减小到零,再调 R_S 使检流计指示为零.记录电阻箱 R_S 阻值,并填入表 3.11.1 中.

(3) 对换待测电阻与电阻箱的位置(仅对换待测电阻与电阻箱,连接其电阻的导线不动,为什么?),重复步骤(2),将此时电桥平衡时的电阻箱的值 R_S' 记入表 3.11.1 中.

(4) 改变触头 b,使比率臂处于 $l_{ab}/l_{cb} = 1/4$,重复步骤(2)、(3)测出此比率臂下的 R_S、R_S',并填入表 3.11.1 中.

(5) 将电阻 R_{x_1} 换为 R_{x_2},重复步骤(2)、(3)、(4).

(6) 根据公式(3.11.5)计算待测电阻 R_x 并计算此时的误差.

2. 用箱式惠斯通电桥测量电阻

(1) 测定待测电阻 R_{x_1} 和 R_{x_2} 的阻值,并记入表 3.11.2 中.

(2) 将 R_{x_1} 和 R_{x_2} 串联、并联后,重新测定其阻值,记入数据表 3.11.2 中,并查看是否

符合电阻的串并联公式.

【实验数据记录及处理】

表 3.11.1　板式电桥测电阻

电桥准确度等级 $f=$ _____级

比率 K	$l_{ab}=50\text{cm},l_{cb}=50\text{cm}$			
阻值	R_S	R_S'	$\overline{R}_x=\sqrt{R_S R_S'}$	$\Delta R_x=R_x\cdot f\%$
R_{x_1}/Ω				
R_{x_2}/Ω				
比率 K	$l_{ab}=20\text{cm},l_{cb}=80\text{cm}$			
阻值	R_S	R_S'	$\overline{R}_x=\sqrt{R_S R_S'}$	$\Delta R_x=R_x\cdot f\%$
R_{x_1}/Ω				
R_{x_2}/Ω				

表 3.11.2　箱式惠斯通电桥测电阻

电桥准确度等级 $f=$ _____级

被测电阻	R_{x_1}	R_{x_2}	串联$(R_{x_1}+R_{x_2})$	并联$(R_{x_1}//R_{x_2})$
比率 K				
R_S/Ω				
R_x/Ω				
$\Delta R_x=R_x\cdot f\%/\Omega$				

【实验注意事项】

（1）用板式惠斯通电桥测电阻时,电桥两端的电源电压最高不能超过 6V,否则电阻丝会发热冒烟、并损坏.

（2）每次开始重复测量时,都必须将保护电阻 R_t 放到最大值处,以保护检流计.

（3）b 有两个接触点,实验时只用其中一个,且不能将接触点在电阻线上滑着找平衡点,以免磨损电阻线.

（4）电阻值随温度变化,故通电时间不能过长. 不测量时,关掉电源.

（5）用箱式电桥测电阻时,最好要先按下"B"按键,后按下"G"按键,然后先放开"G"按键后放开"B"按键."B"按键和"G"按键不能长时间按住或锁住,否则箱内电池损耗太大. 测量结束后,一定要仔细检查"B"按键是否放开了.

【思考题】

（1）在图 3.11.2 中,滑线变阻器 R_t 起何作用? 为什么在开始时要把阻值调到最大,而以后又要逐渐降到零?

（2）试证明板式电桥的滑动触头 b 在靠近中间位置时,实验的测量误差最小.

（3）测定的串联电阻值与测定的单个电阻值之和作比较,有何不同? 为什么? 对你有什么启示？

(4) 一直流惠斯通电桥已平衡，今将其电源的两端改接桥支路(检流计)，而原来接桥支路(检流计)的位置改接电源，问此时电桥是否仍为平衡？试证明之.

实验 12 用模拟法测绘静电场

在一些科学研究和生产实践中(如静电应用和静电现象的研究)，往往需要了解带电体周围静电场的分布情况. 一般来说带电体的形状比较复杂，很难用理论方法进行计算. 用实验手段直接研究或测绘静电场通常也很困难. 因为仪表(或其探测头)放入静电场，总要使被测场原有分布状态发生畸变；而且除静电式仪表之外的一般磁电式仪表不能用于静电场的直接测量，因为静电场中不会有电流流过，对这些仪表不起作用. 本实验采用直流电通过不良导体而形成的恒定电流场来间接测绘静电场的分布，是静电场研究的一种常用的"模拟法"，已广泛地应用于电缆、电子管、示波管、电子显微镜等内部电场分布情况的研究.

【实验目的】

(1) 学习用模拟法测绘静电场的原理和方法；
(2) 加深对电场强度和电势概念的理解.

【实验仪器】

GVZ-3 型导电微晶静电场描绘仪(包括导电微晶、双层固定支架、同步探针、直流电源、各种电极)一套.

【实验原理】

1. 模拟的理论依据

模拟法在科学实验中有着极其广泛的应用，其本质是用一种易于实现、便于测量的物理状态或过程的研究去代替另一种不易实现、不便测量的状态或过程的研究.

我们知道，电场可以用空间各点的电场强度或空间各点的电势分布来描绘，为了形象地表示电场的分布情况，常采用描绘出电场的等势面(线)和电场线的方法. 电场中诸等势点连成的面称"等势面"，若只限于研究一平面上的电场，则此平面上诸等势点连成曲线，称为"等势线". 由电学理论知道，电场的电场线必与各等势面正交，若限于一平面，则各电场线必与各等势线正交.

但是，直接对静电场进行测量是相当困难的事情，这是因为

(1) 测量仪器只能采用静电式仪表，一般用的磁电式电表，有电流才有反应，而静电场不会有电流，自然不起作用.

(2) 仪表本身总是导体或电介质，一旦把仪器引入静电场中，原静电场将强烈地发生改变，若要使测量仪器的影响降低(譬如说使用带电量很少的试探电荷)，则测量仪器不易

有足够的灵敏度.

为了克服直接测量静电场的困难,我们可以仿造一个与待测静电场分布完全一样的电流场,用容易直接测量的电流场去模拟各种静电场.直流电通过不良导体(如稀薄溶液、导电纸、导电微晶等),可以得到这样的模拟电场.例如,将正负电极分别放在一定位置与导电介质接触,它们在导电介质内产生电场,如果电极间电势差恒定,该导电介质(如导电纸)又是相当大而且均匀导电的,则该电场与静电荷在空间产生的电场是完全相仿的,两者之间的区别是导电介质中有稳恒电流流过.

静电场与稳恒电流场本是两种不同的场,但是它们两者之间在一定条件下具有相似的空间分布,即两种场遵守的规律在形式上相似.它们都可以引入电势 U,而且电场强度 $E=-\nabla U$;它们都遵守高斯定理.对静电场,电场强度在无源区域内满足以下积分关系:

$$\oint_s E \cdot ds = 0, \quad \oint_l E \cdot dl = 0$$

而对于稳恒电流场,电流密度矢量 J 在无源区域内也满足类似的积分关系

$$\oint_s J \cdot ds = 0, \quad \oint_l J \cdot dl = 0$$

由此可见,E 和 J 在各自区域中满足同样的数学规律.若稳恒电流场空间内均匀地充满了电导率为 σ 的不良导体,不良导体内的电场强度 E' 与电流密度矢量 J 之间遵循欧姆定律

$$J = \sigma E'$$

因而,E 和 E' 在各自的区域中也满足同样的数学规律.在相同边界条件下,由电动力学的理论可以严格证明:像这样具有相同边界条件的相同方程,其解也相同.因此,我们可以用稳恒电流场来模拟静电场.也就是说静电场的电场线和等势线与稳恒电流场的电流密度矢量和等势线具有相似的分布,所以测定出稳恒电流场的电势分布也就求得了与它相似的静电场的电场分布.

2. 模拟长同轴圆柱形电缆的静电场

利用稳恒电流场与相应的静电场在空间形式上的一致性,则只要保证电极形状一定,电极电位不变,空间介质均匀,在任何一个考察点,均应有"$U_{恒定}=U_{静电}$"或"$E_{恒定}=E_{静电}$".下面以同轴圆柱形电缆的电场和相应的模拟场——恒定电流场来讨论这种等效性.

如图 3.12.1(a)所示,在真空中有一半径为 r_a 的长圆柱形导体 A 和一个内径为 r_b 的

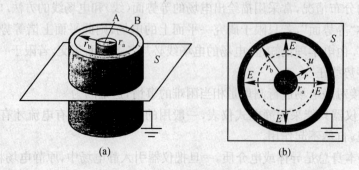

图 3.12.1 同轴电缆及其静电场分布

长圆筒形导体 B,它们同轴放置,分别带等量异号电荷.由高斯定理可知,在垂直于轴线的任一个截面 S 内,都有均匀分布的辐射状电场线,这是一个与坐标 z 无关的二维场.在二维场中电场强度 E 平行于 xy 平面,其等势面为一簇同轴圆柱面.因此,只需研究任一垂直横截面上的电场分布即可.

距轴心 O 半径为 r 处(图 3.12.1(b))的各点电场强度为

$$E = \frac{\lambda}{2\pi\varepsilon_0 r} \tag{3.12.1}$$

式中,λ 为 A(或 B)的电荷线密度.

r 处各点与 B 间的电势差

$$U_r - U_b = \int_r^{r_b} E dr = \frac{\lambda}{2\pi\varepsilon_0} \ln \frac{r_b}{r} \tag{3.12.2}$$

A、B 间的电势差

$$U_a - U_b = \int_{r_a}^{r_b} E dr = \frac{\lambda}{2\pi\varepsilon_0} \ln \frac{r_b}{r_a} \tag{3.12.3}$$

令 $r=r_b$,则 $U_b=0$,将式(3.12.2)、式(3.12.3)相比

$$U_r = U_a \frac{\ln \dfrac{r_b}{r}}{\ln \dfrac{r_b}{r_a}} \tag{3.12.4}$$

距中心 r 处场强为

$$E_r = -\frac{dU_r}{dr} = \frac{U_a}{\ln \dfrac{r_b}{r_a}} \cdot \frac{1}{r} \tag{3.12.5}$$

若上述圆柱形导体 A 与圆筒形导体 B 之间不是真空,而是均匀地充满了一种电导率为 σ 的不良导体,且 A 和 B 分别与直流电源的正负极相连,如图 3.12.2 所示,则在 A、B 间将形成径向电流,建立起一个稳恒电流场 E'_r.可以证明不良导体中的电场强度 E'_r 与原真空中的静电场 E_r 是相同的.

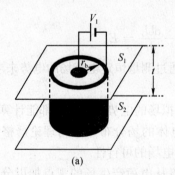
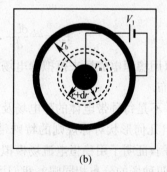

图 3.12.2 同轴电缆的模拟模型

垂直于轴线取厚度为 t 的一小段圆柱形同轴不良导体片来研究.设材料的电阻率为 $\rho\left(\rho = \dfrac{1}{\sigma}\right)$,则从半径为 r 的圆周到半径为 $r+dr$ 的圆周之间的不良导体薄片的电阻为

$$\mathrm{d}R = \rho \frac{\mathrm{d}r}{S} = \frac{\rho \mathrm{d}r}{2\pi r t} = \frac{\rho}{2\pi t} \cdot \frac{\mathrm{d}r}{r} \tag{3.12.6}$$

半径 r 到 r_b 之间的圆柱片电阻为

$$R_{r_b} = \frac{\rho}{2\pi t} \int_r^{r_b} \frac{\mathrm{d}r}{r} = \frac{\rho}{2\pi t} \ln \frac{r_b}{r} \tag{3.12.7}$$

由此可知,半径 r_a 到 r_b 之间圆柱片的电阻为

$$R_{r_a r_b} = \frac{\rho}{2\pi t} \int_{r_a}^{r_b} \frac{\mathrm{d}r}{r} = \frac{\rho}{2\pi t} \ln \frac{r_b}{r_a} \tag{3.12.8}$$

令 $U_b = 0$,则径向电流为

$$I = \frac{U_a}{R_{r_a r_b}} = \frac{2\pi t U_a}{\rho \ln \dfrac{r_b}{r_a}} \tag{3.12.9}$$

距中心 r 处的电势为

$$U'_r = I R_{r_b} = U_a \frac{\ln \dfrac{r_b}{r}}{\ln \dfrac{r_b}{r_a}} \tag{3.12.10}$$

则稳恒电流场 E'_r 为

$$E'_r = -\frac{\mathrm{d}U'_r}{\mathrm{d}r} = \frac{U_a}{\ln \dfrac{r_b}{r_a}} \cdot \frac{1}{r} \tag{3.12.11}$$

由式(3.12.10)可导出圆形等势线半径 r 的表达式为

$$r = r_b \left(\frac{r_a}{r_b}\right)^{\frac{U'_r}{U_a}} \tag{3.12.12}$$

由式(3.12.10)与式(3.12.4)可见,稳恒电流场与静电场的电势分布函数完全相同,即柱面之间的电势 U_r 与 $\ln r$ 均为直线关系,并且 U_r/U_a 即相对电势仅是坐标的函数,与电场电势的绝对值无关. 显而易见,稳恒电流的电场 E'_r 与静电场 E_r 的分布也是相同的,因为

$$E'_r = -\frac{\mathrm{d}U'_r}{\mathrm{d}r} = -\frac{\mathrm{d}U_r}{\mathrm{d}r} = E_r$$

因此,我们可以用稳恒电流场来模拟静电场,通过测量恒定电流场的电势来求得所模拟静电场的电位分布.

实际上,并不是每种带电体的静电场及模拟场的电势分布函数都能计算出来,只有在 σ 分布均匀而且几何形状对称规则的特殊带电体的场分布才能用理论严格计算. 上面只是通过一个特例,证明了用稳恒电流场模拟静电场的可行性.

为什么这两种场的分布相同呢? 我们可以从电荷产生场的观点加以分析. 在导电介质中没有电流通过时,其中任一体积元(宏观小,微观大,即其内仍包含大量原子)内正负电荷数量相等,没有净电荷,呈电中性. 当有电流通过时,单位时间内流入和流出该体积元内的正或负电荷数量相等,净电荷为零,仍然呈电中性. 因而,整个导电介质内有电流通过时也不存在净电荷. 这就是说,真空中的静电场和稳恒电流通过时,导电介质中的场都是

由电极上的电荷产生的. 事实上, 真空中电极上的电荷是不动的, 在有电流通过的导电质中, 电极上的电荷一边流失, 一边由电源补充, 在动态平衡下保持电荷的数量不变. 所以这两种情况下电场分布是相同的.

3. 模拟条件

模拟方法的使用有一定的条件和范围, 不能随意推广, 否则将会得到荒谬的结论. 用稳恒电流场模拟静电场的条件可以归纳为下列三点:

(1) 稳恒电流场中的电极形状应与被模拟的静电场中的带电体几何形状相同.

(2) 稳恒电流场中的导电介质应是不良导体且电导率分布均匀, 并满足 $\sigma_{电极} \gg \sigma_{导电质}$, 才能保证电流场中的电极(良导体)的表面也近似是一个等势面.

(3) 模拟所用电极系统与被模拟电极系统的边界条件相同.

4. 静电场的测绘方法

由式(3.12.5)可知, 场强 E 在数值上等于电位梯度, 方向指向电位降落的方向. 考虑到 E 是矢量, 而电势 U 是标量, 从实验测量来讲, 测定电势比测定场强容易实现, 所以可先测绘等势线, 然后根据电场线与等势线正交的原理, 画出电场线, 这样就可由等势线的间距确定电场线的疏密和指向, 将抽象的电场形象地反映出来.

【仪器描述】

GVZ-3 型导电微晶静电场描绘仪(包括导电微晶、双层固定支架、同步探针等), 如图 3.12.3 所示, 支架采用双层式结构, 上层放记录纸, 下层放导电微晶. 电极已直接制作在导电微晶上, 并将电极引线接出到外接线柱上, 电极间制作有导电率远小于电极且各向均匀的导电介质. 接通直流电源(10V)就可进行实验. 在导电微晶和记录纸上方各有一探针, 通过金属探针臂把两探针固定在同一手柄座上, 两探针始终保持在同一铅垂线上. 移动手柄座时, 可保证两探针的运动轨迹是一样的. 由导电微晶上方的探针找到待

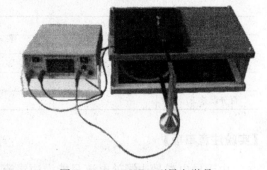

图 3.12.3　GVZ-3 型导电微晶
静电场描绘仪

测点后, 按一下记录纸上方的探针, 在纪录纸上留下一个对应的标记. 移动同步探针在导电微晶上找出若干电势相同的点, 由此即可描绘出等势线.

【实验内容】

1. 描绘两个带电系统的横截面电场分布图

(1) 将导电微晶上取两个点电荷的电极分别与静电场描绘仪专用电源输出端的正负极相连接, 同步探针的接线柱与专用电源上探针测量端正极相连接, 打开电源, 将选择开关拨至"校正"挡, 调节电压调节旋钮使电表指示为 10.00V, 再将选择开关拨至"测量"挡

准备测量.

(2) 将报告纸放在固定支架的上层并用压条压好,移动同步探针先找出电缆的正负极并在报告纸上用"+"和"−"号来标注. 然后从 1V 开始,平移同步探针,用导电微晶上方的探针找到等势点后,按一下报告纸上方的探针,测出一系列等势点,共测 5 条等势线(U'_r=1V,3V,5V,7V,9V),每条等势线上找 8 个以上均匀分布的点. 将电位相等的点连成光滑的曲线即成为一条等势线,根据电场线与等势线正交原理,再画出电场线. 画电场线时要注意:电场线与等势线正交,导体表面是等势面,电场线垂直于导体表面,电场线发自正电荷而止于负电荷,疏密要表示出场强的大小,根据电极正、负画出电场线方向,得到一张完整的电场分布图.

2. 描绘同轴电缆的静电场分布

(1) 利用图 3.12.2(b)所示模拟模型,将导电微晶上内外两电极移至同轴电缆上,移动同步探针测绘同轴电缆的等势线簇(U'_r=2V,4V,6V,8V),以每条等势线上各点到原点的平均距离 r 为半径画出等势线的同心圆簇,并将 r 作为各等势线圆半径的实验值 $r_实$,根据式(3.12.12)计算相应各等势线圆半径的理论值,求出百分误差,分析误差原因.

(2) 根据电场线与等势线正交原理,再画出电场线,并指出电场强度方向,得到一张完整的电场分布图.

【实验数据记录及处理】

$r_a=$____ cm,$r_b=$____ cm,$U_a=$____ V

U'_r/V	2.00	4.00	6.00	8.00
U'_r/U_a				
$r_理$/cm				
$r_实$/cm				
百分误差 E/%				

【实验注意事项】

由于导电微晶边缘处电流只能沿边缘流动,因此等势线必然与边缘垂直,使该处的等势线和电力线严重畸变,这就是用有限大的模拟模型去模拟无限大的空间电场时必然会受到的"边缘效应"的影响. 如要减小这种影响,则要使用"无限大"的导电微晶进行实验,或者人为地将导电微晶的边缘切割成电力线的形状.

【思考题】

(1) 用电流场模拟静电场的理论依据是什么?
(2) 用电流场模拟静电场的条件是什么?
(3) 等势线与电力线之间有何关系?
(4) 如果电源电压 U_a 增加一倍,等势线和电力线的形状是否发生变化? 电场强度和电势分布是否发生变化? 为什么?

（5）试举出一对带等量异号线电荷的长平行导线的静电场的"模拟模型". 这种模型是否是唯一的？

实验 13　电势差计与电动势的测定

电势差计是利用补偿原理精确测量直流电势差或电源电动势的常用仪器，它具有准确度高、使用方便、测量结果稳定可靠等特点，还常被用来精确地间接测量电流、电阻和校准各种精密电表.

【实验目的】

（1）学习电势差计的基本原理，掌握电势差计的基本用法；
（2）学会测定电动势和校准电表的一种方法.

【实验仪器】

87-1 型学生式电势差计、直流稳压电源、层叠电池 9 V，BC9 型标准电池，B23 型直流标准电阻，C31-A 型直流安培表，电阻箱，干电池，导线若干.

【实验原理】

电势差计是一种测量电动势（或电势差）的精密测量仪器，它是利用比较测量法中的电势补偿原理设计的. 电势差计与电压表的区别一是测量准确度高，二是测量时不需要被测电路提供电流，因而不会引入电压表测量时带来的接入误差，所以电化学中的电极电势，生物体内的电势差等都可以用电势差计精确测定. 如果配以其他标准附件（如标准电阻、标准分压箱等），还可用来测量电流、电阻、电功率以及校正各种电表或直流电桥等.

如图 3.13.1 所示，两个电池，其电动势分别为 E_S 和 E_x，将两电池相向连接. 当两个电池的电动势相等时，电路中没有电流通过，则

$$E_x = E_S \qquad (3.13.1)$$

如果 E_S 是一系列具有不同电动势的标准电池，则利用这种互相抵消（补偿）电势差的方法，就能确定被测电池的电动势 E_x.

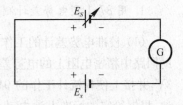

图 3.13.1　补偿法原理图

在实际使用时，不可能有一系列电动势大小不同的标准电池可用来与各种被测电池的电动势相抵消，但是可以用一个电势差大小明确可知且数值可变的仪器来代替这一系列标准电池.

如图 3.13.2 所示，E_S 是通过下面的方法得到的：电源 E、限流电阻 R' 和精密电阻 R_{ab} 串联成一闭合回路，称为辅助回路，当有一恒定的标准电流 I_0 流过电阻 R_{ab} 时，改变 R_{ab} 上两滑动头 C、D 的位置，就能改变 C、D 间的电势差 V_{CD} 的大小，V_{CD} 正比于电阻 R_{ab} 中 C、D 之间那部分的电阻值，由于测量时必须保证 I_0 恒定不变，所以实际电势差计都根据 I_0 的大小把阻值转换成电压刻度标在仪器上. V_{CD} 相当于上面所要求的"E_S". 测量时

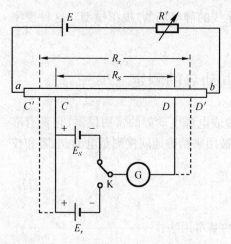

图 3.13.2　用电势差计测电动势电路图

把滑动头 C、D 两端的电压 V_{CD} 引出与未知电动势 E_x 进行比较，E_xCDGE_x（或 $E_xC'D'GE_x$）称为补偿回路. 请注意：在电路中 E 和 E_x（或 E_S）必须接成同极性相对抗，也即 E_x 的正极要接在 ab 线上电位较高的一点，而 E_x 的负极经检流计接在电位较低的一点.

可见，用电势差计测量电动势（或电势差）应分两步进行：

（1）校准：为了使 R_{ab} 中流过的电流是标准电流 I_0，可根据标准电池电动势 E_S 的大小，选定 C、D 间的电阻为 R_S，使

$$E_S = I_0R_S \qquad (3.13.2)$$

调节 R' 改变辅助回路中的电流，当检流计指零时，R_S 上的电压降恰与补偿回路中标准电池的电动势 E_S 相等. 由于 E_S 和 R_S 都很准确地已知，这时辅助回路中的电流就被精确地校准到所需要的 I_0 值.

（2）测量：把开关倒向 E_x 一边，只要 $E_x \leqslant I_0R_{ab}$，总可以滑动 C、D 到 C'、D'，使检流计再度指零，这时 C'、D' 间的电位降恰和待测的电动势 E_x 相等. 设 C'、D' 之间的电阻为 R_x，可得

$$E_x = I_0R_x \qquad (3.13.3)$$

因 I_0 已被校准，E_x 也就能测出. 同理，如果要测任一电路两点间电势差，只需将待测两点接入补偿回路代替 E_x，即可测出.

【实验内容】

1. 用 87-1 型电势差计测量干电池的电动势

（1）校准电势差计的工作电流. 即调节辅助回路中电流，使其"标准化"，也就是使辅助回路中精密电阻上的电势差与电势差计面板标定示值一致. 方法如下：电源电压 E 取 3V，并接上使检流计工作的 9V 电源（可用层叠电池）. 将 K_2 拨向 E_S，E_S 两端接标准电池，根据给定的标准电池电动势值，先调节步进盘和滑盘，使其读数之和等于 E_S 值（如 $E_S = 1.0180V$，则将步进盘置于 $10 \times 0.1V$，滑盘置于 $1.80 \times 0.01V$ 示值上）. 接通 K_1，然后间断接通 K_3（即检流计的电计按钮），调节工作电流，调节电阻 R 使检流计指零. 这样工作电流就达到了标准化，工作电流 I_0 为 10mA. 一旦校准完毕，在测量时，R 不能再旋动，否则工作电流 I_0 不为 10mA. 在以后的测量中应经常检查工作电流的标准化是否保持. 在本实验中，要求每测量电势差一次，就校准一下.

（2）测量干电池的电动势. 将干电池接在 E_x 两端，并注意两个端钮电位的高低. 将 K_2 拨向 E_x，电势差计的步进盘和滑盘的示值预置到 E_x 的估计数值，然后间断接通 K_3，观察检流计偏转情况，调节滑盘和步进盘，使检流计指零，这时电势差计达到补偿. 步进盘和滑盘的指示数值之和即为待测电池的电动势 E_x.

（3）重复（1）、（2）内容 5 次,记录于表 3.13.1 中,取 E_x 的平均值作为干电池的电动势值.

2. 用 87-1 型电势差计测量干电池的内阻

如果在一个待测电池 E_x 两端接一个电阻 R_0,则 E_x 与 R_0 构成了一个闭合回路,如图 3.13.3 所示,这时 E_x 对 R_0 放电. 如果仍用电势差计测量电池两端的电势差,显然测出的不是 E_x 的电动势,而是 E_x 与 R_0 构成的回路的端电压 U. 若干电池电动势 E_x 和 R_0 值已知,则由 U、E_x、R_0 采用全电路欧姆定律即可求出待测电池内阻 r

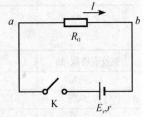

$$r = \frac{E_x - U}{U} R_0 \qquad (3.13.4)$$

本实验用前面已经测出电动势的电池,取 $R_0 = 100\Omega$,测量该电池的内阻,数据记录于表 3.13.2 中.

图 3.13.3

3. 用 87-1 型电势差计校准毫安表

如图 3.13.4 所示,将标准电阻 r_n 与毫安表串联. 用电势差计测出 r_n 两端的电压降 U_n,则通过 r_n 的电流等于通过毫安表的电流即

$$I = \frac{U_n}{r_n} \qquad (3.13.5)$$

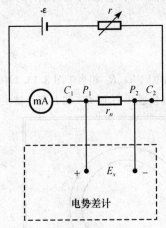

图 3.13.4　用电势差计校准毫安表电路图

因为电势差计与标准电阻的精度均较高,所以用此法可校验精度较高的电流表. 步骤如下:

（1）先根据毫安表供电回路的电源 $\varepsilon = 3V$,标准电阻阻值 $r_n = 100\Omega$,选定电势差计的量程和限流电阻 r.

（2）按图 3.13.4 完成毫安表回路的接线. 按电势差计所标端钮及极性,分别外接工作电源,标准电池,标准电阻的 P_1、P_2 端钮接于 E_x 两端,并注意电势的高低.

（3）校准电势差计的工作电流.

（4）校准毫安表:将 K_2 与 E_x 相接,调节毫安表通过的电流,使指针指在被校刻度上,由电势差计测出 r_n 的端电压,数据记在表 3.13.3 中.

（5）在坐标纸上,以 $I_{校}$ 为横坐标,以 $(I_{校} - I_{标})$ 为纵坐标,作毫安表的校正曲线.

【实验数据记录及处理】

表 3.13.1　测量干电池的电动势

测量次数	1	2	3	4	5	平均值
E_x/V						

表 3.13.2　测量干电池的内阻

项目 次数	R_0/Ω	E_x/V	U/V	r/Ω	$\bar{r}/\Omega$
1					
2					
3					

表 3.13.3　用电势差计校准毫安表

被校表格数/格				
$I_{校}/mA$				
U_n/V				
$I_{标}/mA$				
$I_{校}-I_{标}/mA$				

【思考题】

（1）从原理上说，电势差计不经校准，可否用来精确测量电势差？如何测量？

（2）干电池的电动势和端电压有何区别？用一般电压表接在干电池两端，测出的是不是干电池的电动势？为什么？

附：87-1 型学生式电势差计简介

87-1 型学生式电势差计面板如图 3.13.5 所示. 两个排成圆环形的电阻 R_A、R_B 相当于图 3.13.2 中电阻 R_{ab} 组成，E 的十、一两个端钮用来连接电源的正负极，K_1 即为电源接通开关，而 B_A^+ 和 R 两个接头

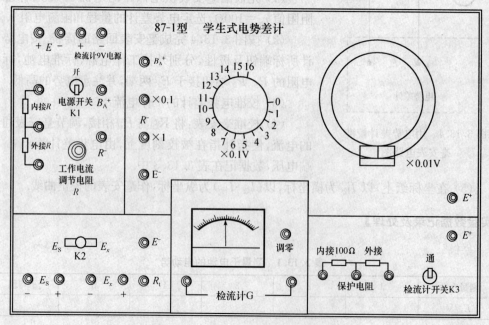

图 3.13.5　87-1 型学生式电势差计

分别为电势差计的工作回路(或称为辅助回路)的连接端钮.E^+ 和 E^- 两个接头则相当于图 3.13.2 中 C 和 D 两点,它们和标准电池、检流计、外接保护电阻 R_b 构成测量回路(或称为补偿回路).R_a 全电阻是 160Ω,分 16 段,每段 10Ω.R_b 全电阻是 11Ω.仪器规定的工作电流为 10mA,所以 R_a 上每段电阻电压降为 0.1V,而 R_b 全段的电压降是 0.11V.因此测量时,左边旋钮每次变动刻度 0.1V 作粗调,右边旋钮转动一周时指示的刻度为 110 格,每格代表 0.001V,即可估计到 10^{-4}V,用作细调.如左旋钮读数为 14,右旋钮读数为 1.68(16.8 格)时,检流计指零,则被测电压:

$$U(被测电压) = 14 \times 0.1 + 1.68 \times 0.01V = 1.416\,8V$$

实验 14　线性电阻和非线性电阻的伏安特性曲线

给一个元件通以直流电,用伏特表测出元件两端的电压,用安培表测出通过元器件的电流.通常以电压为横坐标、电流为纵坐标,画出该元件电流和电压的关系曲线,称为该元件的伏安特性曲线.这种研究元件特性的方法称为伏安法.伏安特性曲线为直线的元件称为线性元件,如电阻;伏安特性曲线为非直线的元件称为非线性元件,如二极管、三极管等.伏安法的主要用途是测量研究线性和非线性元件的导电特性,以便确定它在电路中的作用.

【实验目的】

(1) 测绘电阻的伏安特性曲线,学会用图线来表示实验结果;
(2) 了解晶体管的单向导电性;
(3) 学习使用伏安法测量二极管伏安特性的方法.

【实验仪器】

伏特表,安培表,微安表,多用电表,滑线变阻器,直流稳压电源,待测电阻,待测半导体二极管,电阻箱,开关,导线若干.

【实验原理】

1. 线性电阻与非线性电阻

当一个元件两端加上电压 U,元件内有电流 I 通过时,电压与电流的比值称为这个元件的电阻 R.

若元件两端的电压与通过它的电流成正比,则电压 U 与电流 I 的关系——伏安特性曲线为一直线,这类元件称为线性元件,若电阻 R 称为线性电阻.根据欧姆定律,显然有

$$R = \frac{U}{I} \tag{3.14.1}$$

一般金属导体的电阻都为线性电阻,其阻值与外加电压的大小和方向无关.其伏安特性曲线如图 3.14.1 所示,

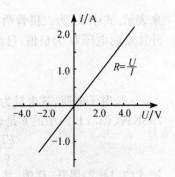

图 3.14.1　线性电阻的伏安特性曲线

为过坐标原点的直线,直线斜率的倒数为其电阻值,它是不随电压变化的恒定值.

若元件两端的电压与通过它的电流不成正比,即电压 U 与电流 I 的关系——伏安特性曲线不为直线,这类元件称为非线性元件,其电阻随电压不同而不同,具有这种性质的电阻称为非线性电阻.一般半导体元件和电真空器件都属非线性元件,其电阻为非线性电阻.

2. 半导体二极管的伏安特性

半导体二极管是非线性电阻的一种,其阻值不仅与外加电压大小有关,而且与电压方向有关,其伏安特性曲线如图 3.14.2 所示.半导体二极管具有上述性质是由其结构特点所决定的.它是由两块不同类型的半导体材料结合而成,如图 3.14.3(a) 所示,图 3.14.3(b) 是它的符号图.一块 p 型半导体,一块 n 型半导体,在结合处形成所谓的 pn 结. pn 结产生内电场,阻挡电流通过,当外加正向电压时(p 区接高电位,n 区接低电位),削弱了内电场,形成较大的电流 I,所以正向导电时,其电阻很小;当外加反向电压时(p 区接低电位,n 区接高电位),则增加了内电场,只能形成较小的电流 I_e,所以反向导电时,其电阻很大,这种特性称之为二极管的单向导电性.

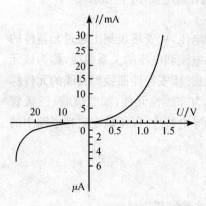

图 3.14.2　pn 结伏安特性曲线

半导体二极管的伏安特性除用图 3.14.2 特性曲线描绘外,也可用解析式

$$I = I_e \Big[\exp\Big(\frac{eU}{kT}\Big) - 1 \Big] \tag{3.14.2}$$

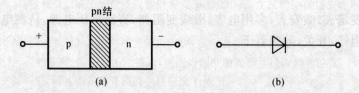

图 3.14.3　晶体二极管的 pn 结和表示符号

来表示.式中,U 为二极管两端外加电压;I 为通过二极管的电流;I_e 为反向饱和电流,当外加反向电压 U 为负值,且流过二极管的电流足够大时,式(3.14.2)变为

$$\begin{cases} U \ll 0 \\ I = -I_e = 常数 \end{cases} \tag{3.14.3}$$

e 是电子电荷,其电量为 1.602×10^{19} C;T 为绝对温度,室温 25℃ 时,$T = 273 + 25 = 298$K;式(3.14.2)中的 k 是玻尔兹曼常量,等于 1.38×10^{23} J/K,在室温 25℃ 时

$$\frac{kT}{e} = \frac{1.38 \times 10^{-23} \times 298}{1.602 \times 10^{-19}} = 25.7 \text{mV} \tag{3.14.4}$$

把式(3.14.2)展开,移项,并取对数有

$$\ln\Big(\frac{I}{I_e} + 1\Big) = \frac{e}{kt} U \tag{3.14.5}$$

若测二极管的正向特性曲线,并取 U 为自变量,$\ln\left(\dfrac{I}{I_e}+1\right)$ 为因变量,则可用最小二乘法拟合回归直线,并可求出其斜率

$$a = \frac{e}{kt}$$

如果令 e 为已知量,可求得玻尔兹曼常量 k,反之亦然.

3. 电表的连接和接入误差

用伏特表和安培表同时测量电阻时,其电路连接有两种方法,即内接法和外接法.

1) 内接法

内接法如图 3.14.4 所示,安培表在伏特表内. 不难看出,安培表测量到的是流过待测电阻 R 的电流值,但是伏特表指示的却是待测电阻 R 和安培表的电压之和,即 $U = U_A + U_R$. 设安培表的电阻(又称内阻)为 r_A,伏特表内阻为 r_V,则有

$$U_R = U - U_A = U - Ir_A \qquad (3.14.6)$$

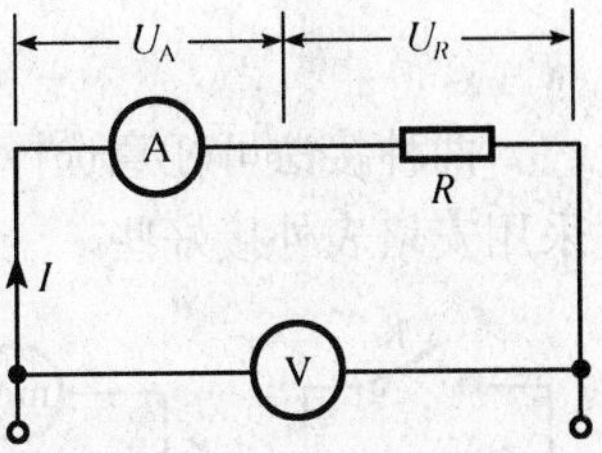

若用伏特表指示值 U 代替电阻上的电压 U_R,所带来的系统误差为

图 3.14.4　安培表内接法

$$\Delta U_R = U - U_R = Ir_A = U_R \frac{r_A}{R}$$

$$\frac{\Delta U_R}{U_R} = \frac{r_A}{R} \qquad (3.14.7)$$

只有满足安培表内阻 r_A 远小于待测电阻 R 时,才能使 $\Delta U_R \to 0$,系统误差可忽略;反之,若安培表内阻较大,ΔU_R 超过了伏特表自身误差①,系统误差不能忽略,必须按式 (3.14.6) 计算 U_R 值.

2) 外接法

外接法如图 3.14.5 所示,安培表在伏特表外. 此时,伏特表如实地标出待测电阻 R 的电压值,但是安培表测量到的却是流经待测电阻和伏特表两路电流之和,因此流经真正待测电阻的电流为

$$I_R = I - I_V = I - U_R/r_V \qquad (3.14.8)$$

如果把安培表指数值 I 作为 I_R,则带来的系统误差为

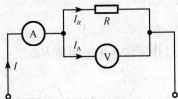

图 3.14.5　安培表外接法

$$\Delta I_R = I - I_R = U_R/r_V = I_R \frac{R}{r_V}$$

$$\frac{\Delta I_R}{I_R} = \frac{R}{r_V} \qquad (3.14.9)$$

只有满足伏特表内阻远大于待测电阻的阻值时,才能使 $\Delta I_R \to 0$,系统误差可忽略;反之,

---

① 伏特表误差定义为 $\Delta U = U_m \cdot K$,式中 U_m 为满量称电压值,K 是电表级别. 如满量程为 10V,0.5 级伏特表,其误差 $\Delta U = 10 \times 0.005 = 50\text{mV}$.

当伏特表内阻 r_V 比较小,ΔI_R 超过了安培表自身误差时,系统误差不能忽略,必须按式(3.14.8)计算 I_R 值.

　　在测量电阻实验中,采用安培表内接法还是外接法,是由实验条件决定的. 显然,当 $\frac{\Delta I_R}{I_R} > \frac{\Delta U_R}{U_R}$ 时,采用安培表内接法优于外接法;反之采用安培表外接法较好. 因此,比较式(3.14.7)和式(3.14.9)得,当

$$R > \sqrt{r_A r_V} \qquad\qquad (3.14.10)$$

采用安培表内接法. 当

$$R < \sqrt{r_A r_V} \qquad\qquad (3.14.11)$$

采用安培表外接法. 当

$$R \sim \sqrt{r_A r_V} \qquad\qquad (3.14.12)$$

　　两种接法可任意选择. 简而言之,如果待测元件电阻值大,采用安培表内接较好,反之采用安培表外接好些.

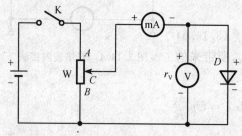

图 3.14.6　测二极管正向伏安特性的电路

【实验内容及步骤】

　　1. 测半导体二极管 D 的伏安特性曲线

　　(1) 按图 3.14.6 接好电路,伏特表量程取 3V,安培表量程取 30mA,滑线变阻滑头 C 滑向 B 端,经指导教师检查无误后接通电源. 测量从 0V 起,每隔 0.05V 测一电流值,直到电流达 30mA 左右为止.

　　(2) 以电压为横坐标,电流为纵坐标,在直角坐标纸上标出数据点,绘出半导体二极管的正向伏安特性曲线.

　　2. 测线性电阻 R 的伏安特性曲线

　　(1) 以安培表外接法测量电阻的伏安特性曲线. 把实验内容(1)中的二极管去掉,电路不变接上待测电阻.

　　(2) 从 0V 起,每隔 0.2V 测一电流值,直到电压为 1.2V 止.

　　(3) 画出安培表外接法测得的二极管伏安特性曲线,通过作图法求出电阻值 $R_外$.

　　(4) 以安培表内接法测量电阻的伏安特性曲线,按图 3.14.7 连接电路.

　　(5) 从 0V 起,每隔 0.2V 测一电流值,直到电压为 1.2V 止.

　　(6) 根据给定的待测线性电阻的标准值,分别求出内接法和外接法所测电阻的绝对误差,最后以

$$R = R_测 \pm \Delta R$$

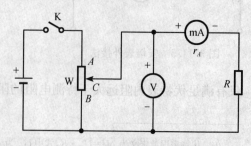

图 3.14.7　测线性电阻伏安特性的电路

来表示测量结果.

【实验注意事项】

(1) 测晶体二极管正向伏安特性时,安培表读数不得超过二极管允许通过的最大正向电流值.

(2) 测晶体二极管反向伏安特性时,加在晶体管上的电压不得超过管子允许的最大向电压.

实验时,如果违反上述任一条规定,都将会损坏晶体管.

【思考题】

(1) 伏欧特性曲线(V-R 曲线)与伏安特性曲线有何关系？线性电阻与非线性电阻的伏欧特性曲线各具有什么特性？

(2) 以式(3.14.10)和式(3.14.11)验证电路图是否合理.

(3) 计算 ΔI_R、ΔU_R 是否在所用电表的误差范围内,相应如何处理实验数据.

(4) 实验中滑线变阻器 W 起何作用？

实验 15　示波器的使用

示波器,它的详细名称叫做阴极射线(即电子射线)示波器.它是一种用途广泛的基本电子测量仪器,用它能观察电信号的波形、幅度和频率等电参数.用双踪示波器还可以测量两个信号之间的时间差,一些性能较好的示波器甚至可以将输入的电信号存储起来以备分析和比较.在实际应用中凡是能转化为电压信号的电学量和非电学量及它们随时间作周期性变化的过程都可以用示波器来观测,所以,示波器不论在物理学还是军事、工农业、医学、生物学等各个领域之中都被广泛应用.

【实验目的】

(1) 了解示波器的主要组成部分；

(2) 掌握示波器的基本工作原理；

(3) 学会用示波器观测一些现象和测定一些物理量的大小.

【实验仪器】

示波器,函数发生器,探头.

【实验原理】

1. 示波器的结构及工作原理

示波器的主要部分有示波管、带衰减器的 Y 轴放大器、带衰减器的 X 轴放大器、扫描发生器(锯齿波发生器)、触发同步和电源等,其结构方框图如图 3.15.1 所示.为了适应各种测量的要求,示波器的电路组成是多样而复杂的,这里仅就主要部分加以介绍.

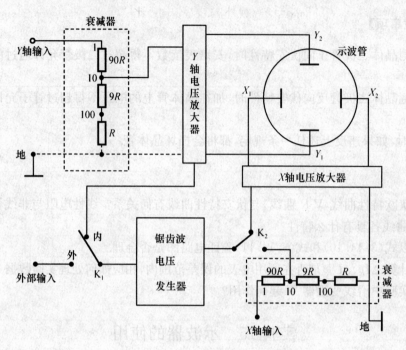

图 3.15.1　示波器基本组成框图

1) 示波管

示波管是示波器的心脏,如图 3.15.2 所示,示波管主要包括电子枪、偏转系统和荧光屏三部分,全都密封在玻璃外壳内,里面抽成高真空.下面分别说明各部分的作用.

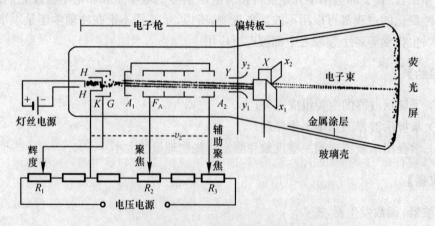

图 3.15.2　示波管原理图

(1) 荧光屏:它是示波器的显示部分,当加速聚焦后的电子打到荧光屏上时,屏上所涂的荧光物质就会发光,从而显示出电子束的位置.当电子停止作用后,荧光剂的发光需经一定时间才会停止,称为余辉效应.

(2) 电子枪:由灯丝 H、阴极 K、控制栅极 G、第一阳极 A_1、第二阳极 A_2 五部分组成.

灯丝通电后加热阴极. 阴极是一个表面涂有氧化物的金属筒, 被加热后发射电子. 控制栅极是一个顶端有小孔的圆筒, 套在阴极外面. 它的电势比阴极低, 对阴极发射出来的电子起控制作用, 只有初速度较大的电子才能穿过栅极顶端的小孔然后在阳极加速下奔向荧光屏. 示波器面板上的"亮度"调整就是通过调节电势以控制射向荧光屏的电子流密度, 从而改变了屏上的光斑亮度. 阳极电势比阴极电势高很多, 电子被它们之间的电场加速形成射线. 当控制栅极、第一阳极、第二阳极之间的电势调节合适时, 电子枪内的电场对电子射线有聚焦作用, 所以第一阳极也称聚焦阳极. 第二阳极电势更高, 又称加速阳极. 面板上的"聚焦"调节, 就是调第一阳极电势, 使荧光屏上的光斑成为明亮、清晰的小圆点. 有的示波器还有"辅助聚焦", 实际是调节第二阳极电势.

（3）偏转系统：它由两对相互垂直的偏转板组成, 一对垂直偏转板 Y, 一对水平偏转板 X. 在偏转板上加以适当电压, 电子束通过时, 其运动方向发生偏转, 从而使电子束在荧光屏上的光斑位置也发生改变.

2）扫描系统

扫描系统也称时基电路, 用来产生一个随时间作线性变化的扫描电压, 这种扫描电压随时间变化的关系如同锯齿, 故称锯齿波电压. 这个电压经 X 轴放大器放大后加到示波管的水平偏转板上, 使电子束产生水平扫描. 这样, 屏的水平坐标变成时间坐标, Y 轴输入的被测信号波形就可以在时间轴上展开. 扫描系统是示波器显示被测电压波形必需的重要组成部分.

当偏转板加上一定的电压后, 电子束将受到电场的作用而偏转, 容易证明, 光点在荧光屏上移动的距离与偏转板上所加的电压成正比, 因而可将电压的测量转化为屏上光点偏移距离的测量, 这就是示波器测量电压的原理. 若在 Y 偏转板上加正弦电压 $U_y = U_m \sin \omega t$, X 偏转板不加电压, 则荧光屏上光点只是作上下方向的正弦振动, 振动频率较快时, 看起来是一条垂直线, 如图 3.15.3 所示. 如果屏上的光点同时沿 X 轴正方向作匀速运动, 我们就能看到光点描出了一段正弦曲线. 如果光点沿 X 轴正向匀速地移动了

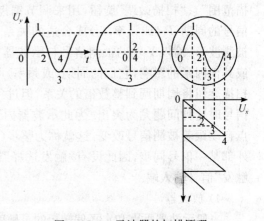

图 3.15.3　示波器的扫描原理

U_y 的一个周期之后, 迅速反跳到原来开始的位置上, 再重复 X 轴正向匀速运动, 则光点的正弦运动轨迹就和前一次的运动轨迹重合起来了. 每一个周期都重复同样的运动, 光点的轨迹就能保持固定位置. 重复频率较大时, 可在屏上看见连续不动的一个周期函数曲线（波形）. 光点沿 X 轴正向的匀速运动及反跳的周期过程, 称为扫描. 获得扫描的方法, 是在 X 轴偏转板上加一个周期与时间成正比的电压, 称扫描电压或锯齿波电压, 由示波器内的扫描电路产生, 锯齿波的周期 T_x（或频率 $f_x = 1/T_x$）可以由电路连续调节. 当扫描电压的周期 T_x 是信号电压周期 T_y 的 n 倍时, 即 $T_x = nT_y$ 或 $f_y = nf_x$, 屏上将显示出 n 个周期的波形.

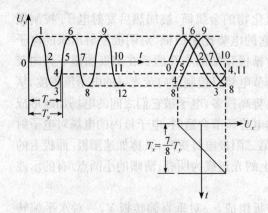

图 3.15.4　示波器同步原理示意图

3）同步（整步）

由于信号电压和扫描电压来自两个独立的信号源，它们的频率难以调节成准确的整数倍关系，屏上出现的是一横向移动着的不稳定图形，造成观察困难. 这种情形可用图 3.15.4 来说明. 设锯齿波电压的周期 T_x 比正弦波电压周期 T_y 稍小，比方说 $T_x/T_y=7/8$. 在第一扫描周期内，屏上显示正弦信号 0～4 点的曲线段；在第二周期内，显示 4～8 点的曲线段，起点在 4 处；第三周期内，显示 8～11 点的曲线段，起点在 8 处. 这样，屏上显示

的波形每次都不重叠，好像波形在向右移动. 同理，如果 T_x 比 T_y 稍大，则好像在向左移动. 以上描述的情况在示波器使用过程中经常会出现. 其原因是扫描电压的周期与被测信号的周期不相等或不成整数倍，以致每次扫描开始时波形曲线上的起点均不一样所造成的. 为了使屏上的图形稳定，必须用 Y 轴的信号频率去控制扫描发生器的频率，使扫描频率与信号频率准确相等或成整数倍关系，即 $T_x/T_y=n(n=1,2,3,\cdots)$，$n$ 是屏上显示完整波形的个数. 电路的这种控制作用称为"同步"或"整步". 通常由放大后的 Y 轴电压控制扫描电压的产生时刻，这一过程称为触发扫描. 为此，示波器上设有"扫描时间"（或"扫描范围"）、"扫描微调"旋钮，用来调节锯齿波电压的周期 T_x（或频率 f_x），使之与被测信号的周期 T_y（或频率 f_y）成合适的关系，从而在示波器屏上得到所需数目的完整的被测波形. 输入 Y 轴的被测信号与示波器内部的锯齿波电压是互相独立的. 由于环境或其他因素的影响，它们的周期（或频率）可能发生微小的改变. 这时，虽然可通过调节扫描旋钮将周期调到整数倍的关系，但过一会儿又变了，波形又移动起来. 在观察高频信号时这种问题尤为突出. 为此示波器内装有扫描同步装置，让锯齿波电压的扫描起点自动跟着被测信号改变，这就称为整步（或同步）. 有的示波器中，需要让扫描电压与外部某一信号同步，因此设有"触发选择"键，可选择"外触发"工作状态，相应设有"外触发"信号输入端.

4）放大器

一般示波器垂直和水平偏转板的灵敏度不高，当加在偏转板上的电压较小时，电子束不能发生足够的偏转，光点位移很小. 为了便于观测，需要预先把小的输入电压经放大后再送到偏转板上，为此设置垂直和水平放大器. 示波器的垂直偏转因数（即电压偏转因数）是指光迹在荧光屏 Y 方向偏转一格时对应的被测电压的峰-峰值（电压峰-峰值与有效值的关系为：$U_{p-p}=2\sqrt{2}U$），其单位为 mV/div 或 V/div（div 为荧光屏上一格的长度，通常为 1cm）. 如某示波器的垂直偏转因数为 10mV/div，即当 Y 轴输入电压的峰-峰值为 30mV 时，光迹在 Y 方向偏转 3 格.

水平放大器将扫描电压放大后送到 X 偏转板，以保证扫描线有足够的宽度. 水平偏转因素是指光迹在 X 方向偏转一格对应的扫描时间，其单位为 s/div、ms/div 或 μs/div. 此外，水平放大器也可直接放大外来信号，这时示波器可作 X-Y 显示用.

5) 电源

用以供给示波管及各部分电子线路所需的各种交直流电压.

2. 测量原理

1) 测量信号的电压和周期

(1) 电压的测量. 用示波器测量信号的电压,一般是测量其峰-峰值 $U_{p\text{-}p}$,即信号的波峰到波谷之间的电压值. 示波器屏上光点 Y 轴偏转距离 D_y 正比于输入电压 $U_{p\text{-}p}$,比例系数 k_y 称为电压偏转因数或垂直偏转因子,其单位为:V/div,于是有 $U_{p\text{-}p}=D_y k_y$. 因而,在选择适当的电压偏转因数后,只要从屏上读出峰-峰值对应的垂直距离 D_y(用垂直方向的格数来表示,单位:格),即可求出信号的电压.

(2) 时间的测量. 在触发扫描方式的示波器中,每个锯齿波的长度都是确定的(在连续扫描方式中锯齿波的长度不确定). 也就是说,在触发扫描方式的示波器中,每一屏的时间是确定的. 利用波形在 X 轴上的长度,可以测量屏上波形两点之间的时间间隔. 在连续扫描方式时,示波器屏上光点 X 轴偏转距离 D_x 正比于时间 t,比例系数 k_s 称为扫描时间因数,其单位为ms/div,于是有 $t=k_s D_x$. 因而,在选择适当的扫描时间因数后,只要从屏上读出峰-峰值对应的水平距离 D_x(用水平方向的格数来表示),即可求出信号的周期.

在触发扫描方式的示波器中,一般在出厂时 Y 轴的电压偏转因数和 X 轴扫描的扫描时间因数都已标定了. 可见,电压和时间的测量最后都归结为屏上波形长度的测量.

2) 测量信号的频率

设两个互相垂直的振动为

$$x = A_1 \cos(2\pi f_1 t + \varphi_1)$$
$$y = A_2 \cos(2\pi f_2 t + \varphi_2)$$

式中,f_1、f_2 为两振动的频率,φ_1、φ_2 为两振动的初相. 当 $f_1=f_2$ 时,合成振动的轨迹方程为

$$\frac{x^2}{A_1^2} + \frac{y^2}{A_2^2} - 2\frac{xy}{A_1 A_2}\cos(\varphi_2 - \varphi_1) = \sin^2(\varphi_2 - \varphi_1) \tag{3.15.1}$$

式(3.15.1)是一个椭圆方程. 当 $\varphi_2 - \varphi_1 = 0$ 或 $\pm\pi$ 时,椭圆退化为一条直线;当 $\varphi_2 - \varphi_1 = \pm\pi/2$ 时,合成轨迹为一正椭圆.

当 $f_1 \neq f_2$ 时,合成振动的轨迹比较复杂,但当 f_1 与 f_2 成简单的整数比时,合成振动的轨迹为封闭的稳定几何图形,这些图形称为李萨如图形,如图 3.15.5 所示.

从图形中,人们总结出如下规律:如果作一个限制光点在 x、y 方向运动的假想矩形框,则图形与此矩形框相切时,横边上的切点数 N_x 与竖边上的切点数 N_y 之比恰好等于两振动的频率之比的倒数,即

$$\frac{f_x}{f_y} = \frac{N_y(\text{李萨如图与垂直轴的切点数})}{N_x(\text{李萨如图与水平轴的切点数})} \tag{3.15.2}$$

因此,若已知其中一个信号的频率,从李萨如图形上数得切点数 N_x 和 N_y,就可以求出另一待测信号的频率.

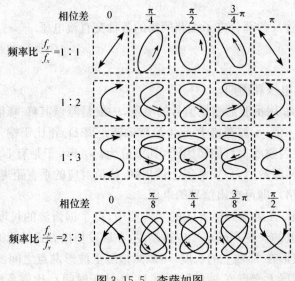

相位差　　　0　　　$\frac{\pi}{4}$　　　$\frac{\pi}{2}$　　　$\frac{3}{4}\pi$　　　π

频率比 $\frac{f_y}{f_x}$=1：1

1：2

1：3

相位差　　　0　　　$\frac{\pi}{8}$　　　$\frac{\pi}{4}$　　　$\frac{3}{8}\pi$　　　$\frac{\pi}{2}$

频率比 $\frac{f_y}{f_x}$=2：3

图 3.15.5　李萨如图

【实验内容】

1. 示波器校准

认真阅读本实验附录,对照仪器了解示波器和信号发生器(函数发生器)的面板结构、各旋钮的作用及调节方法.

2. 测量正弦波电压

示波器可以方便地作为电压表使用. 电压测量时应把示波器的垂直偏转因数开关"VOLTS/DIV"的"微调"顺时针方向转至"校准"位置,这样可按"VOLTS/DIV"指标值直接计算被测信号的电压值. 具体操作步骤如下:

(1) 将信号发生器的输出端接到示波器 Y 轴输入端上,示波器输入耦合方式拨至"AC".

(2) 开启信号发生器,调节示波器(注意信号发生器频率与扫描频率),观察正弦波形,并使其稳定.

(3) 合理选择垂直偏转因数"VOLTS/DIV"和扫描偏转因数"SEC/DIV",在示波器上调节出大小适中、稳定的正弦波形,并使显示的波形的垂直偏转尽可能大. 并选择其中一个完整的波形,利用"X 位移"和"Y 位移"旋钮准确地读出波形上波峰到波谷之间(图 3.15.6 所示 A、B 两点之间)的垂直方向的距离 D_y(div),则待测电压的峰-峰值为:$U_{\text{p-p}}$=垂直距离 D_y(div)×电压偏转因数 k_y(V/div),然后求出正弦波电压有效值:$U=\dfrac{U_{\text{p-p}}}{2\sqrt{2}}$,数据记于表 3.15.1 中.

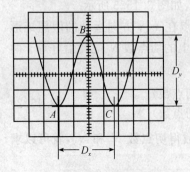

图 3.15.6　电压周期测量图

3. 测量正弦波周期和频率

将扫描时间因数(5EC/DIV)的微调旋钮顺时针旋到最大位置,在示波器上调节出大小适中、稳定的正弦波形,选择其中一个完整的波形,从屏幕上准确地读出该波形上相邻两波峰或波谷之间(图 3.15.6 所示 A、C 两点之间)的水平方向的距离 D_x(div),如图 3.15.6 所示,则正弦波的周期 T 为:$T=$ 水平距离 D_x(div)×扫描时间因数 k_s(ms/div),然后求出正弦波的频率 $f=\dfrac{1}{T}$,数据记于表 3.15.2 中.

4. 比较法测频率

(1) 将与示波器 X 轴输入端相连的信号发生器打开,并把示波器触发极性开关拨至 X 外接,此时可观察李萨如图形.观察时图形大小不适中,可调节示波器上垂直偏转因数旋钮"VOLTS/DIV"和与示波器 X 轴输入端相连的信号发生器的输出电压.

(2) 调节与示波器 Y 轴输入端相连的信号发生器输出电压的频率约为 500Hz,作为待测信号频率.把与示波器 X 轴输入端相连的另一信号发生器作为标准信号频率.

(3) 分别调节与 X 轴相连的信号发生器输出正弦波的频率 f_x 约为 250Hz、500Hz、1000Hz、1500Hz、2000Hz 等.使示波器上出现数据表 3.15.3 中的各种李萨如图形,微调 f_x 使其图形稳定时,记录 f_x 和 f_y 的确切值,再分别读出水平轴和垂直轴与李萨如图形的切点数 N_x 和 N_y,记录在数据表 3.15.3 中,查看是否符合式(3.15.2).

【实验数据记录及处理】

表 3.15.1　测量正弦波电压

电压表读数/V					
峰值格数/div					
垂直偏转因数 D_y/(V/div)					
峰值电压 $U_{p\text{-}p}$/V					
有效电压 U/V					

表 3.15.2　测量正弦波周期和频率

频率表读数/Hz					
波形上两点间间隔格数 D_x/div					
扫描时间因数/(ms/div)					
T/ms					
f/Hz					

表 3.15.3　利用李萨如图形求频率

$f_y : f_x$	1:1	1:3	1:2	2:3
李萨如图形	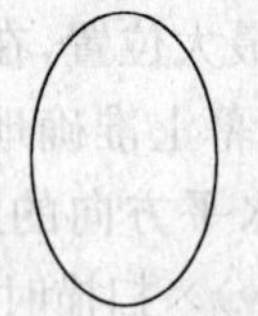	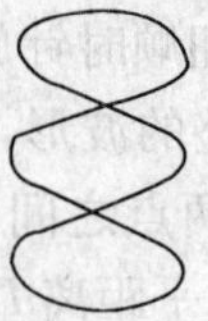	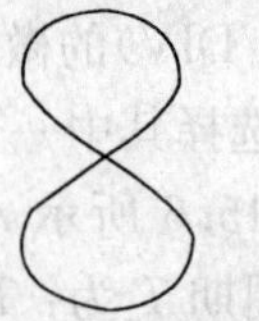	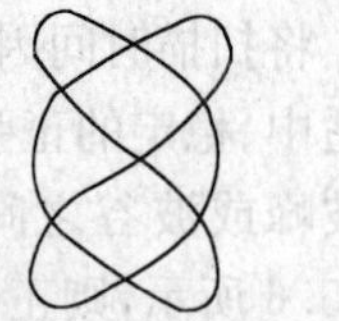
N_x				
N_y				
f_y/Hz				
f_x/Hz				

【思考题】

（1）示波器为什么能显示被测信号的波形？

（2）荧光屏上无光点出现，有几种可能的原因？怎样调节才能使光点出现？

（3）当 Y 轴输入端有信号，但屏上只有一条垂直亮线是什么原因？如何调节才能使波形沿 X 轴展开？

（4）用示波器观察周期为 0.2ms 的信号电压，若在屏上呈现 5 个周期的稳定波形，扫描电压的周期应等于多少？

（5）荧光屏上波形移动，可能是什么原因引起的？若示波器观察的波形不断向右移动，说明扫描频率偏高还是偏低？

（6）在用李萨如图形测频率时，如果 X 与 Y 轴正弦信号频率相等，但荧光屏上的图形还在不停转动，为什么？

（7）示波器能否用来测量直流电压？如果能测，应如何进行？

（8）示波器由哪几项主要部分组成？它们的作用是什么？

【实验注意事项】

（1）荧光屏上的光点亮度不能太强，而且不能让光点长时间停留在荧光屏的某一点，尽量将亮度调暗些，以看得清为准，以免损坏荧光屏.

（2）在实验过程中如果暂不使用示波器，可将亮度旋钮逆时针方向旋至尽头，截止电子束的发射，使光点消失. 不要经常通断示波器的电源，以免缩短示波管的使用寿命.

（3）示波器的所有开关及旋钮均有一定的转动范围，绝不可用力过大，以免损坏仪器.

附1：DF4A47B 通用示波器简介

1. 示波器系统

示波器有各种型号，但面板上各旋钮的名称、作用大同小异. 这里主要介绍 DF4A47B 小型示波器. 掌握该示波器的用法以后，对于其他示波器的使用也就略知一二. DF4A47B 型示波器的面板如图 3.15.7 所示，为了对该示波器较详细地了解，现将面板上各旋钮的作用详述如下：

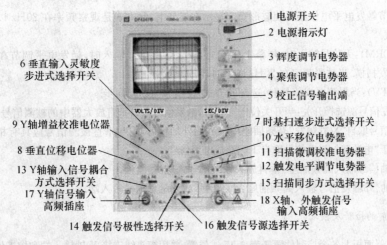

6 垂直输入灵敏度
步进式选择开关

9 Y轴增益校准电位器

8 垂直位移电位器

13 Y轴输入信号耦合
方式选择开关

17 Y轴信号输入
高频插座

1 电源开关

2 电源指示灯

3 辉度调节电势器

4 聚焦调节电势器

5 校正信号输出端

7 时基扫速步进式选择开关

10 水平移位电势器

11 扫描微调校准电势器

12 触发电平调节电势器

15 扫描同步方式选择开关

18 X轴、外触发信号
输入高频插座

14 触发信号极性选择开关　　16 触发信号源选择开关

图 3.15.7　DF4A47B示波器面板图

(1) 电源开关:当此开关按下时,指示灯即发光,经预热 10min 后,仪器即可正常工作.

(2) 电源指示灯:当仪器正常工作时,此红灯亮.

(3) 辉度调节电位器:顺时针方向转动辉度加亮,反之减弱,直至辉度消失.如光点长期停留在屏幕上不动时,宜将辉度减弱或熄灭,以延长示波管的使用寿命.

(4) 聚焦调节电位器:用以调节示波管中电子束的焦距,使光点恰好聚于屏幕上,此时显示的光点应为清晰的圆点.

(5) 校正信号输出端:输出幅度为 $0.5U_{p-p}$,频率为 1kHz 的矩形波.

(6) VOLTS/DIV 垂直输入灵敏度步进式选择开关:输入灵敏度自 $0.005\sim5$V/div 按 1、2、5 进位分 10 个挡级,可根据被测信号的电压幅度,选择适当的挡级位置以利观察.当"微调"旋钮顺时针到底时,示波器读取值就是被测信号数值.

(7) SEC/DIV 时基扫速步进式开关:扫描开关的选择范围由 $0.1\mu s$/div~0.1s/div 按 1、2、5 进制分为 19 挡级.当扫速"微调"旋钮顺时针到底,"t/div"挡级的标称值即可视为时基扫描速度.

(8) 垂直移位电位器:用以调节屏幕上光点或信号波形在垂直方向上的位置,顺时针方向转动,光点或信号波形向上移,反之向下移.

(9) Y轴增益校准电位器:用以连续改变垂直放大器的增益,当"微调"旋钮顺时针旋足,即处于"校准"位置,增益最大.其微调范围大于 2.5 倍.

(10) 水平移位电位器:用以调节屏幕上光点或信号波形在水平方向上的位置,顺时针方向转动,光点或信号波形向右移,反之向左移.

(11) 扫描微调校准电位器:用以连续调节时基扫描速度,当"微调"旋钮顺时针旋足,即处于"校准"位置,扫速位于快端.其微调范围大于 2.5 倍.

(12) 触发电平调节电位器:用以调节被测信号在某一电平触发扫描,使被测信号稳定同步地显示在示波管屏幕上.

(13) Y轴输入信号耦合方式选择开关:耦合方式分 AC(交流)、⊥(接地)、DC(直流)三种.

(14) 触发信号极性选择开关:用于选择触发信号的上升(当开关置于"+"时)或下降(当开关置于"−"时)部分触发扫描电路,促使扫描启动.当开关置于"EXT"时,使"X 外触发"输入高频插座成为水平信号的输入端.

(15) 扫描同步方式选择开关.

自动(AUTO):当无触发信号时,屏幕上显示扫描光迹,一旦有触发信号输入,电路自动转换为触发扫描状态. 调节触发电平电位器可使波形稳定显示在屏幕上, 此方式是观察频率在 20Hz 以上信号最常用的一种方式.

常态(NORM): 无信号输入时, 屏幕上只有光点显示; 有信号输入时, 触发电平调节在合适的位置上, 电路被触发扫描. 当被测频率在 20Hz 以下时, 需选择此方式.

电视场(TV): 当观测电视信号时, 选择此方式, 使信号与场频同步.

(16) 触发信号源选择开关: 当开关位于"内"时, 触发信号取自垂直放大器中的被测信号; 当开关位于"外"时, 触发信号取自"X 外触发"高频插座中输入的外加信号, 它与垂直被测信号应具有相应的时间关系; 当开关位于"电源"时, 触发信号取自工频交流电源信号.

(17) Y 轴信号输入高频插座: 垂直放大系统的输入端.

(18) X 轴、外触发信号输入高频插座: 水平信号或外触发信号输入端.

2. 使用前的检验及校准

(1) 将仪器面板上各个控制件置于表 3.15.4 位置, 并用探头线连接 Y 轴输入端和校正信号输出端.

表 3.15.4

旋钮名称	作用位置	旋钮名称	作用位置
辉度	逆时针旋足	输入耦合方式 AC、⊥、DC	AC 或 DC
聚焦	居中	自动、常态、电视场	自动
垂直移位	居中	+、−、X、EXT	+
水平移位	居中	内、外、电源	内
VOLTS/DIV	0.1V/div	SEC/DIV	1.0ms/div
Y 增益	顺时针旋足(校准)	扫描增益	顺时针旋足(校准)

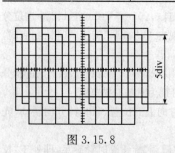

图 3.15.8

(2) 接通电源, 指示灯应有红光显示, 稍待片刻, 仪器应能进入正常工作.

(3) 顺时针调节亮度电位器, 此时屏幕上应显示出校正信号波.

(4) 将方波波形移至屏幕中间, 如仪器性能基本正常, 此时屏幕显示的方波垂直幅度约为 5div, 方波在水平轴上应显示 10 个周期波, 如图 3.15.8 所示.

附 2: DF4328 双通道示波器简介

DF4328 双通道示波器的面板如图 3.15.9 所示.

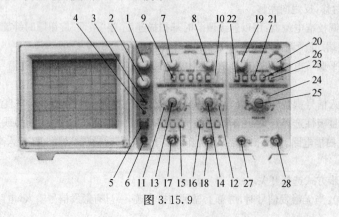

图 3.15.9

各控制键的名称和功能简介如表 3.15.5 所示.

表 3.15.5

序　号	控制件名称	功　　能
1	亮度调节(INTENSITY)	轨迹亮度调节
2	聚焦调节(FOCUS)	调节光点的清晰度,使其既圆又小
3	轨迹调节(TRACE ROTATION)	调节轨迹与水平刻度线平行
4	电源指示灯(POWER INDICATOR)	电源接通时该指示灯亮
5	电源开关(POWER)	按下时电源接通,弹出时关闭
6	校准信号(PROBE ADJUST)	提供幅度为 0.5V,频率为 1kHz 的方波信号,用于调整探头的补偿和检测垂直和水平电路的基本功能
7、8	垂直移位(VERTICAL POSITION)	调整轨迹在屏幕中垂直位置
9	垂直工作方式选择(VERTICAL MODE)	垂直通道的工作方式有以下选择:CH1 或 CH2:通道 1 或通道 2 单独显示. ALT:两个通道交替显示.CHOP:两个通道断续显示,用于在扫描速度较低时的双踪显示.ADD:用于显示两个通道的代数和(叠加显示)
10	X-Y 方式选择	水平方式在"TIME"时,X 轴为扫描工作状态. 按下"X-Y"时 X 轴从 CH1 输入信号,此方式可观察李萨如图形
11、12	灵敏度调节(VOLTS/DIV)	CH1 和 CH2 通道灵敏度调节
13、14	灵敏度微调(VARIABLE)	用于连续微调 CH1 和 CH2 的灵敏度
15、16	输入耦合方式(AC-GND-DC)	DC 时输入信号直接耦合到 CH1 或 CH2 通道;AC 时输入信号交流耦合到 CH1 或 CH2 通道;GND 时通道输入端接地
17、18	CH1 OR X;CH2 OR Y	被测信号的输入端口
19	水平移位(HORIZONTAL POSITION)	用于调节轨迹在屏幕中的水平位置
20	触发电平调节(LEVEL)/锁定(LOCK)	用于调节被测信号在某一电平触发扫描. 当顺时针调节电位器到底时,触发电平处于锁定(lock)状态,在该状态下可稳定观察任意频率的波形. 注意:一般在无被测信号加入时,触发电平不处在锁定状态
21	触发极性(SLOPE)	用于选择信号上升或下降沿触发扫描
22	扫描方式选择(SWEEP MODE)	扫描方式选择:自动(AUTO):信号频率在 50Hz 以上时常用的一种工作方式. 常态(NORM):无触发信号时,屏幕中无轨迹显示,在被测信号频率较低时选用
23	内触发源选择(INT TRIGGER SOURCE)	选择 CH1 或 CH2 的信号作为扫描触发源
24	扫描速度选择(SEC/DIV)	用于选择扫描速度
25	微调、扩展调节(VARIABLE PULL×10)	用于连续调节扫描速度,在旋钮拉出时,扫描速度被扩大 10 倍
26	触发源选择(TRIGGER SOURCE)	用于选择产生触发的内、外源信号
27	接地(⊥)	安全接地,可用于信号的连接
28	外触发输入(EXT INPUT)	在选择外触发方式时触发信号插座

附 3:EM1641D 函数发生器简介

EM1641D 函数发生器面板如图 3.15.10 所示,其标志说明及功能见表 3.15.6.

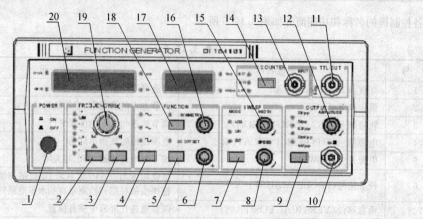

图 3.15.10　EM1641D 函数发生器面板

表 3.15.6

序　号	面板标志	名　称	作　用
1	POWER	电源开关	按下开关,机内电源接通,整机工作.此键释放为关掉整机电源
2	△	频率范围选择	按住此按键,频率倍乘将从低→高,当所需频段的指示灯亮时,释放此按键即可.与"20"配合选择输出信号频率
3	▽	频率范围选择	按住此按键,频率倍乘将从高→低,当所需频段的指示灯亮时,释放此按键即可.与"20"配合选择输出信号频率
4		波形选择	按此按键可选择正弦波、三角波、方波,同时与此对应的指示灯亮.与"16"、"18"配合使用可选择正向或负向斜波,正向或负向脉冲波
5	DC OFFSET	直流偏置	输出信号直流偏置控制按钮,指示灯亮有效.直流偏置调节范围为 $-10 \sim +10$V(输出波形幅度为 $5U_{p\text{-}p}$)
6		直流偏置调节旋钮	当直流偏置控制指示灯时,调节旋钮可以改变波形的直流偏置
7	MODE	扫频选择 对数/线性/外扫描	扫频方式选择按钮,按一下按键可分别选择对数扫频,线性扫频,以及外接扫频
8	SPEED	扫描速率	扫描速率调节旋钮,调节此旋钮用以改变扫描速率
9		输出衰减	按此按键,可选择输出信号幅度的衰减量,分别为 0、20dB、40dB、60dB,同时与此相对应的指示灯亮
10	OUTPUT	电压输出	函数波形信号输出端,阻抗为 50Ω,最大输出幅度为 $20U_{p\text{-}p}$
11	TTL OUT	TTL 输出	TTL 电平的脉冲信号输出端,输出阻抗为 50Ω
12	AMPLITUDE	输出幅度调节	函数波形信号输出幅度调节旋钮与"9"配合,用于改变输出信号的幅度
13	INPUT	计数器输入	B1 系列外测频率时,信号从此端输入.与"17"配合使用.C1 系列此端子在后面板上
	OUTPUT	功率输出	C1 系列的功率信号输出端,最大输出功率为 $5W_{max}$,当输出信号频率高于 200kHz 时,无信号输出,同时红色发光二极管亮
14	EXT ATT20dB LPF	内接/外测衰减低通滤波器	频率计的内测、外测选择按键,当计数选择外测时,当输入信号幅度较大时,按一下此键 ATT20 dB 指示灯亮有效.再按一下则 LPF 灯亮(带内衰减,截止频率约为 100kHz).如输入端无信号,约 20s 后,频率计显示为 0

序 号	面板标志	名 称	作 用
15	WIDTH	扫频宽度	扫频宽度调节旋钮,当仪器处于扫频状态时调节该旋钮,用以调节扫频宽度
16		对称度调节旋钮	当对称度控制指示灯亮时,调节旋钮可以改变波形的对称度
17		输出信号幅度显示	显示输出信号幅度的峰-峰值(空载).若负载阻抗为 50Ω 时,负载上的值应为显示值的 1/2.当需要输出幅度小于幅度电位器置于最大时的 1/10,建议使用衰减器.$U_{p\text{-}p}$,m$U_{p\text{-}p}$ 输出电压幅度的峰-峰值指示,灯亮有效
18	SYMMETRY	对称度	对称度控制按钮,指示灯亮时有效.对称度调节范围为 20∶80～80∶20
19		频率显示	显示输出信号的频率,或外测频率信号的频率.GATE 灯闪烁时,表示频率计正在工作,当输入信号的频率高于 20MHz 时 OV.FL 灯亮.Hz,kHz 为频率单位指示,灯亮有效
20		频率调节	频率调节按钮,顺时针调节使输出信号的频率提高,逆时针方向调节反之

附 4∶PD1631 数字信号发生器简介

PD1631 低频多用信号发生器面板如图 3.15.11 所示,各功能键名称及作用见表 3.15.7.

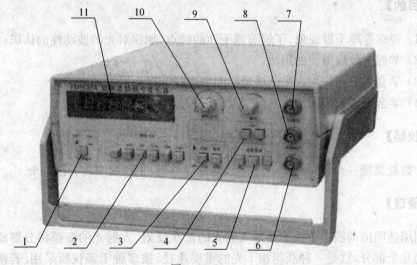

图 3.15.11

表 3.15.7

序 号	名 称	作 用
1	电源开关	控制机内总电源,当开关按下接通电源,指示灯亮
2	频率倍乘	六挡按键开关,选择频率范围
3	功能转换	按此键,可在测频、单频、扫频三种功能之间转换
4	衰减器	按此键,可选择输出信号幅度的衰减量,分别为 0、20dB、40dB、60dB
5	波形选择	按此组键可选择正弦波、三角波、方波

序　号	名　称	作　用
6	波形输出	波形信号输出端
7	锯齿波输出	锯齿波信号输出端
8	外测输入	外测频率时,信号由此输入
9	输出幅度调节	用于改变输出信号的幅度
10	频率调节	调节输出信号的频率

实验 16　等厚干涉及其应用

在光学发展史上,光的干涉实验证实了光的波动性. 当薄膜层的上、下表面有一很小的倾角时,由同一光源发出的光,经薄膜的上、下表面反射后在上表面附近相遇时产生干涉,并且厚度相同的地方形成同一干涉条纹,这种干涉就叫等厚干涉. 其中牛顿环和劈尖是等厚干涉两个最典型的例子. 光的等厚干涉原理在生产实践中具有广泛的应用,它可用于检测透镜的曲率,测量光波波长,精确地测量微小长度、厚度和角度,检验物体表面的光洁度、平整度等.

【实验目的】

(1) 观察等厚干涉现象,了解等厚干涉的特点,加深对光的波动性的认识;

(2) 掌握读数显微镜的用法;

(3) 学会用干涉法测定平凸透镜的曲率半径和微小厚度的方法;

(4) 学会用逐差法来消除系统误差的一种数据处理方法.

【实验仪器】

读数显微镜一台,牛顿环装置一个,钠光灯一个,手持照明放大镜一个.

【实验原理】

利用透明的薄膜上下两表面对入射光的依次反射,入射光的振幅将分解成有一定光程差的几个部分,这是一种获得相干光的重要途径,被多种干涉仪所采用. 若两束反射光在相遇时的光程差取决于产生反射光的薄膜厚度,则同一干涉条纹所对应的薄膜厚度相同,此即所谓的等厚干涉.

如图 3.16.1 所示,将一块曲率半径 R 较大的平凸透镜的凸面置于一光学平玻璃板上构成一种光学元件. 在透镜的凸表面与平玻璃板的上表面之间形成一个空气层,其厚度从中心接触点到边缘逐渐增大. 当用平行的单色光垂直入射时,入射光将在此空气层的上、下表面上反射,产生具有一定光程差的两束相干光. 显然,它们的干涉图样是以接触点为中心的一系列明暗交替的同心圆环——牛顿环,如图 3.16.2 所示.

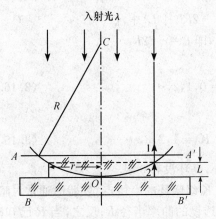

图 3.16.1　牛顿环装置

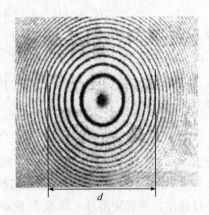

图 3.16.2　等厚干涉条纹——牛顿环

　　牛顿环的产生是光的干涉结果. 因为凸透镜和光学平玻璃板之间有一层空气层,当用单色光垂直照射在如图 3.16.1 所示的光学元件时,则单色光一部分由平凸透镜的凸面反射回去;另一部分通过厚度为 L 的空气层,在平玻璃板的上表面反射. 这两部分来自同一光源的光到达我们眼睛所经过的光程不同,因此,发生相互加强或相互抵消的现象,即发生光的干涉现象.

　　这两部分光程差的计算:

　　进入空气层在平玻璃板面上反射的光波在反射前、后来回两次通过空气层. 如果光线是垂直入射的,L 为空气层的厚度,那么在空气中的光程为 $2L$(如图 3.16.1 所示). 另外,光波从空气到平玻璃表面上反射时,将有相位 π 的变化,引起额外的位相差,相当于增加了 $\frac{\lambda}{2}$ 的光程(λ 是单色光的波长). 而在平凸透镜凸面上的反射光则无相位改变. 因此,这两个相干光之间有一附加的光程差. 所以,这两部分光波的总光程差为

$$\delta = 2L + \frac{\lambda}{2}$$

式中,$\frac{\lambda}{2}$ 为光从光疏媒质入射到光密媒质反射时的半波损失. 光程差 δ 是随空气层的厚度 L 变化的. 相同厚度处的干涉状态相同,所以牛顿环的干涉是"等厚干涉".

　　根据干涉条件,当光程差 δ 为半波长的奇数倍时,有

$$\delta = 2L + \frac{\lambda}{2} = (2K+1)\frac{\lambda}{2}, \quad K = 0,1,2,\cdots \tag{3.16.1}$$

则干涉结果光强极小,形成暗纹. 而当光程差 δ 为半波长的偶数倍时,有

$$\delta = 2L + \frac{\lambda}{2} = K\lambda, \quad K = 1,2,3,\cdots \tag{3.16.2}$$

则干涉结果光强极大,形成明纹.

　　自中心 O 向外,空气层的厚度逐渐增加,必然交替地满足上述明纹、暗纹的条件. 所以可以看到明暗相间的同心圆环,如图 3.16.2 所示.

　　下面根据几何学关系来确定明、暗条纹的位置,如图 3.16.1 所示,R 代表平凸透镜的曲率半径,L 代表第 K 级条纹处的空气层厚度,r_K 代表第 K 级条纹的半径,则

$$R^2 = (R-L)^2 + r_K^2 = R^2 - 2RL + L^2 + r_K^2$$

又因 $L \ll R$，上式中的 L^2 项可略去，即得 $r_K^2 = 2RL$，即 $L = r_K^2/2R$.

由上面得第 K 个暗条纹的半径为

$$r_K = \sqrt{KR\lambda}, \quad K = 0,1,2,\cdots \qquad (3.16.3)$$

第 K 个明条纹的半径为

$$r_K' = \sqrt{(2K-1)R\frac{\lambda}{2}}, \quad K = 1,2,3,\cdots \qquad (3.16.4)$$

上面 $K=0,1,2,\cdots$ 称为干涉的级数. 0 级对应暗环, 亮环没有 0 级.

可见, 如果入射光的波长 λ 已知, 只要测出第 K 级暗环的半径 r_K（实验时通常对暗条纹进行测量）, 并确定暗环的级数 K 值, 即可算出透镜的曲率半径 R；反之, 当 R 已知时, 则可求出 λ 值.

但是, 由于玻璃的弹性形变及接触处不干净等原因, 使平凸透镜和平玻璃板中心接触处不是一个几何点, 而是一个较大的暗斑, 其中包含若干级圆环, 所以牛顿环的圆心难以确定, 其绝对级次也不能确定, 上式中的半径 r_K 也就无法测准. 因此通常是测定牛顿环的直径 D_K, 又因测得的 D 很可能是弦, 而不是直径, 为了消除其产生的系统误差, 选用逐差法进行数据处理. 设第 m 级暗环和第 n 级暗环的直径各为 D_m 及 D_n, 所以透镜的曲率半径 R 由式 (3.16.3) 得

$$R = \frac{D_m^2 - D_n^2}{4(m-n)\lambda} \qquad (3.16.5)$$

可以证明, 当 D 偏离牛顿环直径而是其弦长时, 上式仍然成立, 不会增加新的误差.

根据式 (3.16.5), 只要分别测出第 n 级和第 m 级牛顿环的直径 D_n 及 D_m, 数出由 n 到 m 的级次变化量 $(m-n)$, 便可求出平凸透镜的曲率半径 R.

【实验内容】

（1）接通钠光灯电源使灯管预热, 几分钟后才会正常发光, 待灯管发光稳定后就可以开始实验了, 注意不要反复拨弄开关.

（2）利用钠灯光调节牛顿环装置, 均匀且很轻地调节装置上的三个螺丝, 尽量使干涉条纹的中心在牛顿环装置的中央, 无畸变, 且为最小, 然后放在读数显微镜物镜下方.

注意：三个螺丝不能拧得太紧, 以免接触压力过大引起透镜弹性形变. 也不能太松, 轻微的振动将会使条纹移动.

（3）在目镜中观察从空气层反射回来的光, 整个视场应较亮, 颜色呈钠光的黄色, 如果看不到光斑, 可适当调节 45° 玻璃片的倾斜度及平台高度, 直至看到反射光斑, 并均匀照亮视场.

（4）调节目镜, 在目镜中看到清晰的十字准线的像.

（5）转动物镜调节手轮, 调节显微镜镜筒与牛顿环装置之间的距离. 先将镜筒下降, 使 45° 玻璃片接近牛顿环装置但不能碰上, 然后缓慢上升, 直至在目镜中看到清晰的牛顿环像. 必要时还可以轻微地移动放在读数显微镜底座上的牛顿环装置, 使牛顿环左右方向的直径与十字叉丝平移方向平行, 并使牛顿环圆心大致对准叉丝交点.

　　注意:在调节读数显微镜的镜筒进行调焦时,应自下而上地移动,以免碰动牛顿环装置,甚至碰坏 45°的玻璃和物镜头.

　　(6) 转动显微镜测微鼓轮,使显微镜筒由环中心向外第一个暗环(不含中心处)为一级暗环移动,为了避免测微螺距间隙所引起的回程误差,要使显微镜内叉丝交点先超过第 14 条暗环(要多超过一些,数环一定要准确),然后再退回到第 14 条暗环,再转动测微鼓轮,使叉丝交点依次对准第 13,12,…,7,6,5 等暗环,记下每次显微镜的位置读数.继读转动测微鼓轮,使镜筒经过暗环中心再读出另一方第 5～14 环的读数,分别记录入表 3.16.1 中.**在整个过程中显微镜只能自始至终朝同一方向移动,否则会造成回程误差.**

　　测量时,叉丝交点与每一环对准处,应是一方各环内切,另一方外切,或是对准暗环的中央,以消除条纹宽度造成的误差.

　　(7) 由同一暗环左右两边的读数差,求得各级暗环直径,然后采用逐差法处理数据,求出平凸透镜的曲率半径 R.

【实验数据记录及处理】

表 3.16.1　牛顿环测透镜的曲率半径

钠光灯发射的波长为 5 893Å,1Å=10^{-10}m

圈数	显微镜读数/mm		直径 D/mm |左方读数-右方读数|	D^2/mm^2	组合方式	$D_m^2-D_n^2/mm^2$
	左方	右方				
14					14-9	
13						
12					13-8	
11						
10					12-7	
9						
8					11-6	
7						
6					10-5	
5						

计算透镜的曲率半径 R.

【思考题】

　　(1) 试述牛顿环的干涉原理.

　　(2) 实验中为什么要测量多组数据? 采用什么方法处理这些数据?

　　(3) 在反射光中牛顿环中央是暗点还是亮点? 各级条纹粗细是否一致? 条纹间隔是否相同? 为什么靠近中心的相邻两暗条纹之间的距离比边缘的大?

　　(4) 如果在反射光中观察到牛顿环中央不是暗斑,而是亮斑,这种现象如何解释? (提示:从平凸透镜与平面玻璃之间的接触情况及接触处有无灰尘等情况考虑).这对实验有无影响?

（5）测量暗环直径时，叉丝交点没有通过环心，因而测量的是弦而非直径，对实验结果是否有影响？为什么？

【补充材料】

回程误差：移动读数显微镜，使其从左右两个方向对准同一目标的两次读数，似乎应该相同，但实际上由于螺杆和螺套不可能完全密切接触，螺旋转动方向改变时它们的接触状态也将改变，两次读数将不同，由此产生的测量误差称为回程误差．为了避免回程误差，使用读数显微镜时，应沿同一方向移动读数显微镜，使叉丝对准各个目标．

实验 17　用分光计测量三棱镜的折射率

光线在传播过程中，遇到不同介质的分界面（如平面镜、三棱镜和光栅的光学表面）时，就要发生反射和折射，光线将改变传播的方向，结果在入射光与反射光或折射光之间就有一定的夹角．反射定律、折射定律等正是这些角度之间的关系的定量表述．通过对一些角度的测量，可以测定折射率、光栅常数、光波波长、色散率等许多物理光学量．因而精确地测量角度，在光学实验中显得尤为重要．

分光计是一种精确测量上述要求角度的典型光学仪器，由于其构造精密，控制部件较多而且操作复杂，所以使用时必须严格按照一定的规则和程序进行调整，方能获得较高精度的测量结果．熟悉分光计的基本构造、调节原理、调整思想、方法和技巧，在光学仪器中有一定的代表性．学会对它的调节和使用方法，有助于掌握操作更为复杂的光学仪器（如摄谱仪、单色仪、分光光度计等）．对于初次使用者来说，往往会遇到一些困难．但只要在实验操作过程中，弄清调整要求，注意观察出现的现象，并努力运用已有的理论知识去分析问题，指导操作，在反复练习之后才开始正式实验，一般也能掌握分光计的使用方法，并顺利地完成实验任务．

折射率是物质的重要特性参数，也是光学材料品质的重要指标之一．材料的折射率与入射光的波长有关．测量折射率的方法很多，最小偏向角法是常用方法之一．

【实验目的】

（1）了解分光计的结构及各组成部件的作用；
（2）掌握分光计的调节和使用方法，正确测定三棱镜的顶角；
（3）通过测量三棱镜的最小偏向角，测定其对单色光的折射率．

【实验仪器】

分光计一台，待测三棱镜一个，水银灯一台（共用），水准仪一个，平面镜一个，手持照明放大镜一个．

【实验原理】

1. 分光计的结构及其调节原理

分光计的结构简图如图 3.17.1 所示，它由底座、平行光管、望远镜、载物台和读数系统五部分组成.

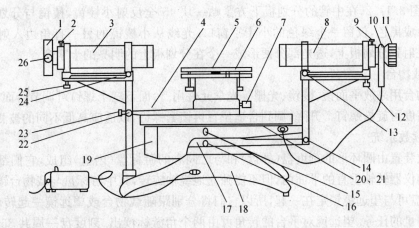

图 3.17.1 分光计结构图

1. 狭缝装置；2. 狭缝装置锁紧螺钉；3. 平行光管；4. 制动架(二)；5. 载物台；6. 载物台调节螺钉(3 只)；7. 载物台锁紧螺钉；8. 望远镜；9. 目镜锁紧螺钉；10. 阿贝式自准直目镜；11. 目镜调焦手轮；12. 望远镜仰角调节螺钉；13. 望远镜水平调节螺钉；14. 望远镜微调螺钉；15. 转座与刻度盘止动螺钉；16. 望远镜止动螺钉；17. 制动架(一)；18. 底座；19. 转座；20. 刻度盘；21. 游标盘；22. 游标盘微调螺钉；23. 游标盘止动螺钉；24. 平行光管水平调节螺钉；25. 平行光管仰角调节螺钉；26. 狭缝宽度调节手轮

1) 底座

中心有一竖轴，望远镜和读数圆盘可绕该轴转动，该轴也称为仪器的公共抽或主轴.

2) 平行光管

平行光管是产生平行光的装置，如图 3.17.2 所示，管的一端装有会聚透镜，另一端装有一套筒，其顶端为一宽度可调的狭缝. 改变狭缝和透镜的距离，当狭缝位于透镜的焦平面上时，就可使照在狭缝的光经过透镜后成为平行光，射向位于平台上的光学元件.

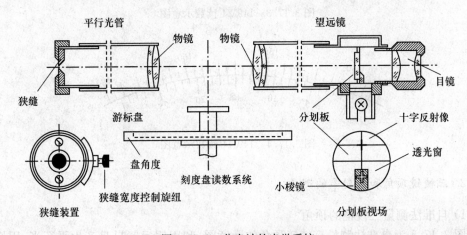

图 3.17.2 分光计的光学系统

3) 望远镜

望远镜作观测用，由目镜系统和物镜组成，为了调节和测量，物镜和目镜之间还装有分划板,它们分别置于内管、外管和中管内,三个管彼此可以相互移动,也可以用螺钉固定.参看图 3.17.2,在中管的分划板下方紧贴一块 45°全反射小棱镜,棱镜与分划板的粘贴部分涂成黑色,仅留一个绿色的小十字窗口.光线从小棱镜的另一直角边入射,从 45°反射面反射到分划板上,透光部分便形成一个在分划板上的明亮的十字窗.

　4）载物台

　载物台用来放平面镜、棱镜、光栅等光学元件用.台面下三个螺钉可调节台面的水平.平台的高度可旋松螺钉 7 升降,调到合适位置再锁紧螺钉,以适应高低不同的被测对象.

　5）读数系统

　读数装置由圆环形的刻度盘(外盘)和与之同心的游标盘(内盘)组成,它们都被装置在一个和仪器转轴垂直的平面内,但不能独立地绕轴旋转,其中游标盘与载物台锁定在一起,刻度盘可与望远镜锁定在一起,所以它们将分别跟随载物台或望远镜一起转动,以完成角度测量的任务.望远镜对平台的转角可由两个角游标读出.刻度盘一周共360°,等分为 720 格,分度值为 0.5°(即格值为 30′),小于 0.5°的角度可由角游标读出.角游标共有30 个分格,它和主刻度盘 29 个分格相当,因此分度值为 1′.角游标原理及读数方法与游标卡尺相类似.如图 3.17.3 游标盘上 24 与刻度盘上的刻度重合,故读数为 149°24′.如图 3.17.4,游标盘上 14 与刻度盘上的刻度重合,但零线过了刻度的半度线,故读数为149°44′.设置对称的两个角游标的目的是为了消除刻度盘几何中心与分光计中心转轴不同心而带来的偏心误差,这类误差属系统误差.测量时应同时读出两个游标处的读数值,然后取平均值.

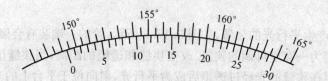

图 3.17.3　149°24′读数示意图

图 3.17.4　149°44′读数示意图

2. 三棱镜顶角和折射率的测量

1）自准法测量三棱镜的顶角

图 3.17.5 为自准法测量三棱镜顶角的示意图.利用望远镜自身产生平行光,用灯光照亮叉丝,转动载物台,先使棱镜 AB 面与望远镜光轴垂直(即经 AB 面反射的叉丝像与叉丝重合),记下刻度盘两边的方位角 θ_1 和 θ_2,然后固定与游标盘相连的望远镜位置不变,转动与刻度盘相连的载物台,使棱镜 AC 面与望远镜光轴垂直,记下刻度盘两边的方位角

θ'_1和θ'_2(注意θ_1和θ_2不能颠倒),两次读数相减即得顶角 A 的补角φ,故有

$$\angle A = 180° - \varphi$$

式中

$$\varphi = \frac{1}{2}(\varphi_1 + \varphi_2) = \frac{1}{2}\left[(\theta_1 - \theta'_1) + (\theta_2 - \theta'_2)\right]$$

$$(3.17.1)$$

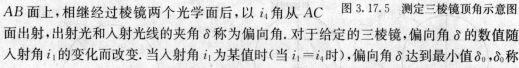

图 3.17.5 测定三棱镜顶角示意图

2)测量三棱镜折射率

如图 3.17.6 所示,光线以入射角 i_1 投射到棱镜的 AB 面上,相继经过棱镜两个光学面后,以 i_4 角从 AC 面出射,出射光和入射光线的夹角 δ 称为偏向角.对于给定的三棱镜,偏向角 δ 的数值随入射角 i_1 的变化而改变.当入射角 i_1 为某值时(当 $i_1 = i_4$ 时),偏向角 δ 达到最小值δ_0,δ_0 称为最小偏向角,它与棱镜的顶角 A 和折射率 n 之间有如下关系

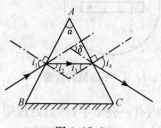

图 3.17.6

$$n = \frac{\sin\dfrac{A+\delta_0}{2}}{\sin\dfrac{A}{2}} \qquad (3.17.2)$$

可见,通过测定三棱镜的顶角 A 和某种波长的光线在三棱镜中的最小偏向角 δ_0,由式(3.17.2)就可以算出三棱镜对这种光线的折射率 n.我们通常所说的某物质的折射率 n 是对钠黄光($\lambda = 5893$Å)而言的.

【实验内容】

1. 分光计的调整

分光计常用于测量入射光与出射光之间的角度,为了能够准确测得此角度,必须满足两个条件:

(1)入射光与出射光(如反射光、折射光等)均为平行光;

(2)入射光与出射光都与刻度盘平面平行.

为此,必须对分光计进行调整,使其达到:

(1)平行光管发出平行光,望远镜对平行光聚焦(即接收平行光);

(2)望远镜与平行光管共轴,并均与分光计的中心转轴相垂直.

具体调节步骤如下:

1)了解仪器

对照分光计的结构图,了解仪器,掌握各部分的具体结构及其调节、使用方法.

2)目测粗调

根据目测粗略估计,将分光计放置在合适的位置上,使平行光管一端的狭缝对准光源最亮处,调节望远镜和平行光管的斜度和高度调节螺丝,使两者大致处于同一直线和同一高度,呈水平状态;调节载物台下的三个螺丝使平台也基本水平(借助水准仪进行调

节），从而使望远镜、平行光管和载物台大致垂直于分光计的中心转轴.（粗调是后面进行细调的前提和细调成功的保证，必不可少.）

3）用自准法调节望远镜使之能接收平行光，即将望远镜调焦于无穷远

（1）打开照明小灯电源，调节目镜调焦手轮 11，直到能够从望远镜目镜视场中清晰地看到如图 3.17.7 所示分划板上的"准线"（也称十字叉丝）和带有绿色小十字的窗口为止.

（2）将平面镜（也可以直接用测量用的三棱镜或光栅）按图 3.17.8 所示方位放置在载物台上. 这样放置是出于这样的考虑：若要调节平面镜的俯仰，只需要调节载物台下的螺丝 a_2 或 a_3 即可，而螺丝 a_1 的调节与平面镜的俯仰无关.

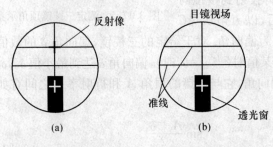

图 3.17.7　目镜视场

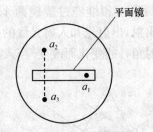

图 3.17.8　平面镜的放置

（3）视线与望远镜等高，沿望远镜外侧观察可看到平面镜内有一亮十字，然后通过望远镜观察，轻缓地转动载物台，当反射平面正对望远镜时微微转动，在目镜中就能看到一个随之晃动的光斑（这就是目测粗调水平准确的必然结果），此时拧松望远镜上锁紧螺钉 9，沿望远镜轴向前后移动目镜，直至光斑成清晰的亮十字.

继续转动游标盘 $180°$，使台面上平面镜的另一面正对望远镜，此时同样可以看到一个清晰的亮十字. 反复调节目镜调焦手轮及目镜沿望远镜轴向位置，以消除亮十字与准线之间的视差，如有视差，则需反复调节，予以消除. 如果没有视差，说明望远镜已聚焦于无穷远，再锁紧目镜.

倘若同学在"目测粗调水平"中调节水平未达到要求，在"细调"中就无法找到亮十字，有的是平面镜无论哪个面正对望远镜，都看不到亮十字；有的是一面看到，另一面时看不到，无论出现何种情况，均是"目测粗调水平"不够好. 尤其是若两面都看不到亮十字，应更精确地进行"目测粗调水平".

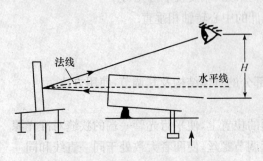

图 3.17.9　载物台、望远镜调节示意图

如目测粗调接近水平，则望远镜发出的光经平面镜反射必定贴近望远镜轴线进入望远镜，从而看到亮十字，此时不难想象射向平面镜的入射光线、平面镜法线及平面镜反射光线均处在与望远镜轴线大致等高的平面内，即 H 几乎为零，参见图 3.17.9. 如粗调时载物台面与望远镜未达水平，此时经平面镜反射的光线就进不了望远镜，因为经平面镜反射的光线不在与望远镜轴线大致

等高的平面内而是存在一个高度差 H，从而在望远镜中找不到亮十字. 故在找不到亮十字时需冷静，首先应再次检查"目测粗调水平"，尽量做到水平，然后耐心寻找亮十字. 如仍找不到，则应微微转动载物台，使平面镜镜面略微侧对望远镜，在望远镜侧面用眼睛直接观察平面镜，终可在平面镜内找到一个亮十字，此时眼睛所处位置与望远镜轴线位置肯定不是等高，存在一个高度差 H. 调节望远镜俯仰螺钉，使高度差减小一半，再分别调节载物台下镜面前、后两个螺钉 a_2 和 a_3，使另一半高度差消除. 至此，平面镜上反射光与望远镜轴线大致处在同一高度的平面内，转动载物台使镜面正对望远镜，便可找到亮十字，同样方法，也可找到另一面的亮十字.

4）调整望远镜的光轴，使之与分光计的中心转轴垂直

平行光管与望远镜的光轴各代表入射光和出射光的方向. 为了测准角度，必须分别使它们的光轴与刻度盘平行. 刻度盘在制造时已垂直于分光计的中心轴. 因此，当望远镜与分光计的中心轴垂直时，就达到了与刻度盘平行的要求.

具体调整方法为：平面镜仍竖直置于载物台上，使望远镜分别对准平面镜前后两镜面，利用步骤 3）的自准法可以分别观察到两个亮十字的反射像. 如果望远镜的光轴与分光计的中心轴相垂直，而且平面镜反射面又与中心轴平行，则转动载物台时，从望远镜中可以两次观察到由平面镜前后两个面反射回来的亮十字像与分划板准线的上部十字线完全重合，如图 3.17.10(c)所示. 若望远镜光轴与分光计中心轴不垂直，平面镜反射面也不与中心轴相平行，则转动载物台时，从望远镜中观察到的两个亮十字反射像必然不会同时与分划板准线的上部十字线重合，而是一个偏低，一个偏高，它们的交点在高低方面相差一段距离如图 3.17.10(a)所示. 此时调整望远镜高低倾斜螺丝 12 使差距减小为 $h/2$，如图 3.17.10(b)所示. 再调节载物台下的水平调节螺丝（a_2 或 a_3），消除另一半距离，使准线的上部十字线与亮十字线重合，如图 3.17.10(c)所示. 之后，再将载物台旋转 180°，使望远镜对着平面镜的另一面，采用同样的方法调节. 如此反复调整，直至转动载物台时，从平面镜前后两表面反射回来的亮十字像都能与分划板准线的上部十字线重合为止. 这时望远镜光轴和分光计的中心轴相垂直，常称这种方法为"各半调节、逐次逼近"法.

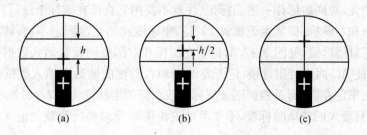

图 3.17.10　"各半调节、逐次逼近"

注意：当望远镜光轴垂直于仪器转轴调整好以后，望远镜仰角调节螺钉 12 和载物台下的 3 个水平调节螺丝不能再随意调动，否则就要重新进行调整.

如果要使载物台台面与分光计的中心轴垂直，应将平面镜转过 90°，放置在载物台中心且与调节螺钉 a_2、a_3 连线成平行的方向上. 转动载物台，当在望远镜中也可观察到平面镜反射回的亮十字像时，只调节螺钉 a_1，使亮十字像与分划板上方水平准线重合（螺钉

a_2、a_3 和望远镜的俯仰调节螺钉不能再作调节,否则分光计主轴不再与望远镜光轴垂直),此时载物台台面即与分光计中心轴垂直.

如果当载物台连同双面反射镜相对于望远镜旋转时,分划板的水平线与亮十字像移动方向不平行,则松开目镜锁紧螺钉 9,转动目镜,使亮十字像的移动方向与分划板的水平刻线重合.然后将目镜锁紧螺钉 9 旋紧,注意不要破坏望远镜的调焦.

5)调节平行光管

用前面已经调整好的望远镜调节平行光管.当平行光管射出平行光时,则狭缝成像于望远镜物镜的焦平面上,在望远镜中就能清楚地看到狭缝像,并与准线无视差.调节方法为:

(1)调整平行光管产生平行光.取下载物台上的平面镜,关掉望远镜中的照明小灯,用给定的光源照亮狭缝,从望远镜中观察来自平行光管的狭缝像,松开狭缝锁紧螺钉 2,调节平行光管狭缝与透镜间的距离,直至能在望远镜中看到清晰的狭缝像为止,然后调节缝宽使望远镜视场中的缝宽约为 1mm.

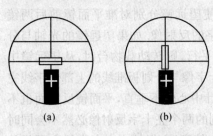

图 3.17.11　狭缝像与分划板位置

(2)调节平行光管的光轴与分光计中心轴相垂直.望远镜中看到清晰的狭缝像后,转动狭缝(但不能前后移动)至水平状态,调节平行光管倾斜螺丝 25,使狭缝水平像被分划板的中央十字线上、下平分,如图 3.17.11(a)所示.这时平行光管的光轴已与分光计中心轴相垂直.再把狭缝转至铅直位置,并需保持狭缝像最清晰而且无视差,位置如图 3.17.11(b)所示.

至此分光计已全部调整好,使用时必须注意分光计上除刻度圆盘制动螺丝及其微调螺丝外,其他螺丝不能任意转动,否则将破坏分光计的工作条件,需要重新调节.

2. 测量三棱镜的顶角 A

在上述调整好的分光计的基础上用原理所述的方法测量三棱镜的顶角 A,即遮住从平行光管来的光,对两游标作一适当标记(注意不要用笔直接在游标上涂写)或默记在心,分别称左游标和右游标.旋紧盘下螺钉 16、17,望远镜和刻度盘固定不动.转动游标盘,使棱镜 AB 面正对望远镜,见图 3.17.5,记下左游标和右游标的读数填入数据表格中.再转动游标盘,再使 AC 面正对望远镜,记下左游标和右游标的读数也填入数据表格中(不要单纯地以方向来定左右,而是根据刚才所标记或默记的游标来定左右,切勿颠倒),来回重复测量三次(只要来回转动游标盘,不要再动三棱镜),分别将所读数据记入表 3.17.1 中并进行处理.

说明:在计算望远镜转过的角度时,应注意望远镜转动过程中是否过了刻度盘的刻度零点,如越过刻度零点.例如,当望远镜由下表位置Ⅰ转到位置Ⅱ时,读得的数据为

望远镜位置	Ⅰ	Ⅱ
左游标	$175°45'(\varphi_1)$	$295°43'(\varphi_1')$
右游标	$355°45'(\varphi_2)$	$115°43'(\varphi_2')$

由于左游标在两次测量的过程中,望远镜没有经过零点,故望远镜转过的角度为

$$\varphi_{左} = \varphi_1' - \varphi_1 = 119°58'$$

而右游标经过了零点,这时望远镜转过的角度应按下式计算

$$\varphi_{右} = (360° + \varphi_2') - \varphi_2 = 465°43' - 355°45' = 119°58'$$

3. 测量水银灯绿色光线在三棱镜中的最小偏向角 δ_0

将三棱镜移至图 3.17.12 所示的位置上,以上述调好的望远镜为基准进行如下操作:移开刚才遮平行光管所用的物体,先用眼睛在三棱镜出射光的方向寻找折射后的谱线(这时一般就能看到水银灯所有谱线的像),找到以后,旋松望远镜止动螺钉 16 和游标盘止动螺钉 23,将望远镜转至刚才用眼睛所能观察到谱线的位置,约在图 3.17.12 所示的位置(1)处,然后通过望远镜对准要测的水银灯的绿色光谱线,再左右微微转动载物台(即三棱镜),这时水银灯的绿色光谱线会随着向左或向右移动.望远镜要跟踪光谱线转动,直到载物台(即三棱镜)继续转动,而谱线开始要反向移动为止,这个反向移动的转折位置,就是光线以最小偏向角射出的方向.固定载物台(锁紧游标盘止动螺钉 23,再使望远镜微动,使其分划板上的中心竖线对准绿色谱线,记下此时刻度盘两边的方位角

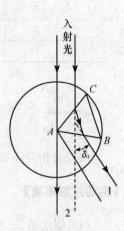

图 3.17.12

读数,记录在数据表 3.17.2 中的汞绿线的位置左、右游标处格子中. 最后,固定与游标相连的载物台(即三棱镜)位置不变,转动与刻度盘相连的望远镜,使其分划板上的中心竖线对准平行光管上的狭缝像,再记下这时刻度盘两边的方位角读数,记录在数据表 3.17.2 中的缝像线的位置左、右游标处格子中. 重复上述方法,测量三次,记入数据表格并进行处理.

4. 将上述所测的三棱镜的顶角 $\overline{A}$ 和最小偏向角 δ_0 代入公式(3.17.2)计算三棱镜对水银灯绿色谱线的折射率 n

【实验数据记录及处理】

表 3.17.1 测量三棱镜的顶角 A

测量次数	棱镜反射面	左游标位置读数	右游标位置读数	偏转角度		无偏心差角度	顶角 A	$\overline{A}$
				左边	右边			
1	AB							
	AC							
2	AB							
	AC							
3	AB							
	AC							

表 3. 17. 2　测量三棱镜的最小偏向角 δ_0

测量次数	读数的位置	汞绿线的位置	缝像线的位置	δ_0	无偏心差角度 δ_0	$\bar{\delta}_0$
1	左					
	右					
2	左					
	右					
3	左					
	右					

$$n = \frac{\sin\dfrac{A+\delta_0}{2}}{\sin\dfrac{A}{2}} = \underline{\qquad\qquad}.$$

误差分析及不确定度计算.

【实验注意事项】

(1) 望远镜、平行光管上的镜头、三棱镜、平面镜的镜面不能用手摸、揩. 如发现有尘埃时,应该用镜头纸轻轻揩擦. 三棱镜、平面镜不准磕碰或跌落,以免损坏.

(2) 分光计是较精密的光学仪器,要加倍爱护. 调节螺钉时动作要轻柔,锁紧螺钉也是只锁住即可,不可用力过大,以免损坏仪器. 不应在制动螺丝锁紧时强行转动望远镜,也不要随意拧动狭缝.

(3) 一定要认清每个螺丝的作用再调整分光计,不能随便乱拧. 掌握各个螺丝的作用可使分光计的调节与使用事半功倍.

【思考题】

(1) 分光计主要由哪几部分组成? 各部分作用是什么?

(2) 分光计的调整主要内容是什么? 每一要求是如何实现的?

(3) 分光计底座为什么没有水平调节装置?

实验 18　用旋光仪测溶液的浓度

1811 年,法国物理学家阿喇果(Arago)发现,一束线偏振光通过透明物质时(如石英、糖溶液等),其振动面将旋转一定的角度,这种现象称为旋光现象. 旋转的角度称为旋光度,能使振动面旋转的物质称为旋光物质. 旋光物质分为右旋和左旋两种:面向光源方向看去,能使振动面顺时针旋转称为右旋,逆时针旋转称为左旋. 如葡萄糖为右旋,果糖为左旋. 旋光仪是测定旋光物质旋光度的仪器. 通过对旋光度的测定可确定物质的浓度、纯度、密度、含量等,可供一般的成分分析之用,广泛应用于石油、化工、制药、香料、制糖及食品、酿造等工业.

【实验目的】

（1）观察线偏振光通过旋光物质的旋光现象；

（2）了解旋光仪的结构原理；

（3）学习用旋光仪测旋光性溶液的旋光率和浓度.

【实验仪器】

旋光仪一台，样品管及溶液二个（100mm、200mm）.

【实验原理】

旋光度 ΔQ 为旋光性介质对于某一单色的线偏振光所产生的振动面旋转角度. 由实验可知，旋光度正比于光在介质中所走路程的长度

$$\Delta Q = [a]_{\lambda_0} d \tag{3.18.1}$$

其中 $[a]_{\lambda_0}$ 为比例常数，称为旋光率，d 为介质厚度.

对于溶液，偏振面旋转的角度不仅与通过溶液的厚度成正比，还与溶液的浓度成正比

$$\Delta Q = [a]_{\lambda_0}^t cd \tag{3.18.2}$$

注意：溶液的旋光率 $[a]_{\lambda_0}^t$ 与波长和温度都有关，实验结果必须指明光源波长和测定时的温度.

式（3.18.2）中，如果旋光度 ΔQ 的单位为度，浓度 c 的单位为克/毫升，介质厚度 d 的单位为分米，那么 $[a]_{\lambda_0}^t$ 为每分米的每毫升含 1g 旋光物质的液体使偏振面转过的角度，称为比旋光度.

借助于旋光仪，可直接测量旋光度 ΔQ，若已知溶液浓度，则比旋光度等于

$$[a]_{\lambda_0}^t = \frac{\Delta Q}{cd} \tag{3.18.3}$$

若已知比旋光度 $[a]_{\lambda_0}^t$，则溶液的浓度为

$$c = \frac{\Delta Q}{[a]_{\lambda_0}^t d} \tag{3.18.4}$$

在使用式（3.18.3）和式（3.18.4）时，应特别注意各量的单位.

本实验先用已知浓度的葡萄糖溶液测出其比旋光度，再用所测的比旋光度反过来测量未知浓度的葡萄糖溶液.

用测定旋光度确定旋光物质的溶液浓度的方法称为旋光测定或称量糖术，量糖术在制糖、生化、医药等部门广泛地应用.

【仪器介绍】

本实验所用的 WXG-4 型圆盘旋光仪外形如图 3.18.1 所示. 本仪器采用左右游标读数以消除偏心差，度盘主尺分 360 格，每格为 1°，游标分为 20 格，其长度等于度盘上 19 格，用游标可直接读到 0.05°，如图 3.18.2 所示. 度盘和检偏镜固为一体，借助度盘转动手轮能够转动，游标窗前方装有两块 4 倍的放大镜，供读数用.

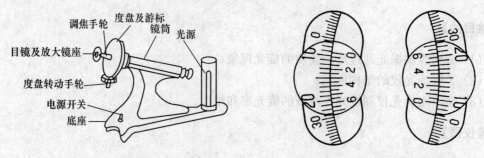

图 3.18.1　WXG-4 型旋光仪外形图　　　图 3.18.2　旋光仪读数装置

WXG-4 型圆盘旋光仪的光学系统如图 3.18.3 所示.

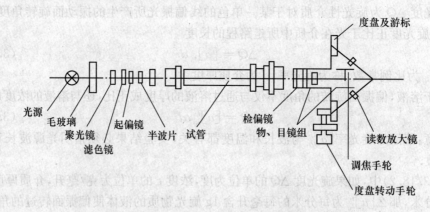

图 3.18.3　WXG-4 型圆盘旋光仪的光学系统

　　物质的旋光性测量的简单原理如图 13.18.4 所示. 首先将起偏镜与检偏镜的偏振化方向调到正交,我们观察到视场最暗. 将有一定浓度的某种溶液的试管放入旋光仪后,由于溶液具有旋光性,使平面偏振光旋转了一个角度,视场变亮. 为此调节度盘调节手轮(即调节检偏镜),再次使视场调至最暗,这时检偏镜所转过的角度,即为待测溶液的旋光度.

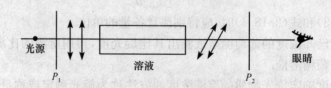

图 3.18.4　物质的旋光性测量简图

　　由于人们的眼睛很难准确判断视场是否全暗,因而会引起测量误差. 为此该旋光仪采用了三分视场的方法来测量旋光溶液的旋光度. 从旋光仪目镜中观察到的视场分为三个部分,一般情况下,中间部分和两边部分的亮度不同. 当转动检偏镜时,中间部分和两边部分将出现明暗交替变化. 图 3.18.5 中列出四种典型情况,即(a)中央为暗区,两边为亮区;(b)三分视界消失,视场较暗(即零度视场);(c)中间为亮区,两边为暗区;(d)三分视界消失,视场较亮.

(a) 中央为暗区　　　(b) 三分视界消失　　　(c) 中央为亮区　　　(d) 三分视界消失
　两边为亮区　　　　　视场较暗　　　　　两边为暗区　　　　　视场较亮

图 3.18.5　转动检偏镜时,目镜中视场明暗变化

由于在亮度不太强的情况下,人眼辨别亮度微小差别的能力较大,所以常取图 3.18.5(b)所示的视场作为参考视场,并将此时检偏镜的偏振轴所指的位置作为刻度盘的零点,故称该视场为零度视场.

当放进了待测旋光液的试管后,由于溶液的旋光性,使线偏振光的振动面旋转了一定角度,使零度视场发生了变化,只有将检偏镜转过相同的角度,才能再次看到图 3.18.5(b)所示的视场,这个角度就是旋光度,它的数值可以由刻度盘和游标上读出.

【实验内容】

(1) 开启钠光灯,预热约 5min,待钠光灯发光正常可开始工作.

(2) 转动手轮,在中间明或暗的三分视场时,调节目镜焦距使中间明纹或暗纹边缘清晰. 再转动手轮,观察视场亮度变化情况,从中辨别半明半暗即零度视场.

(3) 仪器中不放试管,调节手轮找到零度视场,从左右两读数窗分别读数.转动手轮离开零度视场后再转回来读数,共测 5 次取平均值,数据记入表 3.18.1.

(4) 将装有已知浓度葡萄糖溶液的试管(100mm 样品管)放入旋光仪,注意让气泡留在试管中间的凸起部分.转动手轮找到零度视场位置,记下左右视窗读数,共测 5 次求其平均值,记入表 3.18.2,并按式(3.18.5)计算葡萄糖溶液的旋光度,再进一步计算出旋光率

$$\Delta Q = \frac{Q_i' - Q_0' + Q_i'' - Q_0''}{2} \tag{3.18.5}$$

(5) 将装有未知浓度的葡萄糖溶液的试管(200mm 样品管)放入旋光仪,重复步骤(4),将步骤(4)中计算出的旋光率作为已知常数来测定葡萄糖溶液的浓度,记入表 3.18.3.

(6) 测试完毕,关闭开关,切断电源.

【实验数据记录及处理】

(1) 旋光仪零位修正.

表 3.18.1　旋光仪零位修正值的测定

测量次数	1	2	3	4	5	平均值
左读数						$Q_0' =$
右读数						$Q_0'' =$

（2）已知葡萄糖溶液浓度（浓度 10％，单位 g/ml），测旋光率（比旋光度）.

表 3.18.2　已知葡萄糖溶液浓度,测旋光率

样品管长 $d_1 = 100$mm,浓度 $c = 10％$(g/ml),温度 $t =$ ＿＿＿＿＿℃,光源波长 $\lambda = 5893$Å

测量次数	1	2	3	4	5	平均值	旋光度	旋光率
左读数						$Q_1' =$	$\Delta Q_1 =$	$a =$
右读数						$Q_1'' =$		

（3）已知旋光率,测未知浓度的葡萄糖溶液.

表 3.18.3　已知旋光率,测未知浓度的葡萄糖溶液

旋光率 $a =$ ＿＿＿＿＿,样品管长 $d_2 = 200$mm

测量次数	1	2	3	4	5	平均值	旋光度	浓度
左读数						$Q_2' =$	$\Delta Q_2 =$	$c =$
右读数						$Q_2'' =$		

【思考题】

（1）阐述测量糖溶液浓度的基本原理.

（2）什么叫左旋物质和右旋物质？如何判断？

（3）放溶液管时为什么要保证观察孔中没有气泡？

第4章 提高、综合和设计性实验

实验19 用静态拉伸法测金属丝的杨氏弹性模量

材料受力后发生形变. 在弹性限度内,材料的胁强与胁变(即相对形变)之比为一常数,叫弹性模量. 条形物体(如钢丝)沿纵向的弹性模量叫杨氏模量.

杨氏弹性模量是描述固体材料抵抗形变能力的重要物理量,是选定机械构件的依据之一,是工程技术中常用的参数.

测量材料的杨氏弹性模量有拉伸法、梁的弯曲法、振动法、内耗法等,本实验采用静态拉伸法测定杨氏弹性模量. 要求掌握利用光杠杆测定微小形变(角度)的方法.

在实验方法上,通过本实验可以看到,以对称测量法消除系统误差的思路在其他类似的测量中极具普遍意义. 在实验装置上的光杠杆镜放大法,由于它的性能稳定、精度高,而且是线性放大,所以在设计各类测试仪器中得到广泛的应用.

在数据处理上,本实验采用一种常用的逐差法,这种方法在实验中经常被使用.

【实验目的】

(1) 学会测量杨氏弹性模量的一种方法;
(2) 掌握用光杠杆法测量微小伸长量的原理;
(3) 学会用逐差法处理实验数据.

【实验仪器】

杨氏模量仪,光杠杆,望远镜尺组,米尺,千分尺.

【实验原理】

任何固体在外力作用下都要发生形变,当外力撤除后物体能够完全恢复原状的形变称为弹性形变. 如果加在物体上的外力过大,以致外力撤除后,物体不能完全恢复原状而留下剩余形变,称为塑性形变(或范性形变). 本实验只研究弹性形变,因此所加外力不宜过大.

最简单的形变是棒状物体受外力后的伸长或缩短. 设钢丝截面积为 S,长为 L. 今沿长度方向施以外力 F 使棒伸长 ΔL. 则比值 F/S 是单位截面上的作用力,称为应力(胁强);比值 $\Delta L/L$ 是物体的相对伸长量,称为应变(胁变),它表示物体形变的大小. 根据胡克定律,在物体的弹性限度内,应力与应变成正比,即

$$\frac{F}{S} = Y\frac{\Delta L}{L} \tag{4.19.1}$$

式中,比例系数 Y 的大小,只取决于材料本身的性质,与外力 F、物体原长 L 及截面积 S 的大小无关,叫做材料的杨氏弹性模量. 在材料工程中,它是一个重要的物理量. 式(4.19.1)可写为

$$Y = \frac{FL}{S\Delta L} \tag{4.19.2}$$

根据式(4.19.2),测出等号右边各量后,便可算出杨氏模量. 其中 F、L 和 S 可用一般方法测得,微小伸长量 ΔL 用一般的量具不易准确测量. 本实验采用光杠杆镜尺组进行长度微小变化量 ΔL 的测量,这是一种非接触式的长度放大测量的方法. 同时,金属丝截面积可用测其直径 d 来获得,$S = \frac{1}{4}\pi d^2$. 则式(4.19.2)可写为

$$Y = \frac{4FL}{\pi d^2 \Delta L} \tag{4.19.3}$$

下面介绍用光杠杆法测量微小伸长量 ΔL 的方法.

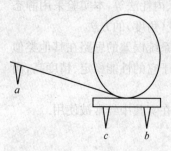

图 4.19.1　光杠杆镜

光杠杆装置包括两部分,一是光杠杆镜架,其结构如图 4.19.1所示. 光杠杆是一个带有可旋转的平面镜的支架,平面镜的镜面与三个足尖(a,b,c)决定的平面垂直,其后足 a 即杠杆的支脚与被测物接触. 当杠杆支脚随被测物上升或下降微小距离 ΔL 时,镜面法线转过一个 θ 角,而入射到望远镜的光线转过 2θ 角,如图 4.19.2 所示. 当 θ 很小时

$$\theta \approx \tan\theta = \frac{\Delta L}{K} \tag{4.19.4}$$

式中,K 为后足尖 a 到前足尖 b、c 连线的垂直距离(也叫光杠杆的臂长). 根据光的反射定律,反射角和入射角相等,故当镜面转动 θ 角时,反射光线转动 2θ 角,由图 4.19.2 可知

$$2\theta \approx \tan 2\theta = \frac{N}{D} \approx \frac{2\Delta L}{K} \tag{4.19.5}$$

式中,D 为镜面到标尺的距离,N 为从望远镜中观察到的标尺移动的距离(设长度变化前望远镜中的叉丝横线读出标尺上相应的刻度值为 n_0,当长度变化 ΔL 时,光杠杆镜面向右倾斜了 θ 角,a 足绕 bc 轴也转过 θ 角,这时读数为 n_1,两次读数差为 $N = n_1 - n_0$).

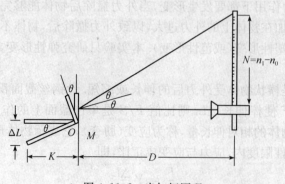

图 4.19.2　光杠杆原理

由式(4.19.4)和式(4.19.5)得微小伸长量为

$$\Delta L = \frac{K}{2D}N \tag{4.19.6}$$

式中 $2D/K$ 为光杠杆的放大倍数,把式(4.19.6)代入式(4.19.3)得

$$Y = \frac{8FLD}{\pi d^2 KN} \tag{4.19.7}$$

式(4.19.7)即为本实验测定金属丝杨氏模量的理论公式.

【实验内容】

1. 调整杨氏模量仪

(1) 调节杨氏模量仪下部三脚底座上的水平调整螺钉使立柱铅直(平台水平).

(2) 将光杠杆放在平台上,两前足置于横槽内,后足放在活动夹子上,但不可与金属丝相碰.调整平台上下位置,使光杠杆三足尖位于同一水平面上.

(3) 加 1kg 砝码在砝码托上,把金属丝拉直.检查夹子是否能在平台的孔中上下自由地滑动,金属丝是否被上下夹子夹紧.此时上、下夹子之间的钢丝长度即为其原长 L.

2. 光杠杆及望远镜尺组的调节

(1) 将望远镜尺组放在离光杠杆镜面约 1.5m 处,安放时尽量使望远镜和光杠杆的高度相当,望远镜光轴水平,标尺和望远镜光轴垂直.

(2) 调节望远镜时先从望远镜的外侧沿镜筒的方向观察,看镜筒的延长线是否通过光杠杆的镜面,以及镜面内是否有标尺的像.若无,则可移动望远镜三脚架并略微转动望远镜及镜面方向,保持镜筒的轴线对准光杠杆的镜面,直到沿镜筒上方能看到光杠杆镜内有标尺的像为止.

(3) 调节望远镜的目镜,使镜筒内十字叉丝清晰.再调节望远镜的调焦手轮,使标尺在望远镜中成像清晰无视差.

(4) 仔细调节光杠杆小镜的倾角以及标尺的高度,使尺像的零线(在标尺的中间)尽可能落在望远镜十字叉丝的横丝上,记下尺像的读数 n_0.

3. 测量

(1) 分析公式(4.19.4)中各物理量的测定条件以及对实验结果的误差影响,确定对这些物理量进行单次测量还是多次测量,使用何种测量器具.

(2) 轻轻地依次将 1kg 砝码加到砝码托上(共 7 次),记录每一次从望远镜中测得的标尺像的读数 n_i;再将所加的 7 个 1kg 砝码轻轻地依次取下,并记录每减少 1kg 砝码时的 n_i 值于表 4.19.1 中.

应当注意加减砝码时勿使砝码托摆动,并将砝码缺口交叉放置,以免倒落.测量过程中应随时注意检查与判断所测数据的合理性,即在增加或减少砝码过程中,当金属丝荷重相等时读数应基本相同.若相差很大,必须先找原因,再重做实验.

(3) 用米尺测量光杠杆镜面至标尺的距离 D 和上下夹子之间金属丝的长度 L.

（4）将光杠杆三足放在平纸上压出足印，测出后足尖到两前足尖连线的距离 K.

（5）用千分尺在钢丝的不同方向和部位多次测量其直径 d，共测 6 次，取 d 的平均值，填入表 4.19.2 中.

（6）将测量中采集的数据分成前后两组，用逐差法处理数据，可得每增减 4kg 砝码时，望远镜中标尺像读数的变化量的平均值 $\overline{N} = \dfrac{1}{4}\sum_{i=0}^{3}(n_{4+i}-n_i)$.

（7）将上述数据代入式（4.19.7）计算出杨氏弹性模量.

【实验数据记录及处理】

（1）测量加减砝码时光杠杆镜内标尺像的读数变化值 N.

表 4.19.1

测量次数	荷重/kg	增重时的读数/10^{-2}m	减重时的读数/10^{-2}m	两次读数的平均值/10^{-2}m	每加 4kg 砝码镜内标尺读数变化 N/10^{-2}m
0	2.000			$n_0 =$	$N_1 = n_4 - n_0 =$
1	3.000			$n_1 =$	
2	4.000			$n_2 =$	$N_2 = n_5 - n_1 =$
3	5.000			$n_3 =$	
4	6.000			$n_4 =$	$N_3 = n_6 - n_2 =$
5	7.000			$n_5 =$	
6	8.000			$n_6 =$	$N_4 = n_7 - n_3 =$
7	9.000			$n_7 =$	
平均值					$\overline{N} =$

（2）测钢丝的直径 d 数据.

表 4.19.2　　　　千分尺零点读数：_____ mm

次　　数	1	2	3	4	5	6	平均值	修正后的平均值
钢丝直径 d/10^{-3}m								

（3）各单次测量.

南京地区重力加速度 $g = 9.794\text{m/s}^2$

光杠杆到镜面标尺的距离 $D \pm u_D =$ _____ ；

上下夹子之间金属丝的长度 $L \pm u_L =$ _____ ；

光杠杆后足到两前足连线的距离 $K \pm u_K =$ _____ .

（4）计算金属的杨氏弹性模量 Y 和不确定度（有关计算应列出计算公式，代入实验数据，再写出计算结果）.

【思考题】

（1）在本实验中，你是如何考虑尽量减小系统误差的？

（2）本实验中使用了哪些长度测量仪器？选择它们的依据是什么？它们的仪器误差各为多少？

（3）本实验应用的"光杠杆镜"放大法与力学中杠杆原理有哪些异同点？

（4）加挂初始砝码的作用是什么？

（5）为什么钢丝长度只测量一次，且只需选用精度较低的测量仪器？而钢丝直径必须用精度较高的仪器多次测量？

（6）请根据实验测得的数据计算所用光杠杆的放大倍数？

（7）在本实验中如何消除视差？

实验 20　液体表面张力系数的测定

为什么少量水银在干净的玻璃板上会收缩成球冠状，而水却会扩展开来？为什么朝霞里青草上会洒满晶莹的露珠？其原因在于液体和固体界面附近分子的相互作用.

表面张力是液体表面的重要特性，它类似于固体内部的拉伸应力，这种应力存在于极薄的表面层内，是液体表面层内分子力作用的结果. 液体表面层的分子有从液面挤入液内的趋势. 从而使液体有尽量缩小其表面的趋势. 整个液面如同一张拉紧了的弹性薄膜，我们把这种沿着液体表面，使液面收缩的力称为表面张力. 表面张力描述了液体表层附近分子力的宏观表现，在船舶制造、水利学、化学化工、凝聚态物理中都能找到它的应用. 在工业技术上，如浮选技术和输送技术等方面都要对表面张力进行研究.

测量液体（例如水）表面张力系数有多种方法，如最大气泡压力法、平板法（亦称拉普拉斯法）、毛细管法、约利秤法（拉脱法）、扭力天平法等. 这里只介绍约利秤法. 在本实验中要着重学习约利秤独特的设计原理，并用它测量液体的表面张力系数.

【实验目的】

（1）掌握用约利秤测量微小力的原理和方法；

（2）了解液体表面的性质，测定液体的表面张力系数.

【实验仪器】

约利秤一套，"∏"形镍丝框，烧杯，酒精，镊子，温度计，酒精灯.

仪器描述

如图 4.20.1 所示，约利秤实际上是一个精细的弹簧秤，常用测量微小的力. 如图所示，仪器的主要部分是一空管立柱 A 和套在 A 内的能上下移动的金属杆 B，B 上有毫米刻度，其横梁上挂有一弹簧 D，A 上附有游标 C 和可以移动的平台 H（H 固定后，通过螺丝 S 微调上下位置），G 为十字线，M 为平面指示镜，镜面有一标线，F 为砝码盘. 实验时，使十字线 G 的位置不变. 转动升降旋钮 E 可控制 B 和 D 的升降，从而拉伸弹簧，确定伸长

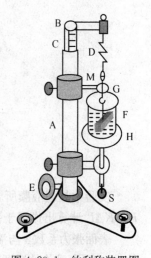

图 4.20.1　约利称装置图

量,根据胡克定律可以算出弹力的大小.约利秤上常附有三种规格的弹簧,可根据实验时所测力的最大数值及测量精密度的要求来选用.

约利秤和普通的弹簧秤有所不同:普通弹簧秤是固定上端,通过下端移动的距离来称衡,而约利秤则是在测量过程中保持下端固定在某一位置,靠上端的位移大小来称衡.其次,为了克服因弹簧自重引起弹性系数的变化,把弹簧做成锥形.由于约利秤的特点,在使用中应保持让小镜中的指示横线、平衡指示玻璃管上的刻度线及其在小镜中的像三者对齐,简称为三线对齐,并以此作为弹簧下端的固定起算点.

【实验原理】

表面张力的大小可以用表面张力系数 α 来描述.设想在液面上作一长为 L 的线段,则张力的作用表现在线段两边液面以一定的拉力 f 相互作用,而且力的方向恒与线段垂直,大小与线段长 L 成正比,即

$$f = \alpha L \tag{4.20.1}$$

比例系数就是液体表面张力系数,它表示单位长度直线两旁液面的相互拉力.

假如我们在液体中浸入一"$\sqcap$"形线框,然后将线框慢慢拉起,则线框拖起的液膜将呈现如图 4.20.2 所示的形状(对浸润液体而言),表面张力 f 沿液面的切线方向,角 φ 为接触角.当线框慢慢提起时,接触角逐渐减小而趋向于零,f 方向也将变为垂直向下.在线框上的液膜即将破裂前夕,诸力的平衡条件为

$$F = f + mg \tag{4.20.2}$$

式中,F 为将线框拉出液面时所施的外力,mg 为线框的重量(忽略线框上所黏附的液体的重量).表面张力 f 与接触面的周界长 $2(l+d)$ 成正比,即 $f = 2\alpha(l+d)$,l 为线框的宽度,d 为线框丝的直径.将 f 值代入式(4.20.2)得

$$\alpha = \frac{F - mg}{2(l+d)} \tag{4.20.3}$$

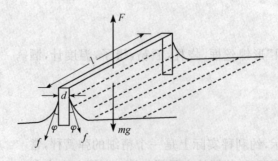

图 4.20.2   液体表面张力作用示意图

实验中拉裂液膜所施的外力由约利秤来测量,即测出弹簧的伸长量 ΔL,由胡克定律 $F = K\Delta L$ 计算出作用于弹簧上的外力 F.

表面张力系数 α 与液体的种类、纯度、温度和它上方的气体成分有关.实验表明,不同液体的 α 不同;液体的温度越高,α 值越小(水的表面张力系数 $\alpha = (70 - 0.15t) \times 10^{-3} \mathrm{N \cdot m^{-1}}$,

t 为摄氏度,此公式来源于《普通物理·热学》王正清主编,第 272 页.);所含杂质越多,α 值也越小,只要上述这些条件保持一定,α 就是一个常数.

【实验内容】

1. 测定弹簧的倔强系数 K

(1) 按图 4.20.1 挂好弹簧、指示镜和砝码盘,调节三脚底座上螺丝,使立柱 A 处于垂直的位置,并且指示镜 M 能自由地在指示管内上下振动.

(2) 转动升降旋钮 E,弹簧平衡时指示镜上的标线、指示管上的标线和该标线在镜内的像(线)三者对齐(以下简称三线对齐),读出约利秤上所附游标尺的读数 L_0,即为零点读数.

(3) 在砝码盘内依次加上 1g,2g,3g,…,7g 砝码(自小到大依次操作),转动升降旋钮 E,重新调到三线对齐,分别记下约利秤上游标尺的读数 L_1,L_2,L_3,…,L_7,并记入表 4.20.1.

(4) 按砝码盘中的砝码质量依次为 7g,6g,5g,…,1g,0g 的顺序再测量一次,记下相应游标尺的读数 L_7,L_6,L_5,…,L_1,L_0.然后求出两次测量的各 L 的平均值.

(5) 用逐差法求弹簧的倔强系数 K.

2. 测定水的表面张力系数 α

(1) 将烧杯用自来水和肥皂冲洗(不用手擦)干净,然后盛大半杯水放在平台 H 上,此后不可用手接触水和烧杯的内部.

(2) 用镊子夹着金属"∏"形线框在酒精里清洗并在酒精灯上烧干,再挂在砝码盘(铝盘)下面的小钩子上(注意不使线框变形,不可用手接触线框).

(3) 转动升降旋钮 E,使三线对齐,记下约利秤上所附游标尺的读数 X_0.

(4) 升高平台 H,使线框完全浸没在水中(注意不要浸没太深),转动平台 H 下的螺旋 S,使平台缓缓下降.因表面张力作用在"∏"形线框上,指示镜上的刻线也随之下降,因此在下降平台 H 的同时,必须旋动 E 使 B 升高,并始终保持三线对齐.继续上述动作(注意动作必须缓慢并时时刻刻保证做到三线对齐),直到"∏"形线框下附着的一层液膜破裂为止(即突然产生一跳跃,并且这一跳跃是在三线对齐时发生的),记下此时约利秤上所附游标尺的读数 X,这样就可以得出弹簧的伸长量为 $(X-X_0)$.

(5) 重复步骤(3)和(4)共 5 次,将测量数据记入表 4.20.4 中,求出弹簧的平均伸长量 $(\overline{X-X_0})$.于是有:$f=F-mg=K(\overline{X-X_0})$,式(4.20.3)变为

$$\alpha = \frac{\overline{K}(\overline{X-X_0})}{2(l+d)} \tag{4.20.4}$$

(6) 记录实验时的水温.测出线框的宽度 l 和线框丝的直径 d,并记入表 4.20.2 和表 4.20.3 中.将以上数据代入式(4.20.4)计算 α 值,同时评定其不确定度.

【实验数据记录及处理】

表 4.20.1   测定弹簧的倔强系数 K

砝码质量 $m/10^{-3}$ kg	增重时米尺读数 $L_i/10^{-2}$ m	减重时米尺读数 $L_i/10^{-2}$ m	平均值 $/10^{-2}$ m	$L_i - L_{i-4}/10^{-2}$ m	$K = \dfrac{4mg}{L_i - L_{i-4}}$ /(N/m)
0.00			L_0	$L_4 - L_0$	
1.00			L_1		
2.00			L_2	$L_5 - L_1$	
3.00			L_3		
4.00			L_4	$L_6 - L_2$	
5.00			L_5		
6.00			L_6	$L_7 - L_3$	
7.00			L_7		
平均值					

表 4.20.2   测"∏"形线框的宽度 l

测量次数	1	2	3	平均值
测量值 $l/10^{-2}$ m				

表 4.20.3   测"∏"形丝的直径 d

测量次数	1	2	3	平均值
测量值 $d/10^{-2}$ m				

表 4.20.4   测定水的表面张力系数 α (水温: $T=$ _____℃)

测量次数 约利秤读数	1	2	3	4	5	$(\overline{X - X_0})$
线框未入水中的读数 $X_0/10^{-2}$ m						
拉裂液膜时的读数 $X/10^{-2}$ m						
弹簧伸长量 $(X - X_0)/10^{-2}$ m						

计算 K、l、d 和 $(X - X_0)$ 的不确定度.

计算水的表面张力系数 α 和不确定度(有关计算应列出计算公式,代入实验数据,再写出计算结果).

【实验注意事项】

(1)用约利秤测表面张力时,必须解决好两个关键问题.第一,液膜必须充分地被拉伸开来,而且使其不过早地破裂.这就要求操作时要排除外界的干扰(如仪器的振动等),而且一定要缓慢地拉起"∏"形线框,才能不使液膜过早破裂;第二,液膜被拉伸的过程中,必须时时刻刻保证三线对齐,在框架脱出液面的那一瞬间,我们才能记录约利秤上游标尺的读数,从而求得伸长量.

（2）注意保持液体、容器和"∏"形线框的清洁，不可用手触及这些物体. 如果弄脏液体，则表面张力系数将显著变小.

（3）"∏"形线框的两臂应保持水平. 否则，两臂不能同时脱出液面，影响测量结果.

（4）待测液体的温度与实验室温度应尽量保持相同，最好将待测液体存放在实验室较长的时间. 实验时应避免阳光对待测液体的直接照射，否则影响测量结果.

【思考题】

（1）"三线对齐"指的是哪三线？ 目的是什么？

（2）约利秤测表面张力时，$\Delta X = X - X_0$ 是如何测定的？

实验 21　用电势差计与热电偶测温度

热电偶是生产实践和科学研究中常用的装置，本实验利用热电偶定标、测温，理解热电偶的测温原理，并了解一种非电量电测方法.

【实验目的】

（1）掌握电势差计的工作原理和结构；

（2）学会用直流电势差计测量热电偶的温差电动势；

（3）了解热电偶测温的原理.

【实验仪器】

热电偶温度测量仪，直流电势差计.

【实验原理】

1. 电势差计的工作原理

直流电势差计的工作原理建立在补偿法的基础上，使被测量电动势与恒定的标准电动势相互比较，在测量平衡时，不消耗被测电源的电流，故是一种高精度测量电动势的方法，其原理如图 4.21.1 所示.

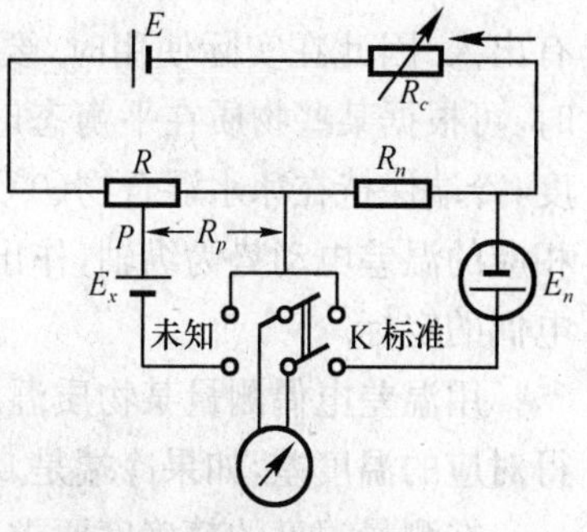

测量电动势的步骤：先将 K 扳向"标准"位置，同时调节 R_c，使检流计指零，此时标准电池的电动势由电阻 R_n 的两端电压降得到补偿. 即

$$E_n = IR_n \qquad (4.21.1)$$

由式（4.21.1）得

$$I = \frac{E_n}{R_n} \qquad (4.21.2)$$

图 4.21.1　电势差计工作原理图

然后将 K 扳向"未知"的位置，移动 P 点使检流计再指零. 此时被测电动势（或电压）由电

阻 R_p 上的电压降得到补偿. 即

$$E_x = IR_p \qquad\qquad (4.21.3)$$

将式(4.21.2)代入式(4.21.3)得

$$E_x = E_n \frac{R_p}{R_n} \qquad\qquad (4.21.4)$$

从式(4.21.4)可知,在标准电池 E_n 的数值已确定的条件下,和在测量过程中工作电流稳定的情况下,测量结果的准确性仅决定于电阻 R_p 和 R_n 的比值准确性. 由于电势差计在实现完全补偿时,被测回路与测量回路无电流通过,在测量时应不从被测电源中消耗能量,所以是一种高精度测量电动势(或电压)的测量方法.

2. 热电偶测温度的原理

两种不同材料的金属 A、B 组成一闭合回路,如图 4.21.2 所示,若两接触点处温度不

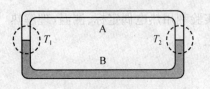

图 4.21.2

同,则回路中将有电动势产生,这种电动势称为温差电动势,这种现象称为温差效应或塞贝克效应,产生温差电动势的装置叫温差电偶(又叫热电偶).

温差电动势的大小与金属材料的性质及接触点处的温度差有关. 实验指出,若冷接触点的温度为 T_1,热接触点的温度为 T_2,则温差电动势与温度的关系为

$$\varepsilon_r = a(T_2 - T_1) + \frac{1}{2}b(T_2 - T_1)^2 \qquad\qquad (4.21.5)$$

式中,a 和 b 是与金属 A、B 性质有关的特征常数,对于铜-康铜,$a = 0.0416\text{mV/℃}$,$b = 0.0001\text{mV/℃}$,由于 b 比 a 值小得多,所以在温度差 $(T_2 - T_1)$ 不大时,式(4.21.5)近似地取为

$$\varepsilon_r = a(T_2 - T_1) \qquad\qquad (4.21.6)$$

式(4.21.6)说明在温差不大的情况下,温差电动势与两接触点的温度差成线性关系,而在一般情况下,温差电动势与两接触点温差的关系为一曲线.

式中常数 a 称为温差电动率,即当两接触点的温度差为 1℃ 时所产生的温差电动势. a 值可从手册上查得,但由于组成热电偶的材料成分有差异,所以实际数值与手册的数值有出入. 因此在实际使用时,要先对热电偶进行校正(又叫定标),以确定 a 的数值. 校正时,可根据某些物质在平衡态时有完全确定的熔点、沸点等已知的固定温度作为热端温度,冷端保持在冰水混合物(0℃)中,测出这些温度差下的温差电动势. 以温度差为横轴,相应的温差电动势为纵轴,作出一条校正曲线,并由此曲线求出温差电动率,这就是温差电偶的定标.

用温差电偶测某物质温度时,只要测出温差热电偶的温差电动势,根据校正曲线查得对应的温度差,如果冷端是 0℃,那么其温度差的数值就是该物质的温度.

在测量温度的精确度要求不高的情况下,也可以将热电偶的冷端放在室温下(室温可用水银温度表读出),求出温度差,然后从对照表查出的温度值再加上室温,便是待测温度.

【实验内容】

(1) 按仪器上所标示位置将热电偶"温差电动势"正、负端与电势差计未知电动势测量端连接好,注意区分热电偶两个接触端的正负极性. 接通仪器的"电源"开关,对仪器测温电路部分进行 3~5min 的预热. 同时观察仪器面板上高、低温数字温度计的显示,若没有显示则需检查交流 220V 是否接通.

(2) 测量前先调节检流计顶上的调零旋钮至检流计指针正确指零点(注意:此时开关 S 应该放置在"测量"一边).

(3) 将电势差计先进行校准. 即将电势差计"选择开关 K"拨向"标准"一边,同时调节多圈电位器 R_c,使检流计 G 指针再回到零点. 即电阻 R_n 的两端所产生的电压降与标准电池 E_n 电动势建立了平衡点(即相互间得到了补偿).

(4) 将"选择开关 K"拨向"未知",准备测量未知电动势. 接通"加热"电源开关,逆时针旋转"温度调节"旋钮至电位器的左起点,然后顺时针缓慢调节"温度调节"旋钮,记下温度每升高 10℃ 时,数字温度表所显示的温度(高、低端的温度)及该温差所对应的电动势,直至上升至 100℃ 左右,共约 8 组数据,依次填入表 4.21.1 中,绘出温差电动势-温度差的关系图线. 用图解法算出温度每升高 1℃ 温差电动势的增值,即算出常数 a(单位为 mV/℃).

(5) 当高温端温度升至 100℃ 左右后,关闭"加热"开关,加热炉停止加热,温度自然冷却(若需要快速降温,先关闭"加热"开关,再打开"风扇降温"即可). 记录高温端温度每下降 5℃(同时也需记录低温端的温度)时所对应的电动势,共测 4 组数据,依次填入表 4.21.2 中,再利用前面所测到的热电偶常数,计算出高温端的温度,并与记录的高温端温度相比较分析所产生的误差.

【实验数据记录及处理】

表 4.21.1 测出铜和康铜的热电偶常数 a

$T_{高}$/℃	30	40	50	60	70	80	90	100
$T_{低}$/℃								
ε_r/mV								
$(T_{高}-T_{低})$/℃								

表 4.21.2 根据以上所测的 a 反过来测温度

$T'_{高}$/℃				
$T'_{低}$/℃				
ε'_r/mV				
$T_{计}=\dfrac{\varepsilon'_r}{a}+T'_{低}$				

【实验注意事项】

(1) 打开电源开关使仪器预热 3~5min 后再进行测温.

(2) 当环境温度较高(春、夏季)时,实验过程中应始终接通"风扇降温"开关对仪器内部进行强迫降温,防止仪器内部温度过高,造成电子元器件的损坏.

（3）调整"温度调节"旋钮应缓慢，防止温度升、降过快.

【思考题】

若以一内阻及电流灵敏度均已知的灵敏电流计代替电势差计，能否测定热电偶的电动势? 为什么?

实验 22　霍尔效应的研究

置于磁场中的载流体，如果电流方向与磁场垂直，则垂直于电流和磁场的方向会产生一附加的横向电场，这个现象是霍斯金大学研究生霍尔于 1879 年发现的，后被称为霍尔效应. 如今，霍尔效应不但是测定半导体材料电学参数的主要手段，而且利用该效应制成的霍尔器件已广泛用于非电量电测、自动控制和信息处理等方面. 在工业生产要求自动检测和控制的今天，作为敏感元件之一的霍尔器件，将有更广阔的前景. 了解这一富有实用性的实验，对日后的工作将大有益处.

【实验目的】

（1）了解霍尔效应的实验原理;

（2）学习用"对称测量法"消除副效应的影响，测量试样的 U_H-I_S 和 U_H-I_M;

（3）根据给定的霍尔元件灵敏度，测量磁感应强度 B，绘制 B 与励磁电流 I_M 的关系曲线.

【实验仪器】

霍尔效应实验组合仪一套.

【实验原理】

1. 霍尔效应

霍尔效应的出现主要是由于导体中的载流子(形成电流的运动电荷)在磁场中受到洛伦兹力的作用而发生横向漂移的结果. 以金属导体为例，导体中的电流是自由电子在电场作用下作定向运动形成的，其运动方向与电流的流向正好相反. 如果在垂直电流方向有一均匀磁场 $\boldsymbol{B}$，这些自由电子受到的洛伦兹力的大小为

$$F_m = e\bar{v}B \tag{4.22.1}$$

式中，e 是电子电荷量的绝对值，$\bar{v}$ 是载流子在电流方向上的平均漂移速度. 根据 $\boldsymbol{F}_m = q\boldsymbol{v} \times \boldsymbol{B}$ 知，力的方向向上，如图 4.22.1(a)所示. 这时自由电子除宏观的定向运动外，还将向上漂移，使得在金属薄板的上侧(2 端)有多余的负电荷积累，而下侧(1 端)因缺少自由电子有多余的正电荷的积累，结果在导体内部形成方向向上的附加电场 $\boldsymbol{E}_H$，称为霍尔电场. 这电场给自由电子的作用力的大小为

$$F_e = eE_H \tag{4.22.2}$$

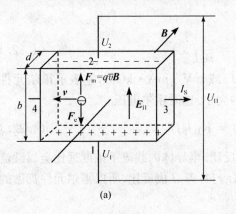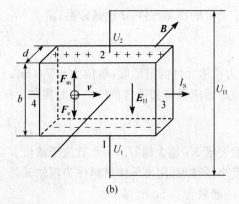

图 4.22.1　霍尔效应的解释

方向向下. 当这两个力达到平衡时,电子不再有横向漂移运动,结果在金属薄板上下两侧间形成一恒定的电势差,即霍尔电势差. 由于 $F_m = F_e$,所以

$$e\bar{v}B = eE_H \tag{4.22.3}$$

或

$$E_H = \bar{v}B \tag{4.22.4}$$

这样霍尔电势差

$$U_H = U_2 - U_1 = -E_H b = -\bar{v}Bb \tag{4.22.5}$$

设霍尔元件薄片试样的宽为 b,厚度为 d,载流子浓度(单位体积内的自由电子数)为 n,则通过霍尔元件的工作电流 I_S 为

$$I_S = \frac{dQ}{dt} = \frac{ne\,dV}{dt} = \frac{nedb\,dl}{dt} = nedb\bar{v} \tag{4.22.6}$$

由式(4.22.5)和式(4.22.6)可得

$$U_H = U_2 - U_1 = -\frac{I_S B}{ned} \tag{4.22.7}$$

如果导体中的载流子带正电荷量 q,则洛伦兹力向上,使带正电的载流子向上漂移,见图 4.22.1(b),这时霍尔电势差为

$$U_H = U_2 - U_1 = \frac{I_S B}{nqd} \tag{4.22.8}$$

定义霍尔系数

$$R_H = -\frac{1}{ne} \quad 或 \quad R_H = \frac{1}{nq} \tag{4.22.9}$$

则式(4.22.7)和式(4.22.8)可写为

$$U_H = R_H \frac{I_S B}{d} \tag{4.22.10}$$

式(4.22.10)表明,霍尔电势差的大小与电流 I_S 及磁感应强度 B 成正比,而与薄片沿 B 方向的厚度 d 成反比. 其中,R_H 是一常量,仅与导体的材料有关,它是反映材料霍尔效应强弱的重要参数,由式(4.22.10)可知,只要测出 $U_H(V)$ 以及知道 $I_S(A)$、$B(Gs)$ 和 $d(cm)$,可按式(4.22.11)计算 $R_H(cm^3/C)$.

$$R_H = \frac{U_H d}{I_S B} \times 10^8 \tag{4.22.11}$$

对于给定的霍尔元件，d 也是常数，定义

$$K_H = \frac{R_H}{d} = \frac{1}{ned} \tag{4.22.12}$$

K_H 为霍尔元件的灵敏度，单位为 mV/(mA·T) 或 mV/(mA·kGs)，它表示霍尔元件在单位磁感应强度和通过单位电流时霍尔电压的大小。这时霍尔电压

$$U_H = \frac{1}{ned} I_S B = K_H I_S B \tag{4.22.13}$$

一般要求 K_H 越大越好。K_H 与载流子浓度 n 成反比。半导体内载流子浓度远比金属载流子浓度小，所以都用半导体材料作为霍尔元件。K_H 与片厚 d 成反比，所以霍尔元件都做的很薄，一般只有 0.5mm 厚。

由式(4.22.13)可以看出，如果已知霍尔片的灵敏度 K_H，只要分别测出霍尔电压 U_H 和工作电流 I_S，就可以计算出磁场 B 的大小，即

$$B = \frac{U_H}{K_H I_S} \tag{4.22.14}$$

这就是利用霍尔效应测磁场的原理。

由式(4.22.13)还可看出，在一定的外磁场 B 中，如果已知霍尔片的灵敏度 K_H，只要测出霍尔电压 U_H，就可以计算出通过霍尔元件的工作电流 I_S，即

$$I_S = \frac{U_H}{K_H B} \tag{4.22.15}$$

这就是利用霍尔效应检测电流的原理。

2. 利用霍尔效应研究半导体材料的性能

霍尔效应的应用非常广泛，它可用来测量电流、电压、磁场和温度，并且可用于研究半导体材料的性质。

1) 由 R_H 的符号（或霍尔电压的正负）判断半导体材料的导电类型

判别的方法是按图 4.22.1 所示的 I_S 和 B 的方向，若测得的 $U_H < 0$（即金属薄板的上侧（2 端）的电位低于下侧的电位（1 端）），则 R_H 为负，样品材料属 N 型，反之则为 P 型。

2) 测定半导体材料的载流子的浓度，即单位体积中载流子数 n

由式(4.22.9)可得载流子的浓度 n 为

$$n = -\frac{1}{R_H e} = \frac{1}{R_H q} \tag{4.22.16}$$

应该指出，这个关系式是假定所有载流子都具有相同的漂移速度得到的。严格一点，考虑载流子的速度统计分布，需引入 $\frac{3\pi}{8}$ 的修正因子（可参阅黄昆、谢希德著《半导体物理学》）。

3) 测量半导体材料的电导率 σ

为了测量霍尔元件的电导率，通常将霍尔片采用如下接线方式（五端引线，见图 4.22.2）。图中 D、E 为霍尔元件工作电流输入端，A、A′ 为霍尔电压输出端，C 端则

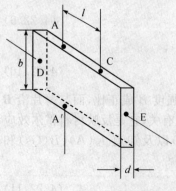

图 4.22.2 "五端引线"示意图

是为了测量电导率而引入的. 由于 A、C 两点在霍尔元件的同一个侧面上,所以当外磁场为零时,若 D、E 间的工作电流为 I,则 AC 间的电势差 U_{AC} 与霍尔元件的电导率 σ 有如下关系

$$\sigma = \frac{1}{\rho} = \frac{I}{U_{AC}}\frac{l}{S} \tag{4.22.17}$$

式中,ρ 为材料的电阻率,l 为 A、C 两点间的距离,S 为霍尔元件的横截面积($S=bd$).

4) 测量载流子的迁移率

迁移率表现的是导电材料中的载流子在外电场作用下的活动能力,它表示在单位电场作用下,载流子的平均漂移速度.

由固体物理理论可以证明(参阅阎守胜主编的《固体物理基础》),对于半导体材料,$\sigma=ne\mu$. 所以可得

$$\mu = \frac{\sigma}{ne} = |R_H|\,\sigma \tag{4.22.18}$$

3. 霍尔效应中的副效应及其消除

我们在推导上述公式时是从简单的理想情况出发的,但实际情况要复杂得多. 除霍尔效应外,还有其他一些副效应与霍尔效应混在一起,使霍尔电压的测量产生误差,因此必须尽量消除之. 下面简单介绍各种效应的特点.

1) 埃廷斯豪森(Ettingshausen)效应(U_E)

1887 年埃廷斯豪森发现当金属片铋沿 x 方向通过电流,z 方向加磁场(图 4.22.3),则在金属片的两侧(沿 y 方向)有温度差,所产生的温度梯度与通过样品的电流与磁场成正比

$$\frac{\partial T}{\partial y} = PI_S B \tag{4.22.19}$$

P 称为埃廷斯豪森系数. 温度梯度引起温差电动势 U_E,则

$$U_E = U(T, T+\Delta T)$$

所以

$$U_E \propto I_S B \tag{4.22.20}$$

温差电动势与霍尔电流 I_S 及磁场 B 的方向有关.

2) 能斯特(Nernst)效应(U_N)

能斯特和埃廷斯豪森在研究金属铋的霍尔效应时发现,当有热流通过霍尔片时,在热能流及磁场的垂直方向产生电动势 U_N. 改变磁场或热流方向,电动势方向也将改变,这个现象称为能斯特效应.

在 P 型霍尔片中,如果样品电极 1,2 端(图 4.22.3)接触电阻不同,就会产生不同的焦耳热,使两端温度不同. 沿温度梯度 dT/dx 有扩散倾向的空穴受到磁场的偏转,会建立一个横向电场,与

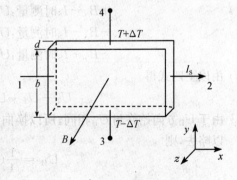

图 4.22.3

洛伦兹力相抗衡,则在 y 方向电极 3,4 之间产生电势差

$$U_N = -Q \frac{\partial T}{\partial x} B \qquad (4.22.21)$$

式中,Q 称为能斯特系数. U_N 的方向与磁场 B 方向有关(热流方向一定),而与通过样品的电流. I_S 方向无关.

3)里吉-勒迪克(Righi-Leduc)效应(U_{RL})

1887 年,里吉和勒迪克几乎同时发现,当有热流通过霍尔片时,与样品面垂直的磁场可以使霍尔片的两旁产生温度差,如果改变磁场方向,温度梯度的方向也随着改变.

在图 4.22.3 中 1,2 端(沿 x 方向)有温度梯度 $\partial T/\partial x$,热流沿 x 方向通过,在 y 方向的 3,4 端就会产生温度梯度,磁场方向 B 沿 z 方向,则有

$$\frac{\partial T}{\partial y} = S \frac{\partial T}{\partial x} B \qquad (4.22.22)$$

S 称为里吉-勒迪克系数.

根据埃廷斯豪森效应,在 y 方向的温度差产生温差电动势 U_{RL}. U_{RL} 和 $\frac{\partial T}{\partial y}$ 成正比,所以 U_{RL} 的方向随磁场 B 的方向而改变,与霍尔电流 I_S 无关.

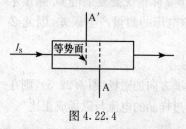

图 4.22.4

4)不等势电压(U_0)

如图 4.22.4 所示,由于测量霍尔电压的电极 A 和 A′ 的位置很难做到在一个理想的等势面上,因此当有电流 I_S 通过时,即使不加磁场也会产生附加电压 $U_0 = I_S r$,其中 r 为 A、A′ 所在的两个等势面之间的电阻. U_0 的正负仅与电流 I_S 的方向有关,与外磁场无关,因此可以通过改变 I_S 的方向予以消除.

综上所述,在确定的电流 I_S 和磁场 B 的条件下,实测的 A、A′ 两端的电压并不只是 U_H,还包括以上效应带来的附加电压,即

$$U = U_H + U_E + U_N + U_{RL} + U_0$$

但这些附加电压的正负和电流 I_S 或磁感应强度 B 的方向有关,测量时改变 I_S 和 B 的方向,可以消除这些附加电压的影响,其方法如下

$+B$、$+I_S$ 时测量: $U_1 = U_H + U_E + U_N + U_{RL} + U_0$

$+B$、$-I_S$ 时测量: $U_2 = -U_H - U_E + U_N + U_{RL} - U_0$

$-B$、$-I_S$ 时测量: $U_3 = U_H + U_E - U_N - U_{RL} - U_0$

$-B$、$+I_S$ 时测量: $U_4 = -U_H - U_E - U_N - U_{RL} + U_0$

由以上四式得

$$U_1 - U_2 + U_3 - U_4 = 4(U_H + U_E)$$

由于 U_E 方向始终与 U_H 相同,所以换向法不能消除它,但一般 $U_E \ll U_H$,在误差范围内可以略去,则

$$U_H = \frac{1}{4}(U_1 - U_2 + U_3 - U_4)$$

温度差的建立需要较长时间(约几秒钟),因此如果采用交流电,使它来不及建立,就

可以减小测量误差.

【仪器装置介绍】

霍尔效应实验组合仪由实验仪和测试仪两大部分组成.

1. 实验仪如图 4.22.5 所示

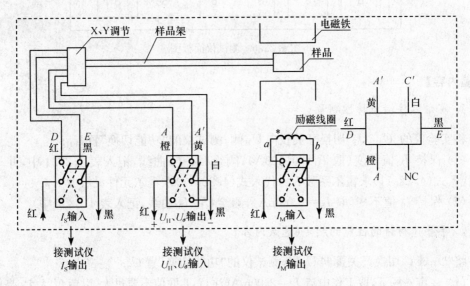

图 4.22.5　霍尔效应实验仪示意图

(1) 电磁铁:规格为＞3.00 kGs/A,磁铁线包的引线有星标者为头(见实验仪上图示),线包绕向为顺时针(操作者面对实验仪),根据线包绕向及励磁电流 I_M 流向,可确定磁感应强度 B 的方向,而 B 的大小与励磁电流 I_M 的关系由制造厂家给定并标明在实验仪上.

(2) 样品和样品架:样品材料为 N 型半导体硅单晶片,样品的几何形状如图 4.22.2 所示,其几何尺寸为:厚度 $d=0.5$mm,宽度 $b=4.0$mm,A、C 电极间距 $l=3.0$mm.

(3) I_S 和 I_M 换向开关及 U_H 和 U_σ 测量选择开关.

I_S 和 I_M 换向开关掷向上方,则 I_S 及 I_M 均为正值,反之为负值;U_H 和 U_σ 测量选择开关掷向上方测 U_H,掷向下方测 U_σ.

2. 测试仪如图 4.22.6 所示

(1) "I_S输出"为 0～10mA 样品工作电流源,"I_M输出"为 0～1A 励磁电流源.

两组电源彼此独立,两路输出电流大小通过 I_S 调节旋钮及 I_M 调节旋钮进行调节,二者均连续可调.其值可通过"测量选择"按键由同一只数字电流表进行测量,按键测 I_M,放键测 I_S.

(2) 直流数字电压表:U_H 和 U_σ 通过功能切换开关由同一只数字电压表进行测量.电压表零位可通过调零电位器进行调整.当显示器的数字前出现"—"号时,表示被测电压极性为负值.

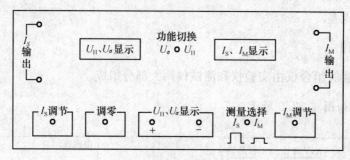

图 4.22.6　测试仪面板图

【实验内容】

1. 霍尔器件输出特性测量

将实验仪的"U_H、U_σ"切换开关投向 U_H 侧,测试仪的"功能切换"置 U_H.

(1) 保持 I_M 值不变(取 $I_M = 0.500$A),测绘 U_H-I_S 曲线,记入表 4.22.1 中,并求斜率,代入式(4.22.11)求霍尔系数 R_H,代入式(4.22.12)求霍尔元件灵敏度 K_H.

(2) 保持 I_S 值不变(取 $I_S = 2.00$mA),测绘 U_H-I_M 曲线,记入表 4.22.2 中.

2. 半导体材料的性能的测定(选做内容)

将"U_H、U_σ"切换开关掷向 U_σ 侧,测试仪的"功能切换"置 U_σ.

(1) 在零磁场下,取工作电流 $I_S = 2.00$mA(注意:I_S 取值不要过大,以免 U_σ 太大,毫伏表超量程(此时首位数码显示为 1,后三位数码熄灭)),测量 U_σ,计算半导体材料的电导率 σ.

(2) 将实验仪三组双刀开关均掷向上方,即 I_S 沿 X 方向,B 沿 Z 方向,毫伏表测量电压为 $U_{AA'}$.

取 $I_S = 2$mA,$I_M = 0.6$A,测量 U_H 大小及极性,判断样品导电类型.

(3) 计算霍尔系数 R_H、载流子浓度 n 及载流子迁移率 μ.

【实验数据记录及处理】

表 4.22.1

线圈系数:_____ kGs/A

$I_M = 0.500$A　　I_S 取值:$0.50 \sim 3.00$ mA

| I_S/mA | U_1/mV | U_2/mV | U_3/mV | U_4/mV | $U_H = \dfrac{|U_1|+|U_2|+|U_3|+|U_4|}{4}$/mV |
	$+I_S$、$+B$	$+I_S$、$-B$	$-I_S$、$-B$	$-I_S$、$+B$	
0.50					
1.00					
1.50					
2.00					
2.50					
3.00					

计算 R_H,K_H.

表 4.22.2

$I_S = 2.00\text{mA}$　I_M 取值:0.100~0.600A

I_M/A	U_1/mV	U_2/mV	U_3/mV	U_4/mV	$U_H = \dfrac{|U_1| + |U_2| + |U_3| + |U_4|}{4}$/mV
	$+I_S$、$+B$	$+I_S$、$-B$	$-I_S$、$-B$	$-I_S$、$+B$	
0.100					
0.200					
0.300					
0.400					
0.500					
0.600					

【实验注意事项】

(1) 绝不允许将测试仪上的励磁电流"I_M 输出"错接到"工作电流"处,也不可错接到"霍尔电压"处,否则,一旦通电,霍尔元件立即烧毁.

(2) 霍尔元件质脆,引线的接头细小,容易损坏,旋进旋出时,操作动作要轻缓.

(3) I_M 通电时间不宜太长,以免线圈过热影响测试精度.

(4) U_1、U_2、U_3、U_4 本身还含有"＋"、"－"号,测量记录时不要忘记.

(5) 仪器关机前,应将两个电流调节旋钮逆时针旋到底,使其输出电流趋于最小状态,然后关机.

【思考题】

(1) 霍尔系数的定义用数学表达式是什么? 从霍尔系数的测量中可以求出半导体材料的哪些重要参数?

(2) 霍尔元件的霍尔电压受哪些因素的影响?

(3) 若磁场的法线不是恰好与霍尔元件的法线一致,对测量结果会有何影响? 如何用实验的方法判断 B 与元件法线是否一致?

实验 23　*RC* 和 *RLC* 串联电路的暂态过程

【实验目的】

(1) 通过研究 *RC* 串联电路的瞬态过程,加深对电容充、放电规律的认识;

(2) 通过研究 *RLC* 串联电路的瞬态过程,加深对电磁阻尼运动规律的理解;

(3) 进一步掌握示波器的使用方法.

【实验仪器】

示波器,信号发生器,电阻箱,面包板,电容,电感,导线若干.

【实验原理】

　　R、L、C 元件的不同组合,可以构成 RC、RL、LC 和 RLC 电路,这些不同的电路对阶跃电压的响应不同.电路从一个平衡态转变到另一个平衡态,这个转变过程称为暂态过程.本实验研究暂态过程中的电压与电流变化的规律.

　　1. RC 串联电路的暂态过程

　　图 4.23.1 所示是一个 RC 串联电路.暂态过程即是电容器的充、放电过程.

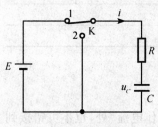

图 4.23.1 RC 串联电路

　　1) 充电过程

　　当开关 K 打向位置 1 时,电源对电容器 C 充电,直到其两端电压等于电源 E,由电路理论有

$$u_C + iR = E$$

又

$$i = \frac{\mathrm{d}Q}{\mathrm{d}t} = C\frac{\mathrm{d}u_C}{\mathrm{d}t}$$

得充电过程中回路方程

$$\frac{\mathrm{d}u_C}{\mathrm{d}t} + \frac{1}{RC}u_C = \frac{1}{RC}E \qquad (4.23.1)$$

考虑到初始条件 $t=0$ 时,$u_C=0$,得到方程(4.23.1)的解

$$\begin{cases} u_C = E(1 - \mathrm{e}^{-t/RC}) \\ u_R = E\mathrm{e}^{-t/RC} \\ i = \dfrac{E}{R}\mathrm{e}^{-t/RC} \end{cases} \qquad (t \geqslant 0) \qquad (4.23.2)$$

下面具体地讨论一下上述结果.

　　(1) 由式(4.23.2)可知:当 $t=RC$ 时,
$$\begin{cases} u_C = E(1-\mathrm{e}^{-1}) = 0.632E \\ u_R = E\mathrm{e}^{-1} = 0.368E \\ i = 0.368\dfrac{E}{R} \end{cases}$$

　　这个计算结果表明,当充电的时间等于乘积 RC 时,电容器的电荷或电压都上升到最终值的 63.2%,充电电流或 R 的端电压都是减小到初始值的 36.8%.所以 RC 乘积的大小反映充电速度的快慢.通常用一个称为时间常数的符号 $\tau = RC$ 来代替(图 4.23.2).

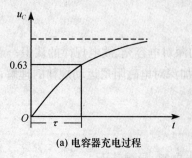
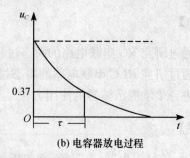

(a) 电容器充电过程　　　　　(b) 电容器放电过程

图 4.23.2 RC 电路充放电曲线

（2）设电容器被充电至最终电压（或电荷）值的一半时所需时间为 $T_{1/2}$，由式（4.23.2）得当 $t = T_{1/2}$ 时

$$u_C = E(1 - \mathrm{e}^{-T_{1/2}/\tau}) = \frac{1}{2}E$$

得

$$T_{1/2} = \tau \ln 2 = 0.693\tau$$

或

$$\tau = T_{1/2}/0.693 = 1.44 T_{1/2} \tag{4.23.3}$$

可见，在充电过程中，u_C 到达最终值的一半时间为 0.693τ. 对于实验来说，$T_{1/2}$ 较便于直接测量，这样再通过式（4.23.3）便可求得时间常数 τ.

注：当电容器 C 上电压 u_C 在放电时由 E 减少到 $E/2$ 时，相应经过的时间称为半衰期 $T_{1/2}$.

（3）虽然从理论上来说，t 为无穷大时，才有 $u_C = E$，即充电过程结束，但

$t = 4\tau$ 时，$u_C = E(1 - \mathrm{e}^{-4}) = 0.982E$

$t = 5\tau$ 时，$u_C = E(1 - \mathrm{e}^{-5}) = 0.993E$

所以 $t = 4 \sim 5\tau$ 时，可以认为实际上已充电完毕.

2）放电过程

当把开关 K_1 打向位置 2 时，电容 C 通过电阻 R 放电，回路方程为

$$\frac{\mathrm{d}u_C}{\mathrm{d}t} + \frac{1}{RC}u_C = 0 \tag{4.23.4}$$

结合初始条件 $t = 0$ 时，$u_C = E$，得到方程的解

$$\begin{cases} u_C = E\mathrm{e}^{-\frac{t}{\tau}} \\ u_R = -E\mathrm{e}^{-\frac{t}{\tau}} \\ i = -\dfrac{E}{R}\mathrm{e}^{-\frac{t}{\tau}} \end{cases}$$

放电过程中，电容器两端的放电电压按指数规律衰减到零，τ 也可由此曲线衰减到 $0.37E$ 所对应的时间来确定，放电曲线如图 4.23.2(b)所示.

3）RC 串联电路的暂态过程的观测

如图 4.23.3，电阻 R 与电容 C 串联接于内阻为 r 的方波信号发生器中，此时对 RC 电路而言相当于图 4.23.1 中开关 K 在 1 和 2 之间来回跳动，其周期即为方波信号的周期 T，RC 电路经历一系列的充放电过程. 用示波器观察电容 C 两端电压 u_C 的波形，就可得到图 4.23.4 所示的曲线.

在方波电压值为 U_0 的半个周期时间内，电源对电容 C 充电，在方波电压值为 0 的半个周期时间内，电容器的电荷通过电阻 $R + r$ 放电. 充放电过程如图 4.23.4 所示. 电容器上电压 u_C 随时间 t 的变化规律为

$$u_C = U_0 \left[1 - \mathrm{e}^{-\frac{t}{(R+r)C}}\right] \quad （充电过程） \tag{4.23.5}$$

$$u_C = U_0 \mathrm{e}^{-\frac{t}{(R+r)C}} \quad （放电过程） \tag{4.23.6}$$

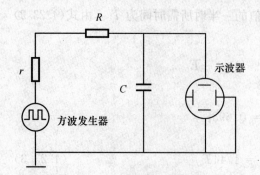
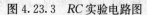

图 4.23.3　RC 实验电路图

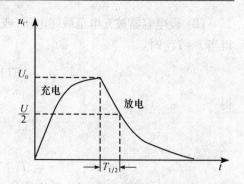

图 4.23.4　电容两端电压波形曲线

式中，$\tau=(R+r)C$，此时

$$T_{1/2} = (R+r)C\ln 2 = 0.693(R+r)C \tag{4.23.7}$$

2. RLC 串联电路的暂态过程（选做）

图 4.23.5 是一个 RLC 串联电路．在所示的电路中，先将 K 打向"1"电容充电；待稳定后再将 K 打向"2"，这称为 RLC 串联电路的放电过程，后者的电路方程为

$$LC \frac{\mathrm{d}^2 u_C}{\mathrm{d}t^2} + RC \frac{\mathrm{d}u_C}{\mathrm{d}t} + u_C = 0 \tag{4.23.8}$$

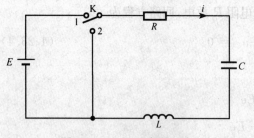

图 4.23.5　RLC 串联电路

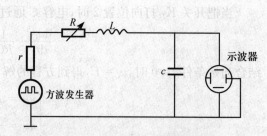

图 4.23.6　RLC 实验电路图

初始条件为 $t=0$，$u_C=E$，$\dfrac{\mathrm{d}u_C}{\mathrm{d}t}=0$，这样方程的解按 R 值的大小可分为三种情况：

1) $R<2\sqrt{L/C}$，为欠阻尼

$$u_C = \frac{1}{\sqrt{1-\dfrac{C}{4L}\cdot R^2}} E \cdot \mathrm{e}^{-\frac{t}{\tau}} \cos(\omega t + \phi)$$

式中，$\tau=\dfrac{2L}{R}$，$\omega=\dfrac{1}{\sqrt{LC}}\sqrt{1-\dfrac{C}{4L}\cdot R^2}$

2) $R>2\sqrt{L/C}$ 时，为过阻尼

$$u_C = \frac{1}{\sqrt{\dfrac{C}{4L}\cdot R^2-1}} \cdot E \cdot \mathrm{e}^{-\frac{t}{\tau}} \cdot \mathrm{sh}(\omega t + \phi)$$

式中，$\tau=\dfrac{2L}{R}$，$\omega=\dfrac{1}{\sqrt{LC}}\sqrt{\dfrac{C}{4L}\cdot R^2-1}$

3）$R=2\sqrt{L/C}$时，为临界阻尼

$$u_C = \left(1+\frac{t}{\tau}\right)E \cdot e^{-\frac{t}{\tau}}$$

图 4.23.7 为这三种情况下 u_C 的变化曲线，其中 1 为欠阻尼，2 为过阻尼，3 为临界阻尼.

如果当 $R\ll 2\sqrt{L/C}$时，则曲线 1 的振幅衰减很慢，能量的损耗较小. 能够在 L 与 C 之间不断变换，可近似为 LC 电路的自由振荡，这时 $\omega\approx\dfrac{1}{\sqrt{LC}}=\omega_0$，$\omega_0$ 为 $R=0$ 时 LC 回路的固有频率.

对于充电过程，与放电过程相类似，只是初始条件和最后平衡的位置不同. 图 4.23.8 给出了充电时不同阻尼的 u_C 变化曲线图，其中 1 为欠阻尼，2 为过阻尼，3 为临界阻尼.

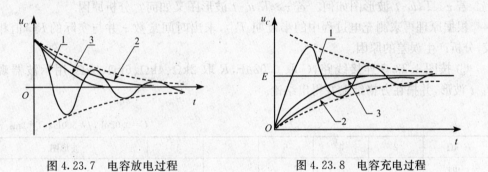

图 4.23.7　电容放电过程　　　　　　　图 4.23.8　电容充电过程

实验中将 RLC 串联电路直接接在信号发生器上（图 4.23.6），信号发生器采用方波输出，用示波器观察电容 C 两端电压 u_C 的波形，改变电阻 R 的阻值，就可得到图 4.23.9 所示的曲线.

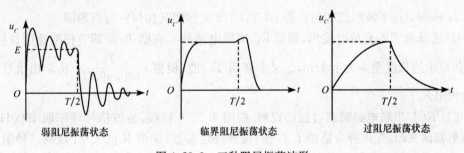

图 4.23.9　三种阻尼振荡波形

【实验内容】

（1）将信号源直接输入示波器，调节电压及大小，使方波占满屏坐标的整格数（作基准）.

（2）RC 串联电路瞬态过程的观测

① 按图 4.23.3 接线. 注意示波器的地线与信号发生器的地线必须接在一起. 信号发

生器选取"方波"信号.

② R 取 2kΩ 不变, C 取 $0.02\mu F$、$0.04\mu F$、$0.06\mu F$、$0.08\mu F$. 用示波器观察 u_C-t 波形, 并描在方格纸上并得出结论.

$R=2k\Omega, f=500Hz, T=2ms$

$C/\mu F$	0.02	0.04	0.06	0.08	0.10	波形图
τ/ms						
结论						

若 $\tau\ll T$, u_C-t 波形图如何? 若 $\tau\gg T$, u_C-t 波形图又如何? 分析原因.

根据原理再来测充电过程中的半衰期 $T_{1/2}$, 求出时间常数 τ 并与实际的 RC 值相比较, 分析产生误差的原因.

③ 按图 4.23.3 连接线路, C 取 $0.02\mu F$, R 取 2kΩ、4kΩ、6kΩ、8kΩ. 用示波器观察 U_R-t 波形, 并描在方格纸上并得出结论.

$C=0.02\mu F, f=500Hz, T=2ms$

$R/k\Omega$	2	4	6	8	10	波形图
τ/ms						
结论						

若 $\tau\ll T$, U_R-t 波形图如何? 若 $\tau\gg T$, U_R-t 波形图又如何? 分析原因.

④ 选择典型的充放电波形, 测量 RC 串联电路的半衰期 $T_{1/2}$. 调节扫描速度旋钮, 使 $T_{1/2}$ 值显示的长度至少大于 1cm, 记录半衰期 $T_{1/2}$ 值, 根据 $r=\dfrac{T_{1/2}}{0.693C}-R$ 求出信号发生器的内阻 r.

（3）RCL 串联电路瞬态过程的观测. 按图 4.23.6 接线, 方波信号频率取 1000Hz, 观察阻尼振荡波形. 先选择合适的 L、C 值, 根据选定参数, 调节 R 值大小. 观察三种阻尼振荡的波形, 如果欠阻尼时振荡的周期数较少, 则应重新调整 L、C 值.

【思考题】

（1）在 RC 电路中, 固定方波频率 f 而改变 R 的阻值, 为什么会有各种不同的波形? 若固定 R 而改变方波频率 f, 会得到类似的波形吗? 为什么?

（2）在 RLC 电路中, 若方波发生器的频率很高或很低, 能观察到阻尼振荡的波形吗? 如何由阻尼振荡的波形来测量 RLC 电路的振荡周期 T? 振荡周期 T 与角频率 ω 的关系会因方波频率的变化而发生变化吗?

实验 24　迈克耳孙干涉仪

迈克耳孙干涉仪是 1880 年美国物理学家迈克耳孙设计、制作的精密光学仪器. 迈克耳孙曾用该仪器做了三个闻名于世的实验：迈克耳孙-莫雷"以太漂移"实验、用光波波长标定标准米尺及推断光谱精细结构. 第一项实验解决了当时关于"以太"的争论，并为爱因斯坦发现相对论提供了实验依据. 第二项工作实现了长度单位的标准化，迈克耳孙发现镉红线（波长 $\lambda = 643.84696\text{nm}$）是一种理想的单色光，可以用它作为米尺的标准化基准，他定义 1m = 1 553 164.13 个镉红线波长，精度达到 10^{-9}m. 第三项工作是研究了光源干涉条纹可见度随光程差变化的规律，并依次推断光谱线的精细结构. 由于这些重大贡献，迈克耳孙于 1907 年获得诺贝尔物理学奖.

迈克耳孙干涉仪是光学实验中的重要仪器，它设计精巧、用途广泛，后人在此基础上发展出当今物理学、化学、生物学、医学都有许多重要应用的现代干涉仪器，如激光比长仪、傅里叶变换光谱仪等.

【实验目的】

（1）熟悉迈克耳孙干涉仪的原理；
（2）测定氦-氖激光的波长；

【实验仪器】

WSM-200(100)型迈克耳孙干涉仪一台，激光电源一个，手揿计数器一只，手持照明放大镜一个.

【实验原理】

1. 迈克耳孙干涉仪的结构

迈克耳孙干涉仪的结构如图 4.24.1 所示.

一个机械台面固定在较重的铸铁底座上，底座上有三个调节螺钉，用来调节台面的水平. 在台面上装有螺距为 1mm 的精密丝杠，丝杠的一端与齿轮系统相连接，转动粗调手轮 10 或微调手轮 9 都可使丝杠转动，从而使骑在丝杠上的反射镜 M_1 沿着导轨 6 移动，M_1 镜的位置及移动的距离可从装在台面一侧的毫米标尺（图中未画出）、读数窗 11 及微调手轮 9 上读出. 粗调手轮 10 分为 100 分格，它每转过 1 分格，M_1 镜就平移 0.01mm（由读数窗读出）. 微调手轮 9 每转一周，粗调手轮 10 随之转过 1 分格. 微调手轮又分为 100 倍，因此微调手轮转过 1 格，M_1 镜平移 10^{-4}mm，这样，最小读数可估计到 10^{-5}mm. M_2 是固定在镜台上的反射镜. M_1、M_2 二镜的后面各有三个螺丝 5，可调节镜面的倾斜度. M_2 镜台下面还有一个水平方向的拉簧螺丝 7 和一个垂直方向的拉簧螺丝 8，其松紧使 M_2 镜台产生一极小的形变，从而可以对 M_2 镜的倾斜度作更精细的

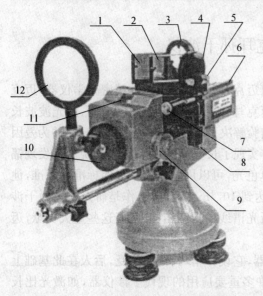

图 4.24.1　迈克耳孙干涉仪的结构图

1. 分光板 G_1；2. 补偿板 G_2；3. 动反射镜 M_1；4. 定反射镜 M_2；5. 反射镜调节螺丝；6. 导轨；7. 水平拉簧螺丝；8. 垂直拉簧螺丝；9. 微调手轮；10. 粗调手轮；11. 读数窗口；12. 观察屏

调节. 1 和 2 分别为分光板 G_1 和补偿板 G_2. M_1、M_2 二镜面都镀了银，G_1 的后表面上镀有一层薄薄的半反射银膜.

2. 迈克耳孙干涉仪的光路

迈克耳孙干涉仪的光路原理如图 4.24.2 所示. 从光源 S 发出的一束光经分光板 G_1 的半反半透分成两束光强近似相等的光束 1（反射光）和 2（透射光），由于 G_1 与反射镜 M_1 和 M_2 均成 $45°$ 角，所以反射光 1 近于垂直地入射到 M_1 后经反射沿原路返回，然后透过 G_1 而到达观察屏 E. 透射光 2 在透射过补偿板 G_2（其材料与厚度同 G_1 完全相同）后近于垂直地入射到 M_2 上，经反射也沿原路返回，在分光板后表面反射后到达 E 处，与光束 1 相遇而产生干涉. 由于 G_2 的补偿作用，使得两束光在玻璃中走的光程相等（光束 1 穿过 G_1 三次，光束 2 穿过 G_1

一次，穿过 G_2 两次，总共也是三次），因此计算两束光的光程差时，只需考虑两束光在空气中的几何路程的差. G_2 在产生单色光的干涉条纹时并不重要，但是用白光时却非此不可（补偿 G_1 的色散）. 简化光路图如图 4.24.3 所示.

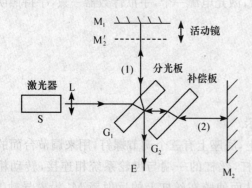

图 4.24.2　迈克耳孙干涉仪原理图

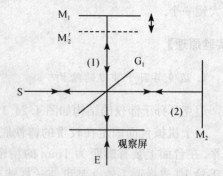

图 4.24.3　迈克耳孙干涉仪简化光路图

从观察位置 E 处向分光板 G_1 看去，除直接看到 M_1 外还可以看到 M_2 被分光板反射的像 M_2'. 在 E 处看来两束光好像是 M_1 和 M_2' 反射来的. 因此干涉仪所产生的干涉条纹和由平面 M_1 与 M_2' 之间的空气薄膜所产生的干涉条纹是完全一样的. 这里 M_2' 仅是 M_2 的像，M_1 与 M_2' 之间所夹的空气层形状可以任意调节. 如使 M_1 与 M_2' 平行（夹层为空气平板）、不平行（夹层为空气劈尖）、相交（夹层为对顶劈尖）、甚至完全重合. 这为讨论干涉现象提供了极大的方便，这也是本仪器的长处之一. 长处之二是迈克耳孙干涉仪光路中把两束相干光相互分离得很远,这样就可以在任一支光路里放进被研究的东西(最好放在光路 2 里,因为 M_1 的位置是可调的).通过干涉图像的变化可以研究物质的某些物理特性,如气体折射率等,也可以测透明薄板的厚度.

3. 迈克耳孙干涉仪测量光的波长的原理

由上分析,干涉条纹的形状取决于空气层两表面的相对位置,有圆、直线等.当调节 M_1 和 M_2 垂直,则 M_1 和 M_2' 互相平行,得到一系列等倾干涉的同心圆.

薄膜干涉光程差的一般公式是

$$\Delta = 2d\sqrt{n_2^2 - n_1^2 \sin^2 i} + \frac{\lambda}{2}$$

式中,n_1 和 n_2 分别为薄膜内外介质的折射率,d 为薄膜的厚度,i 为入射角,$\lambda/2$ 是光束在上下表面反射时由半波损失所引起的附加光程差.

在本实验中,由于 M_1 和 M_2' 两表面内外的介质都是空气,所以 $n_1 = n_2 = 1$,又因都是在镜面反射,不存在附加光程差,故光程差的公式可写为

$$\Delta = 2d\cos i$$

上式表明,当 M_1 和 M_2' 间的距离 d 一定时,如图 4.24.4 所示,所有倾角相同的光束具有相同的光程差,它们将在无限远处形成干涉条纹.若用透镜会聚光束,则干涉条纹将形成在透镜的焦平面上.这种干涉条纹为等倾干涉条纹,其形状为明暗相间的同心圆.

根据光的干涉,第 K 级亮条纹形成的条件为

$$\Delta = 2d\cos i = K\lambda \quad (K = 1, 2, 3, \cdots)$$

第 K 级暗条纹形成的条件为

$$\Delta = 2d\cos i = \left(K + \frac{1}{2}\right)\lambda \quad (K = 0, 1, 2, \cdots)$$

在实验中,我们要求调节到 M_1 和 M_2' 互相平行(即 M_1 和 M_2 垂直),这样可在视场中得到一系列等倾干涉的圆环状干涉条纹.

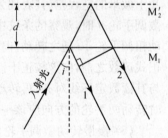

图 4.24.4　等倾干涉

干涉条纹的位置取决于光程差,只要光程差有微小的变化,干涉条纹就将发生可鉴别的移动.对于视场中心(圆心),$i = 0$,所以,$\cos i = 1$,当中心是一亮点时,则亮点的级次 K 满足 $\Delta = 2d\cos i = 2d = K\lambda$.即

$$K = \frac{2d}{\lambda} \tag{4.24.1}$$

当移动 M_1 使 d 增大(M_1 和 M_2' 的距离增大),每平移 $\lambda/2$ 距离时,则干涉条纹的中心级次增加,在视场中就可以看到干涉条纹环由中心"冒"出来.若连续增加 d,则可看到干涉圆环一个一个地从中心"冒"出来.反之,当移动 M_1 使 d 减小时,干涉圆环就会一个一个地向中心"缩"进去.每"冒"出或"缩"进一个条纹时,d 就增加或减小了 $\lambda/2$ 的距离.若实验中"冒"出或"缩"进 N 个条纹,则

$$\Delta d = N\frac{\lambda}{2} \tag{4.24.2}$$

因此,测量时,转动微调手轮,使 M_1 镜移动,记录视场中心"冒"出(或"缩"进)干涉圆环的数目 N(数 200),由式(4.24.2)可求得波长

$$\lambda = \frac{2\Delta d}{N} \tag{4.24.3}$$

【实验内容】

(1) 见图 4.6.1,将定反射镜 M_2 的两只拉簧螺丝(7 和 8)旋在中间位置,以便实验中有调节余地.调节反射镜 M_1 和 M_2 后的六个镜面调节螺丝 5,使其不要过松或过紧.调节粗调手轮 10,使两个反射镜 M_1、M_2 到 G_1 的距离基本相等.

(2) 打开激光电源,调节激光束使其和 M_2 基本垂直.

(3) 取下观察屏,透过分束板可以看到两组光点,调整反射镜 M_2 后的三个螺丝(有时还略需调节 M_1 后的三个螺丝),使两组光点中最亮的两个光点重合(注意调节各螺丝时动作要轻,不要过紧或过松,严禁旋入死角),这时,M_1 和 M_2 大致是互相垂直了.

(4) 装上观察屏,这时可以观察到干涉条纹,必要时还可轻微调节 M_1 和 M_2 后的六个镜面调节螺丝,使 M_1 严格与 M_2 垂直.最后略微调节 M_2 的两只拉簧螺丝,使干涉圆环圆心至观察屏中心位置,旋转微调手轮 9 观察条纹变化.

由于迈克耳孙干涉仪的拖板(上装有动反射镜 M_1)移动方向发生改变时,存在着约几十微米的空程差(其表现为实验中改变微调手轮 9 时,拖板最初并没有移动,此时,旋转微调手轮 9 时,观察的条纹中心圆并无往里缩或往外冒的现象);另外微调手轮 9 可以带动粗调手轮 10 随之转动,但粗调手轮并不能带动微调手轮随之转动.所以在实验中进行正式读数之前,应该校正干涉仪的读数装置.校正方法是首先将微调手轮 9 的"0"刻度值与其读数定标线对齐,再转动粗调手轮 10 使任一分格线与其读数定标线对齐.注意校正时转动两手轮的方向应该一致,且与实验中动反射镜将要移动的方向对应.

(5) 慢慢转动微调手轮,使前后移动,可观察到圆形干涉条纹中心一个一个地"冒"出来(或向里面"缩"进去),反复练习,并注意体会空程差,待操作熟练后开始测量.记下初始读数 d_1,转动微调手轮,每当"冒"(或"缩")200 个圆环时记下 d_2,连续测量 3 次(注意测量时必须沿同一方向旋转微调手轮,不得中途倒退,以防止空程差),记录在数据表格 4.24.1 中,同时记下条纹粗细和疏密的变化情况.

【实验数据记录及处理】

表 4.24.1 测激光的波长

半导体激光器的波长 $\lambda_0 = $ _____ Å

次 数	N/个	d_1/mm	d_2/mm	$\Delta d = \lvert d_2 - d_1 \rvert$ /mm	$\lambda = \dfrac{2\Delta d}{N}$/Å	$\bar{\lambda}$/Å
1	200					
2	200					
3	200					

计算波长百分误差:$E_\lambda = \dfrac{\lvert \lambda_0 - \bar{\lambda} \rvert}{\lambda_0} \times 100\% = $ _____.

【实验注意事项】

(1) 手不要触摸光学镜面,绝对不能动两块平行玻璃板(分光板 G_1 和补偿板 G_2).

(2) 实验结束后,应将 M_1 和 M_2 的各调节螺丝及反射镜 M_2 的两只拉簧螺丝都放松,以免弹簧长期形变,失去弹性.

(3) 在调节和测量过程中,一定要非常细心和耐心,转动手轮时要缓慢、均匀.

(4) 在用 He-Ne 激光器测波长时,M_1 镜的位置应保持在 30~60mm 范围内.

(5) 为了测量读数准确,使用干涉仪前必须对读数系统进行校正.

【思考题】

(1) 测波长时,微调手轮始终只能朝一个方向转动,为什么?

(2) 为什么 M_1 与 M_2' 必须完全平行时,才能见到一组同心的圆形干涉条纹? 如果 M_1 与 M_2' 不平行,将出现什么样的干涉条纹?

实验 25　利用单缝衍射测量光波波长

光的衍射现象是光的波动性的重要特征之一,衍射现象是指光(或其他波动)在传播过程中遇到障碍物,会偏离直线传播规律进入几何阴影区,并且在几何阴影区附近出现光强度不均匀分布的现象. 研究光的衍射,不仅有助于加深对光的本性的理解,同时也有助于进一步学习近代光学实验技术,如光谱分析、晶体分析、全息技术、光信息处理等.

【实验目的】

(1) 观察单缝的夫琅禾费衍射现象及其随单缝宽度变化的规律,加深对光的衍射理论的理解;

(2) 学习调节光路,测定入射光波长.

【实验仪器】

光具座一套,He-Ne 激光器一台,凸透镜二个,狭缝二个,测微目镜一台.

【实验原理】

夫琅禾费衍射是平行光的衍射,即要求光源及接收屏到衍射屏的距离都是无限远(或相当于无限远). 在实验中,它可借助两个透镜来实现,如图 4.25.1 所示.

位于透镜 L_1 的前焦面上的单色狭缝光源 S,经 L_1 后变成平行光,垂直照射在狭缝上,通过狭缝衍射后在透镜 L_2 的后焦面上,呈现出单缝的衍射图像,它是一组平行于狭缝的明暗相间的条纹. 与光轴平行的衍射光束会聚于屏上 P_0 处,是中央亮纹的中心,与光轴成 θ 角的衍射光束则会聚于 P_θ 处,P_θ 处条纹的明暗取决于光程差 δ,根据菲涅耳半波带法可得

$$\delta = a \cdot \sin\theta = 0 \quad \text{中央亮纹的中心;}$$

$$\delta = a \cdot \sin\theta = (2n+1)\frac{\lambda}{2} \quad \text{为亮纹;}$$

$$\delta = a \cdot \sin\theta = n\lambda \quad \text{为暗纹;} n = 1,2,3,\cdots$$

式中,a 为狭缝宽度,θ 为衍射光与主光轴的夹角——衍射角.

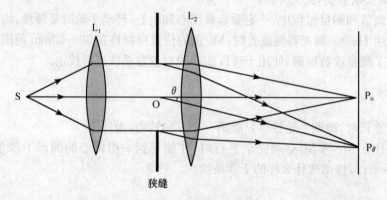

图 4.25.1　单缝衍射光路图

在实验中,我们若能测出缝宽 a 和 n 级暗纹的衍射角 θ,就可以测得入射光的波长.缝宽 a 可通过读数显微镜测得,衍射角的测量要求使用测微目镜来观察.

如图 4.25.2 所示,测微目镜放于衍射条纹处,D 为狭缝到测微目镜的距离,X_n 是第 n 级暗纹到中央亮纹的间距,当 $X_n \ll D$ 时,θ 很小,则

$$\theta \approx \sin\theta \approx \tan\theta = \frac{X_n}{D} \tag{4.25.1}$$

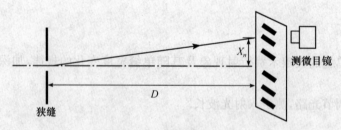

图 4.25.2　单缝衍射实验图

为减小误差,实验中,我们要求用测微目镜观测从左边第 n 级暗纹到右边第 n 级暗纹的距离 $2X_n$,即

$$\theta \approx \sin\theta \approx \tan\theta = \frac{2X_n}{2D} \tag{4.25.2}$$

根据第 n 级暗纹的条件,可得

$$\lambda = \frac{a\sin\theta}{n} = \frac{2X_n}{2D} \frac{a}{n} \tag{4.25.3}$$

本实验使用 He-Ne 激光作光源,因为 He-Ne 激光束具有良好的方向性(远场发散角为 1mrad 左右),光束细锐,能量集中,如果将观察屏放置在距离单缝较远处,即 D 远大于 a,故聚焦透镜 L_2 可省略.

【实验内容】

(1) 将仪器按图 4.25.3 的位置放好,调节光源、透镜、单缝、测微目镜,使各元件等高同轴,且光轴平行于光具座,满足远场衍射条件.

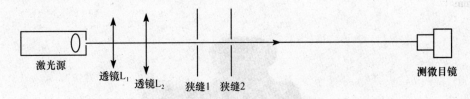

图 4.25.3　单缝衍射实验装置图

实验中,两个透镜的作用是把入射光调成平行光.狭缝 1 水平放置,作用是减弱光强;狭缝 2 竖直放置,作用是控制衍射条纹.

(2) 在激光器光阑上旋上扩束镜,调整两个透镜的位置,使平行光入射单缝.调整缝宽,使测微目镜中观察到清晰的衍射条纹.左右移动测微目镜,观察中央明纹左右两侧的衍射条纹,两侧至少有三条清晰的暗纹.

(3) 调节测微目镜的鼓轮,观测暗纹间距.测微目镜的使用方法见附录.从左至右,依次记录左边第 3、2、1,右边第 1、2、3 级暗纹的位置于表 4.25.1 中,算出 $2X_1,2X_2,2X_3$.

(4) 测出单缝到测微目镜焦平面的间距 D(D 要求在 40cm 左右),重复测量三次,取平均值.

(5) 用读数显微镜测量狭缝 2 的宽度 a,测量三次取平均值.

(6) 根据公式计算入射光的波长 λ.

【实验数据记录及处理】

表 4.25.1

条纹级数 n	3	2	1	测量次数	距离 D/cm	缝宽 a/mm
$X_{n左}$/mm				1		
$X_{n右}$/mm				2		
$2X_n=X_{n左}-X_{n右}$/mm				3		
$K=\dfrac{2X_n}{2n}$/mm				平均值		
$\overline{K}$/mm				$\overline{\lambda}=\overline{K}\cdot\dfrac{\overline{a}}{D}=$		

【思考题】

(1) 什么叫夫琅禾费衍射? 用 He-Ne 激光作光源的实验装置是否满足夫琅禾费衍射条件,为什么?

(2) 当缝宽增加 1 倍时,衍射图像的光强和条纹宽度将会怎样改变? 如缝宽减半,又怎样改变?

附:测微目镜简介

测微目镜通常用于观察显微图像,其结构如图 4.25.4 所示.转动读数鼓轮时,推动分划板,即移动竖丝和叉丝.读数鼓轮转一周,竖丝和叉丝在刻度尺上移动 1 格(1mm),即读数鼓轮上的最小刻度为 0.01mm.

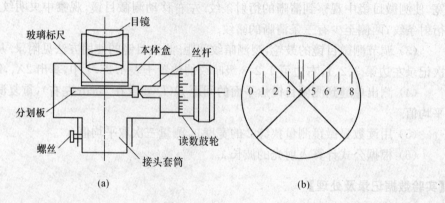

玻璃标尺　　目镜　　本体盒　　丝杆

分划板

螺丝　　读数鼓轮

接头套筒

0 1 2 3 4 5 6 7 8

(a)　　　　　　　　　　　　　(b)

图 4.25.4

测微目镜的读数方法与螺旋测微计相似,实验时将叉丝中心和竖丝与要测量的暗纹重合,先从目镜中观测叉丝的位置,读出刻度,取整数;然后读出读数鼓轮上的刻度,先整数后小数,即为暗纹所在的位置读数.

测微目镜是精密贵重仪器,使用时应注意:

(1) 叉丝只能在视场中部移动,禁忌移出标尺刻度以外;

(2) 转动读数鼓轮时轻、慢,不可急速转动,用力过猛.

实验 26　光 栅 衍 射

衍射光栅简称光栅,是利用多缝衍射原理使光发生色散的一种光学元件.最常用的光栅是由大量等宽、等间距、紧密排列的平行狭缝组成的,通常分为透射光栅和平面反射光栅.透射光栅是用金刚石刻刀在精制的平面玻璃上刻许多等间距平行线制成的,刻痕处因散射而不透光,两刻痕之间相当于透光狭缝.而平面反射光栅则是在磨成镜面的硬质合金表面(或涂有金属层的平面反射镜)上刻许多等间距平行线. 20 世纪 60 年代以来,随着激光技术的发展又制造出了全息光栅. 由于光栅衍射条纹狭窄细锐,分辨本领比棱镜高,所以常用光栅作摄谱仪、单色仪等光学仪器的分光元件,用来测定谱线波长、研究光谱的结构和强度等. 另外,光栅衍射原理也是晶体 X 射线结构分析、近代频谱分析、光学计量、光通信及光学信息处理的基础.

本实验主要介绍用衍射光栅测定光栅常数和光谱线波长的原理与方法. 分光计的调整与使用方法在第 3 章实验 17 中已作过详细介绍,这里不再重复. 实验中使用的光栅是用全息照相技术拍摄的全息透射光栅,光栅表面污染后很难清洗,使用时应当特别注意保护.

【实验目的】

(1) 进一步掌握分光计的构造、使用和调节方法;

(2) 观察水银灯的光线垂直照射光栅时的衍射现象,加深对光栅衍射理论的理解;

(3) 学会测定光栅常数和水银灯光谱线的波长.

【实验仪器】

JJY-1 型分光计一台,光栅及架一个,汞灯一台(共用),水准仪一个,照明小灯一个.

【实验原理】

如图 4.26.1 所示,b 为光栅刻痕宽度,光射到它上面向四处散射而透不过去,两刻痕之间宽度 a 相当于透光狭缝,$d=a+b$ 为相邻两狭缝上相应两点之间的距离,称为光栅常数,它是光栅的基本参数之一. 光栅常数 d 的倒数 $1/d$ 为光栅密度,用 N 来表示,即光栅的单位长度上的条纹数,如某光栅密度为 1000 条/mm,即每毫米上刻有 1000 条刻痕.

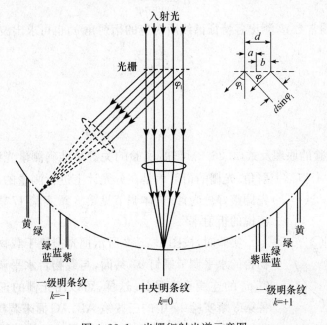

图 4.26.1　光栅衍射光谱示意图

根据夫琅禾费衍射理论,当波长为 λ 的平行光垂直投射到光栅上,通过每个狭缝的光都要产生衍射,若在光栅后面放置一汇聚透镜,所有的衍射光通过透镜后将相互干涉,所以光栅的衍射条纹是单缝衍射和多缝干涉的总效果.

对于衍射角为 φ 的衍射光波,相邻两缝对应点射出的光束的光程差为

$$\Delta = (a+b)\sin\varphi = d\sin\varphi \tag{4.26.1}$$

当 φ 满足

$$d\sin\varphi = k\lambda, \quad k = 0, \pm 1, \pm 2, \cdots \tag{4.26.2}$$

即光程差等于波长的整数倍时,该方向上的衍射光将相干相长,出现明纹.式(4.26.2)称为光栅方程,其中 k 为明纹级数,$k=0,\pm 1,\pm 2,\cdots$ 所对应的条纹分别称为中央(零级)极大,正、负第一级极大,正、负第二级极大…·.当衍射角 φ 不满足光栅方程时,衍射光或者相互抵消,或者强度很弱,几乎成为一片暗背景.

当平行光以入射角 i(光栅法线与入射光的夹角)射到光栅时,光栅方程应该写为

$$d(\sin\varphi \pm \sin i) = k\lambda, \quad k = 0, \pm 1, \pm 2, \cdots \tag{4.26.3}$$

入射光与衍射光在光栅法线同侧时,上式中 $\sin i$ 前取正号;否则取负号.

如果入射光是复色光,除了在中央 $k=0$(零级明条纹)处仍为入射的复色光外,不同波长的同一级谱线将对应不同的衍射角 φ.因此,在透镜焦平面上将出现按波长大小次序排列成一组彩色的谱线(图 4.26.1),称为光栅光谱.本实验用低压汞灯作光源,每一级光谱中有四条特征谱线:绿色 $\lambda_{绿} = 546.1\text{nm}$、紫色 $\lambda_{蓝紫} = 435.8\text{nm}$、黄色两条 $\lambda_{黄内} = 577.0\text{nm}$ 和 $\lambda_{黄外} = 579.1\text{nm}$.

根据光栅方程,若已知入射光的波长 λ,测出该波长第 k 级谱线的衍射角 φ,即可求出光栅常数 d,即

$$d = \frac{k\lambda}{\sin\varphi} \tag{4.26.4}$$

反之,若已知光栅常数 d,测出各特征谱线所对应的衍射角 φ,也可求出波长 λ,即

$$\lambda = \frac{d\sin\varphi}{k} \tag{4.26.5}$$

【实验内容】

1. 调节分光计

根据这次实验的原理及式(4.26.2)可知,实验的关键是准确测量光线通过光栅的衍射角.光栅的衍射角是在分光计上进行测量的,因此,实验要首先调整好分光计.具体调节见第 3 章实验 17"用分光计测量三棱镜的折射率".

实验时,按图 4.26.2 所示把光栅置于载物台上,光栅与载物台的水平调节螺钉 a_3 共面,与载物台水平调节螺钉 a_1 和螺钉 a_2 的连线垂直平分.这样,可以用光栅的正、反两面分别代替第 3 章实验 17 中的三棱镜 AB、AC 面来调整分光计.

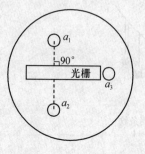

图 4.26.2　光栅放置

注意:由于复制光栅上加了保护底片药膜玻璃片,药膜玻

璃片与光栅面不一定完全平行,所以用复制光栅作反射面时,往往会出现多个亮十字反射像,遇到该情况,以较亮者为准.分光计一旦调整好后,望远镜及平行光管的各调节螺钉就不能再作任何调整.

2. 调节衍射光栅

(1) 平行光管射出的平行光(即入射光)垂直射到光栅表面,将平行光管的竖直狭缝均匀照亮.先转动望远镜对准平行光管,使望远镜内的竖线准线与狭缝像重合(即平行光管与望远镜同轴),然后锁紧望远镜.打开阿贝目镜小灯照亮望远镜的绿十字窗口,被光栅平面反射的亮十字应出现在分划板上.转动游标盘(载物台)并调节螺钉 a_1 或 a_2(不可拧动望远镜下的调节水平螺钉!),使亮十字像与分划板上方的十字线重合(注意不可调节望远镜,光栅也无需转过 $180°$),此时光栅平面与望远镜光轴相垂直,当然也与平行光管光轴相垂直了.

注意:光栅调好后,游标盘(连同载物台)应该固定,放松望远镜的固定螺钉.测量时,只能转动望远镜(连同刻度盘),不再转动和碰动光栅.

(2) 平行光管狭缝与光栅刻痕平行.松开并转动望远镜,观察汞灯的衍射光谱,中央明纹为白色,望远镜转至左右两侧时,均可看到四条彩色谱线.谱线应与竖线准线平行,高度均应被中心水平准线所平分,此时的谱线应在同一水平面内.否则应调节图 4.8.2 中的螺钉 a_3,直到中央明纹两侧的衍射光谱在同一水平面上为止,以保证光栅刻痕不倾斜.但要注意,调节后有可能会影响光栅平面与分光计中心轴的平行,所以要用望远镜复查上一步的十字重合,直至两个条件都满足为止.

(3) 调节平行光管狭缝宽度,以能够分辨出两条紧靠的黄色谱线为准.

3. 测定光栅常数(数据填入表 4.26.1)

(1) 转动望远镜,看能否在分光计的左右两边都能看到一级和二级的光谱线,谱线宽度是否适宜精确测量(一般谱线宽度 1mm 左右较为合适).如果光谱带看不全,可以把分光计作为一个整体稍微移动一下,让狭缝更好地对准汞灯,此时光谱最为丰满;如果谱线宽度不适中,适当调节狭缝宽度.

(2) 转动望远镜,使叉丝竖线与 $k=0$ 级中央亮条纹中心重合,分别读出左右两游标读数.

注意:照明小灯是用来帮助读数的,若黑十字叉丝背景太暗看不清,也可把它放在望远镜物镜前,以照亮分划板.

(3) 转动望远镜,使叉丝竖线依次对准衍射级次 $k=\pm1,\pm2$ 的绿色明条纹,每对准一次就记录一次望远镜所在位置的左右两个游标读数.

(4) 计算绿光各级次的衍射角,利用已知谱线(绿色光谱线)的波长($\lambda=546.1\text{nm}$),根据式(4.26.4)求出光栅常数 d.

4. 测定汞灯蓝紫光的波长

(1) 转动望远镜,使叉丝竖线依次对准衍射级次 $k=\pm1,\pm2$ 的蓝紫色明条纹,每对准一次就记录一次望远镜所在位置的左右两个游标读数.

（2）计算蓝紫光各级次的衍射角，利用前面测得的光栅常数 d 代入式(4.26.5)求出未知谱线（蓝紫色光谱线）的波长 λ，计算对于标准值的相对误差.

【实验数据记录及处理】

表 4.26.1　测定光栅常数 d

条纹级数	游标读数		衍射角度 φ			同级 φ 的平均值	$\sin\varphi$	已知波长	d	$\bar{d}$
	左边	右边	左边	右边	平均值					
$K=0$			——	——						
$K=+1$										
$K=-1$								5461Å		
$K=+2$										
$K=-2$										

表 4.26.2　测定水银灯紫色谱线的波长 λ

条纹级数	游标读数		衍射角度 φ			同级 φ 的平均值	$\sin\varphi$	测得的 $\bar{d}$	λ	$\bar{\lambda}$
	左边	右边	左边	右边	平均值					
$K=0$			——	——						
$K=+1$										
$K=-1$										
$K=+2$										
$K=-2$										

【思考题】

（1）本实验对分光仪的调整有何特殊要求？如何调节才能满足测量要求？

（2）分析光栅光谱和棱镜光谱的主要区别.

（3）如果光波波长都是未知的，能否用光栅测其波长？

（4）当用波长为 589.3nm 的钠黄光垂直照射到每毫米具有 500 条刻痕的平面透射光栅上时，最多能观察到第几级谱线？

实验 27　弗兰克-赫兹实验

　　1913 年玻尔发展了原子模型理论，提出了原子能级的存在. 光谱学的研究证明了原子能级的存在，原子光谱中的每根谱线都相应表示了原子从某一较高能态向另一较低能态跃迁时的辐射. 然而，原子能级的存在除了可由光谱研究推得外，1914 年德国物理学家弗兰克和赫兹用慢电子与稀薄气体原子碰撞的方法，使原子从低能级激发到高能级. 通过测量电子和原子碰撞时交换某一定值的能量，观察测量到了氩的激发电位和电离电位，直接证明了原子内部量子化能级的存在，也证明了原子发生跃迁时吸收和发射能量是完全正确的、不连续的，为早一年玻尔发表的原子结构理论的假说提供了有力的实验证据. 他们因此而分享了 1925 年诺贝尔物理学奖. 其实验方法至今仍是探索原子结构的重要手段之一.

【实验目的】

（1）了解弗兰克-赫兹实验的原理和方法，测定氩的第一激发电位，验证原子能级的存在；

（2）分析灯丝电压、拒斥电压等因素对 F-H 实验曲线的影响．

【实验仪器】

弗兰克-赫兹实验仪，双踪示波器．

【实验原理】

根据玻尔的原子模型理论，原子是由原子核和以核为中心沿各种不同轨道运动的一些电子构成的．对于不同的原子，这些轨道上的电子数分布各不相同．一定轨道上的电子具有一定的能量，能量最低的状态称为基态，能量较高的状态称为激发态，能量最低的激发态称第一激发态．当同一原子的电子从低能量的轨道跃迁到较高能量的轨道时，原子就处于受激状态．但是原子所处的能量状态并不是任意的，而是受到玻尔理论的两个基本假设的制约：

（1）原子的量子化定态假设：原子只能较长久地停留在一些不连续的稳定状态（简称定态）．原子在这些状态时，既不发射也不吸收能量，各定态具有的能量数值是彼此分隔的．原子的能量不论通过什么方式改变，它只能使原子从一个定态跃迁到另一个定态．

（2）辐射的频率法则：原子从一个定态跃迁到另一个定态而发射或吸收辐射能量时，辐射的频率是一定的．如果用 E_m 和 E_n 代表有关两定态的能量，辐射的频率 ν 决定于如下关系

$$h\nu = E_n - E_m \tag{4.27.1}$$

式中，h 为普朗克常量．

原子状态的改变通常在两种情况下发生，一是当原子本身吸收或放出电磁辐射时，二是当原子与其他粒子发生碰撞而交换能量时．能够控制原子所处状态的最方便的方法是用电子轰击原子，电子的动能可通过改变加速电压的方法加以调节．

由玻尔理论可知，处于基态的原子发生状态改变时，其所需的能量不能小于该原子从基态跃迁到第一激发态时所需的能量，这一能量称为临界能量．当电子与原子碰撞时，如果电子能量小于临界能量，则发生弹性碰撞，电子碰撞前后的能量几乎不变，而只改变运动方向；若电子能量大于临界能量，则发生非弹性碰撞．这时，电子给予原子以跃迁到第一激发态时所需要的能量，其余的能量仍由电子保留．

电子被加速后获得能量 eU，e 是电子电量，U 是加速电压．当 U 值小时，电子与原子只能发生弹性碰撞；当电位差为 U_g 时，电子具有能量 eU_g 恰好使原子从正常状态跃迁到第一激发状态，U_g 就称为第一激发电势．继续增加电势差 U 时，电子的能量就逐渐上升到足以使原子跃迁到更高的激发态（第二，第三，……），最后电势差达到某一值 U_i 时，电子的能量刚好足以使原子电离，U_i 就称为电离电势．

一般情况下原子在激发态所处的时间不会太长，短时间后会回到基态，并以电磁辐射

的形式释放出所获得的能量.电磁辐射的频率 ν 满足

$$h\nu = eU_0 \qquad\qquad (4.27.2)$$

式中,U_0 为原子的第一激发电势.所以当电子的能量等于或大于第一激发能时,原子就开始发光.

弗兰克-赫兹实验最初的仪器原理图如图 4.27.1 所示.在充氩的弗兰克-赫兹管中,电子由热阴极发出,并由热阴极 K 和栅极 G 之间的加速(栅极)电压 U_{GK} 使电子加速.在阳极 A 和栅极 G 之间加有反向拒斥电压 U_{AG},用以阻碍电子从栅极飞向阳极.如果忽略空间电荷,管内空间电势分布如图 4.27.2 所示.

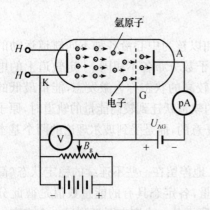

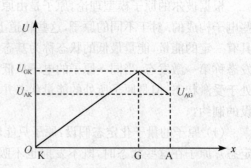

图 4.27.1　弗兰克-赫兹实验仪器原理图　　　图 4.27.2　管内空间电势分布曲线

当电子通过 KG 空间进入 GA 空间时,如果具有的能量较大($\geqslant eU_{AG}$),就能冲过反向拒斥电场而达到阳极形成阳极电流,由微电流计 pA 测出.如果电子在 KG 空间与氩原子碰撞,把一部分能量传递给氩原子而使其激发,电子本身所剩余的能量就很小,以致通过栅极后已不足以克服拒斥电场而被折回到栅极.这时通过微电流计的电流就将显著减小.

实验时,使 KG 间的加速电压 U_{GK} 逐渐增加,并仔细观察微电流计的电流变化.如果原子能级确实存在,而且基态与第一激发态之间有确定的能量差,就能观察到如图 4.27.3 所示的阳极电流 I_A 和加速电压 U_{GK} 之间的关系曲线.该曲线反映了氩原子在 KG 空间与电子交换能量的情况.当 KG 空间电压逐渐增加时,电子在 KG 空间被加速而取得越来越大的能量,但起始阶段,由于电压较低,电子的能量较小,即使在运动过程中与原子相碰撞也只有微小的能量交换(作弹性碰撞).这样,穿过栅极的电子所形成的阳极电流 I_A 将随栅极电压 U_{GK} 的增加而增大(如图 4.27.3 的 Oa 段).当 KG 空间的电压达到氩原子的第一激发电势 U_0 时,电子在栅极附近与氩原子相碰撞,将自己从加速电场中获得的全部能量传递给氩原子,并使氩原子从基态激发到第一激发态,而电子本身由于把全部能量传递给了氩原子,它即使穿过了栅极也不能克服反向拒斥电场而被折

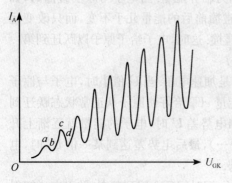

图 4.27.3　I_A-U_{GK} 曲线

回栅极,所以阳极电流 I_A 将显著减小(如图 4.27.3 的 ab 段).随着栅极电压 U_{GK} 的继续增加,电子的能量也随之增加,这就可以克服反向拒斥电场而达到阳极 A,这时电流又开始上升(如图 4.27.3 的 bc 段).直到 KG 间电压是两倍氩原子的第一激发电位 U_0 时,电子在 KG 间又会因为第二次非弹性碰撞而失去能量,因而又造成第二次阳极电流的下降(如图 4.27.3 的 cd 段).同理,凡是当 $U_{GK}=nU_0(n=1,2,3,\cdots)$ 时,阳极电流 I_A 都会相应下跌,形成图 4.27.3 所示那样规则变化的 $I_A \sim U_{GK}$ 曲线.而两相邻的阳极电流 I_A 下降处相对应的 U_{GK} 之差,即是氩原子的第一激发电位.

本实验就是要通过实际测量来证实原子能级的存在,并测定出待测气体原子的第一激发电位 U_0.

如果弗兰克-赫兹管中充以不同的元素,则各元素的第一激发电位见表 4.27.1.

表 4.27.1　几种元素的第一激发电位

元素	氦(He)	氖(Ne)	氩(Ar)	钠(Na)	钾(K)	锂(Li)	镁(Mg)	汞(Hg)
U_0/V	21.2	16.8	11.8	2.12	1.63	1.84	2.72	4.9

以上实验也可在弗兰克-赫兹管的阴极附近加一个控制栅极 G_1,将其改为四极管,原有靠近板极 A 的栅极标作 G_2,如图 4.27.4 所示.控制栅极 G_1 的作用是消除电子在阴极附近的堆积效应,从而控制电子流的大小.

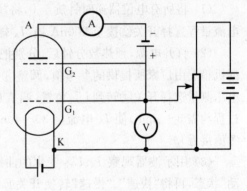

图 4.27.4

【仪器介绍】

弗兰克-赫兹实验仪采用充氩气的四极管做成的弗兰克-赫兹管.仪器面板结构如图 4.27.5 所示.面板结构图说明:

① 弗兰克-赫兹管阳极电流 I_A 指示,电流单位 nA;

② 电流表量程转换,有 20nA、200nA、2KnA 三挡电流的量程可选择;

③ 电压指示,可与右边的电压测量选择开关配合使用,以分别显示 U_{G2}、U_{G1}、U_P、U_f 各挡电压;

④ 电压测量选择开关;

⑤ 电源开关;

⑥ 灯丝电压 U_f 调节旋钮;

⑦ 阳极电压 U_P 调节旋钮;

⑧ 第一栅极电压 U_{G1} 调节旋钮;

⑨ 第二栅极电压 U_{G2} 调节旋钮;

⑩ 自动扫描时的"快速"和"慢速"转换;

⑪ "手动"、"自动"选择开关;

⑫ 阳极电流 I_A 信号输出插口,信号幅度为 $0\sim3V$,用示波器观察时接示波器"Y"插口;

⑬ 第二栅极电压 U_{G2} 信号输出插口,信号幅度为 $0\sim3V$,用示波器观察时接示波器

"X"插口.

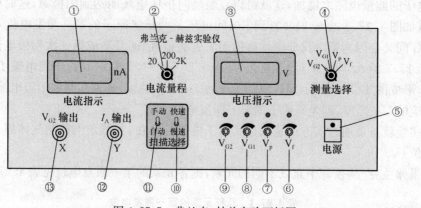

图 4.27.5　弗兰克-赫兹实验面板图

【实验内容】

(1) 将所有电位器逆时针旋至 0,将"手动"、"自动"选择开关⑪拨到"手动"状态,I_A 电流量程选择开关②拨至 200nA 挡. I_A 输出⑫接示波器.

(2) 打开电源,预热数分钟后,分别把电压测量选择开关④转到 U_{G1}、U_p 等位置,再根据机箱上由厂家所提供的参考值,调整⑧、⑦两旋钮将 U_{G1}、U_p 调到规定的参考值;再将电压测量选择开关④转到 U_{G2} 位置,调节 U_{G2} 旋钮⑨至 50V 左右,再缓慢地调节 U_f(这一过程约需 3~5min)使 I_A 电流至 30~40nA 左右(此时的 U_f 值应和仪器机箱上给出的参考值接近).

(3) 用示波器观察 I_A-U_{G2} 变化的曲线图,可将"手动"、"自动"选择开关⑪拨到"自动"状态,再将"快速"、"慢速"转换开关⑩拨到"快速"位置,逐步加大 U_{G2} 的电压,适当调整示波器 X 轴和 Y 轴的增益和衰减倍率,就可在示波器中观察到一个一个的 I_A 电流的变化图形了. 若再适当调整 U_{G1} 和 U_p 的电压,可分别改善 I_A-U_{G2} 曲线中第一峰的形态和整体曲线的上升斜率,使出现的图形更完美.

注:因温度、仪器老化等一些因素的影响可能使出现最佳波形时的各参数与参考值有一定的出入,所以参数每隔一段时间需作一定的调整.

(4) 可将"手动"、"自动"选择开关⑪拨到"手动"状态,再将"快速"、"慢速"转换开关⑩拨到"慢速"位置,再从小到大逐渐调节 U_{G2} 旋钮⑨,观察相应 I_A 电流指示①,每隔 1V 读出相应的电流值,记录此数据于表 4.27.2 中,并作 I_A-U_{G2} 图.

【实验数据记录及处理】

表 4.27.2

测试条件:$U_f=$____ V;$U_{G1}=$____ V;$U_p=$____ V;$t=$____ ℃

U_{G_2}/V	10.0	11.0	12.0	13.0	14.0	15.0	...	87.0	88.0	89.0	90.0
I_A/nA											

根据上面表格中的测量数据,用描点作图法画出 I_A-U_{G2} 的曲线;根据曲线找出电流的峰、谷对应的电压值,用逐差法计算待测气体的第一激发电势 U_0:

峰值电压的平均间距

$$U_{0\text{峰}} = \frac{(U_{\text{峰}4} - U_{\text{峰}1}) + (U_{\text{峰}5} - U_{\text{峰}2}) - (U_{\text{峰}6} - U_{\text{峰}3})}{3 \times 3} = \underline{\qquad} \text{V}$$

谷值电压的平均间距

$$U_{0\text{谷}} = \frac{(U_{\text{谷}4} - U_{\text{谷}1}) + (U_{\text{谷}5} - U_{\text{谷}2}) + (U_{\text{谷}6} - U_{\text{谷}3})}{3 \times 3} = \underline{\qquad} \text{V}$$

测量结果:气体原子的第一激发电势

$$U_0 = \frac{(U_{0\text{峰}} + U_{0\text{谷}})}{2} = \underline{\qquad} \text{V}$$

根据表 4.9.1,该待测气体元素为:_____.

【实验注意事项】

(1) 在调节 U_{G2} 和 U_f 时注意 U_{G2} 和 U_f 过大会导致电子管电离,电子管电离后电子管电流会自发增大直至烧毁.虽然线路中加了保护措施,但是电离对阴极具有极大的破坏性.所以一旦发现 I_A 的负值或正值超过 200nA 应迅速关机,5min 后再重新开机.而将 U_{G2} 和 U_f 调至零都将无济于事,因为电离后的自持放电是自发的.

(2) 在增加 U_f 时,I_A 值不能立即到达某一稳定值,所以要非常缓慢的增加 U_f,一般需 2~3min 后 I_A 电流才能逐步达到稳定值.

(3) U_{G2} 一般小于 100V,U_f 一般小于 2.5V.

【思考题】

(1) 为什么 I_A-U_{GK} 呈周期性变化?

(2) 拒斥电压 U_{AG} 增大时,I_A 如何改变?

(3) 灯丝电压改变时,弗兰克-赫兹管内什么参量将发生改变?

实验 28　光速测定

从 16 世纪伽利略第一次尝试测量光速以来,各个时期人们都采用最先进的技术来测量光速.现在,光在一定时间中走过的距离已经成为一切长度测量的单位标准,即“米的长度等于真空中光在 1/299792458 秒的时间间隔中所传播的距离”.光速也已直接用于距离测量,在国民经济建设和国防事业上大显身手.光的速度又与天文学密切相关,光速还是物理学中一个重要的基本常数,许多其他常数都与它相关.例如,光谱学中的里德伯常量,电子学中真空磁导率与真空电导率之间的关系,普朗克黑体辐射公式中的第一辐射常数,第二辐射常数,质子、中子、电子、μ 子等基本粒子的质量等常数都与光速 c 相关.正因为如此,巨大的魅力把科学工作者牢牢地吸引到这个课题上来,几十年如一日,兢兢业业地埋头于提高光速测量精度的事业.

【实验目的】

(1) 了解调制光法测量光速的原理;

(2) 学习使用示波器测量同频正弦信号位相差的方法;

(3) 测量光在空气中的速度.

【实验仪器】

光速测量仪,双踪示波器.

【实验原理】

1. 利用波长和频率测速度

物理学告诉我们,任何波的波长是一个周期内波传播的距离. 波的频率是 1s 内发生了多少次周期振动,用波长乘频率得 1s 内波传播的距离,即波速

$$c = \lambda f \tag{4.28.1}$$

图 4.28.1 中,第 1 列波在 1s 内经历 3 个周期,第 2 列波在 1s 内经历 1 个周期,在 1s

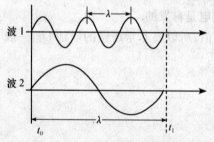

图 4.28.1 两列不同的波

内两列波传播相同距离,所以波速相同,仅仅第 2 列波的波长是第 1 列的 3 倍.

利用这种方法,很容易测得声波的传播速度. 但直接用来测量光波的传播速度,还存在很多技术上的困难. 主要是光的频率高达 10^{14} Hz,目前的光电接收器中无法响应频率如此高的光强变化,迄今仅能响应频率在 10^{8} Hz 左右的光强变化并产生相应的光电流.

2. 利用调制波波长和频率测速度

如果直接测量河中水流的速度有困难,可以采用一种方法,周期性地向河中投放小木块(频率为 f),再设法测量出相邻两小木块间的距离 λ,侧依据公式(4.28.1)即可算出水流的速度.

周期性地向河中投放小木块,为的是在水流上做一特殊标记. 我们也可以在光波上做一些特殊标记,称作"调制". 调制波的频率可以比光波的频率低很多,就可以用常规器件来接收. 与木块的移动速度就是水流流动的速度一样,调制波的传播速度就是光波传播的速度. 调制波的频率可以用频率计精确地测定,所以测量光速就转化为如何测量调制波的波长,然后利用公式(4.28.1)即可算得光传播的速度了.

3. 相位法测定调制波的波长

设调制波由 A 点出发,经时间 t 后传播到 A' 点,AA' 之间的距离为 $2D$,则 A' 点相对于 A 点的相移为 $\varphi = \omega t = 2\pi f t$,见图 4.28.2(a). 然而用一台测相系统对 AA' 间的这个相

移量进行直接测量是不可能的. 为了解决这个问题,较方便的办法是在 AA′的中点 B 设置一个反射器,由 A 点发出的调制波经反射器反射返回 A 点,见图 4.28.2(b). 由图显见,光线由 A→B→A 所走过的光程亦为 2D,而且在 A 点,反射波的相位落后 $\varphi = \omega t$. 如果我们以发射波作为参考信号(以下称之为基准信号),将它与反射波(以下称之为被测信号)分别输入到相位计的两个输入端,则由相位计可以直接读出基准信号和被测信号之间的相位差. 当反射镜相对于 B 点的位置前后移动半个波长时,这个相位差的数值改变 2π. 因此只要前后移动反射镜,相继找到在相位计中读数相同的两点,该两点之间的距离即为半个波长.

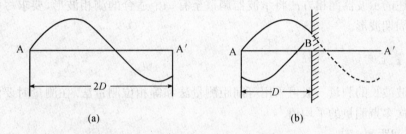

(a)　　　　　　　　　　　　(b)

图 4.28.2　相位法测波长原理图

调制波的频率可由数字式频率计精确地测定,由式(4.28.1)可以获得光速值.

4. 示波器测相

将示波器的扫描同步方式选择在外触发同步,极性为"+"或"−","参考"相位接至外触发同步输入端,"信号"相位接至 Y 轴的输入端,调节"触发"电平,使波形稳定;调节 Y 轴增益,使有一个适合的波幅;调节"时基",结合"微调"旋钮,使在屏上只显示一个完整的波形,并尽可能地展开,如一个波形在 X 方向展开为 5 大格,即 5 大格代表为 360°,每 1 大格为 72°,可以估读至 0.1 大格,即 7.2°.

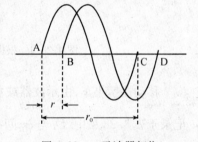

图 4.28.3　示波器相位

开始测量时,记住波形某特征点的起始位置,移动棱镜小车,波形移动,移动 1 大格即表示参考相位与信号相位之间的相位差变化了 72°. 利用式(4.28.2)求得参考相位与信号相位的变化量,参见图 4.28.3.

$$\Delta\varphi = \frac{r}{r_0} \times 360° \qquad\qquad (4.28.2)$$

【实验内容】

1. 预热

电子仪器都有一个温漂问题,光速仪和频率计须预热半小时再进行测量. 在这期间可以进行线路连接,光路调整,示波器调整和定标等工作.

2. 光路调整

先把棱镜小车移近收发透镜处,用一小纸片挡在接收物镜管前,观察光斑位置是否居中(处于照准位置).调节棱镜小车上的左右转动及俯仰旋钮,使光斑尽可能居中,再将小车移至最远端,观察光斑位置有无变化,并作相应调整,达到小车前后移动时,光斑位置变化最小.

3. 示波器定标

按前述的示波器测相方法将示波器调整至有一个适合的测相波形,要求尽可能大的调出一个周期波形.

4. 测量光速

调制波波长的测量一般可采用等间距测量法和等相位测量法.在测量时要注意实验值要取多次多点测量的平均值.

1) 等间距测 λ 法

在导轨上任取若干个等间隔点(图 4.28.4),他们的坐标分别为 $x_0, x_1, x_2, x_3, \cdots, x_i$;

$$x_1 - x_0 = D_1, \quad x_2 - x_0 = D_2, \quad \cdots, \quad x_i - x_0 = D_i$$

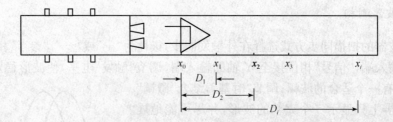

图 4.28.4　根据相移量与反射镜距离之间的关系测定光速

移动棱镜小车,由示波器或相位计依次读取与距离 $D_1, D_2, \cdots$ 相对应的相移量 φ_i,并记录于表 4.28.1 中. D_i 与 φ_i 间有: $\dfrac{\varphi_i}{2\pi} = \dfrac{2D_i}{\lambda}$,即

$$\lambda = \frac{2\pi}{\varphi_i} \cdot 2D_i \tag{4.28.3}$$

求得 λ 后,利用 $\lambda \cdot f$ 得到光速 c.

2) 等相位测 λ

在示波器上取若干个整度数的相位点,如 $36°, 72°, 108°$ 等;在导轨上任取一点为 x_0,并在示波器上找出信号相位波形上一特征点作为相位差 $0°$ 位置.拉动棱镜,至某个整相位数时停(在具体实验操作时,我们可以取示波器上波形移动一格为测量相位距离),迅速读取此时的距离值作为 x_1,并尽快将棱镜返回至 $0°$ 处,再读取一次 x_0,记为 x_0',并记录于表 4.28.2 中.操作时移动棱镜小车要快、准,并要求两次 $0°$ 时的距离读数误差不要超过

5mm,否则需重测.

依次读取相移量 φ_i 对应的 D_i 值,由式(4.28.3)和式(4.28.1)计算出光速值.

【实验数据记录及处理】

载波频率:$f=100\mathrm{MHz}$,一个周期波形在示波器上占_____格

表 4.28.1　等间距法

位置 x_0	读数/cm	$D_i=x_i-x_0$ $i=1,2,\cdots/\mathrm{cm}$	测相信号相移距离/格	测相信号相移量 φ_i/弧度	载波波长 $\lambda=\dfrac{2\pi}{\varphi_i}\cdot 2D_i/\mathrm{m}$	波长平均 $\bar\lambda/\mathrm{m}$
x_1						
x_2						
x_3						
x_4						

光速:$C=\lambda f=$_____;

光速公认值:$C=2.998\times10^8\mathrm{m/s}$;

误差:_____.

表 4.28.2　等相位法

相位位置 φ_i/(°)	x_0'/cm	x_i/cm	x_0'/cm	$\bar x_0$/cm	$D_i=x_i-\bar x_0$/cm	载波波长 $\lambda=\dfrac{2\pi}{\varphi_i}\cdot 2D_i/\mathrm{m}$	波长平均 $\bar\lambda/\mathrm{m}$
72							
72							
72							

光速:$C=\lambda f=$_____;

光速公认值:$C=2.998\times10^8\mathrm{m/s}$;

误差:_____.

【思考题】

(1) 通过光速测量实验,你认为波长测量的主要误差来源是什么,为提高测量精度需做哪些改进?

(2) 本实验所测定的是 100MHz 调制波的波长和频率,能否把实验装置改成直接发射频率为 100MHz 的无线电波,并对它的波长进行绝对测量,为什么?

实验 29　电表的改装和校准

电表是常用的电学测量仪器,可分为直流电流表、直流电压表、交流电流表、交流电压表、多用表等.这些电表都有一个共同的部分,称为表头.表头通常是一只磁电式微安表,它只允许通过微安级($10^{-6}\mathrm{A}$)的电流,它与电阻并联或串联,并用高精度的校准表校准

后,可改装成不同量程、不同精度的电流表、电压表. 如果加上整流元件和电源,还可以改装成交流电表和交直流两用电表. 还有一些非电量测量的温度表、压力表、流量表和速度表等也可由表头经过设计改装而成,学习电表改装和校准技术对我们了解电表性能及使用电表是很重要的.

【实验目的】

(1) 掌握改装电流表、电压表的原理和方法;

(2) 学习校准电流表、电压表和绘制校准曲线.

【实验要求】

(1) 将满度电流为 $50\mu A$(或 $100\mu A$)的表头改装成量程为 15mA(或 5mA)的电流表. 将满度电流为 $50\mu A$(或 $100\mu A$)的表头改装成量程为 5V(或 1V)的电压表.

写出实验方案:

① 实验原理和计算公式.

② 画出改装电路图、标准电路图以及测量表头内阻的电路图.

③ 列出实验仪器.

④ 拟出实验步骤.

⑤ 列出数据表格.

(2) 校准改装表,并画出校准曲线.

【实验提示】

1. 将表头改装成大量程的电流表

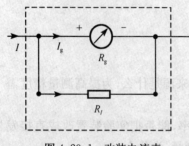

图 4.29.1　改装电流表

将表头改装为大量程的电流表时,应并联一个分流电阻 R_I,使大部分电流从 R_I 流过,而同时仍满足流经表头的满偏电流为 I_g,如图 4.29.1 所示,设改装后的电流表的量程为 I,根据欧姆定律得 $(I-I_g)R_I=I_gR_g$,得

$$R_I=\frac{I_gR_g}{I-I_g} \qquad (4.29.1)$$

设 $I=mI_g$,则

$$R_I=\frac{I_gR_g}{mI_g-I_g}=\frac{R_g}{m-1} \qquad (4.29.2)$$

测出表头的量程 I_g 和内阻 R_g,按所需的电流表量程 I,可算出分流电阻 R_I.

2. 将表头改装成大量程的电压表

微安表本身只能用来测量很低的电压(其量程为 I_gR_g). 可在微安表上串联一个电阻 R_V(又称分压电阻),使得待测电压大部分降落在串联的电阻 R_V 上,表头上承担的电压最

大值仍然为 $I_g R_g$，如图 4.29.2 所示. 设改装后的电压表量程为 U，由欧姆定律 $I_g \cdot (R_g + R_V) = U$，得

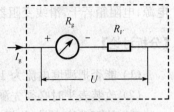

$$R_V = \frac{U}{I_g} - R_g \qquad (4.29.3)$$

根据所需要的电压表量程 U 和表头量程 I_g、内阻 R_g，可算出分压电阻 R_V.

图 4.29.2　改装电压表

3. 电表的校准

将改装后的电表与标准表同时对同一对象（电流或电压）进行测量，将测量结果相互比较，以确定改装表的示值误差的过程就是**校准**.

（1）校零点. 在电路没接通之前，检查被校表表头和标准表是否指零，否则要机械调零.

（2）校量程. 接通电路，用标准表校准改装表的量程. 校准时若稍有差异，可稍调 R_I 和 R_g（或调 R_V 和 R_g），使之符合量程要求.

（3）校其他刻度值. 在校准其他刻度时，校正点应选在被校表（即改装表）的量程范围内各个标度值的位置上，并使被校表的电流（或电压）等间隔单调上升和单调下降各一次（即从大到小校准 5～10 个刻度值，然后再从小到大重复校一遍），依次同时记下被校表和标准表在各校点的读数，分别记为 I_X 和 I_S（或 U_X 和 U_S），从而得到该刻度的修正值 $\Delta I = I_S - I_X$（或 $\Delta U = U_S - U_X$）. 校准的结果可用校准曲线表示，即以 ΔI 为纵坐标，以 I_X 为横坐标，标出各个校准点，然后把相邻的两个校准点用直线段连接，就得到了改装表的校准曲线，如图 4.29.3 所示就是改装电流表的校准曲线.

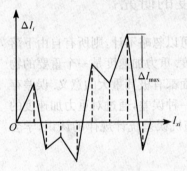

图 4.29.3　校准曲线

4. 电表的标称误差和等级

标称误差是指电表的读数和准确值的差异，它包括了电表在构造上各种不完善的因素所引起的误差. 为了确定标称误差，将改装电表和一个标准电表同时测量一定的电流（或电压），校准的结果得到电表各个刻度的绝对误差，选取其中最大的绝对误差除以量程，即为该电表的标称误差. 即

$$标称误差 = \frac{最大的绝对误差}{量程} \times 100\%$$

根据标称误差的大小，可确定电表的准确度等级. 如标称误差为 0.1%，则电表等级为 0.1 级. 按照国家标准，指针式电表一般分为 7 个准确度等级，即 0.1，0.2，0.5，1.0，1.5，2.5，5.0 共 7 个等级. 电表的等级是国家对电表规定的质量指标，电表出厂时一般已将级别标在表盘上.

【实验仪器】

$50\mu A$（$100\mu A$）直流电流表（表头），C_{31} V 标准电压表，C_{31} mA 标准电流表，直流稳压

电源,电阻箱若干,滑线变阻器(300Ω,1kΩ)二个,闸刀开关、导线若干.

【分析讨论】

(1) 能否把满度电流为 100μA 的表头改装成 50μA 的电流表或 0.1V 的电压表?

(2) 改装表头时必须先测表头内阻. 设计一种测量表头内阻的方法.

(3) 校正电流表时,如果发现改装表的读数偏高,应如何调整?

(4) 一量程为 500μA,内阻 1kΩ 的微安表,它可以测量的最大电压是多少? 如果将它的量程扩大为原来的 N 倍,应如何选择扩程电阻?

【参考资料】

1. 林抒,龚镇雄. 普通物理实验. 北京:高等教育出版社,1981

2. 王国华,缪连元等. 大学物理实验. 贵阳:贵州人民出版社,1987

3. 张立. 大学物理实验. 上海:上海交通大学出版社,1988

实验 30　单摆法测重力加速度的研究

伽利略(1564～1642)首先证明,如果空气摩擦的影响可以忽略不计,则所有自由下落的物体都将以同一加速度下落,这个加速度就是重力加速度. 重力加速度是一个重要的物理量,准确测定它,无论在理论上,还是在科研和生产等方面都有极其重大的意义. 误差存在于一切测量过程中,随机误差是测量过程中普遍存在的一种误差,通过对重力加速度的测量,学习用统计方法研究随机误差的分布规律,加深对随机误差统计规律的认识,学会正确估算随机误差的方法.

【实验目的】

(1) 培养简单实验的设计能力和根据测量要求选择测量方案;

(2) 学会正确估算随机误差,加深对随机误差统计规律的认识.

【实验要求】

1. 用单摆测量重力加速度,要求测量 g 值的相对不确定度小于 0.4%

(1) 设计实验方案.

(2) 根据实验要求,如何选择测量工具和测量方法.

(3) 研究周期(T)和摆长(l)、摆角(θ)、摆球质量(m)之间的关系. 在用单摆测重力加速度时,一般是用一长细线拴一金属小球组成单摆,其摆长即为 $l = l' + \dfrac{d}{2}$,式中 l' 为细线长,d 为小球直径. 然而本实验中,小球换成了一锥体,这就给摆长的测量带来了困难,你是如何测得重力加速度 g 的?

2. 随机误差的分布规律研究

(1) 用上述实验方法,在相同的测量精度下重复测量周期值 200 次.

（2）应用随机误差的理论分析，确定最大的 $T_{\max}$ 和最小的 $T_{\min}$，在 $[T_{\min}, T_{\max}]$ 内以时间间隔 0.02s 为横坐标，以每一小间隔内出现的测量次数（相对频数）为纵坐标，作统计直方图.

【实验提示】

1. 单摆公式

单摆往返摆动一次所需时间称为单摆的周期. 单摆周期满足公式

$$T = 2\pi\sqrt{\frac{l}{g}} \quad 即 \quad g = 4\pi^2 \frac{l}{T^2}$$

上式忽略了单摆摆线的质量，忽略了单摆运动是非简谐运动，也忽略了空气阻力的影响等. 如要修正上述这些因素造成的误差，则要进行严格的计算和修正. 如摆线质量为 μ，摆球半径为 r，质量为 m，则上述公式应修正为

$$g = 4\pi^2 \frac{l}{T^2}\left(1 + \frac{2}{5}\frac{r^2}{L^2} - \frac{1}{6}\frac{\mu}{m}\right)$$

摆动的幅角较大或空气的浮力与阻力的影响较大时还应作其他各种修正.

单摆考虑摆角 θ 的影响时，公式为

$$T = 2\pi\sqrt{\frac{l}{g}}\left(1 + \frac{1}{4}\sin^2\frac{\theta}{2} + \cdots\right)$$

若取二级小量进行部分修正时，则

$$T = 2\pi\sqrt{\frac{l}{g}}\left(1 + \frac{1}{4}\sin^2\frac{\theta}{2}\right)$$

可得

$$g = \frac{4\pi^2 l}{T^2}\left(1 + \frac{1}{2}\sin^2\frac{\theta}{2} + \frac{1}{16}\sin^4\frac{\theta}{2}\right)$$

可认为此修正是对摆长测量值的修正，则

$$g = \frac{4\pi^2 l'}{T^2}$$

式中，$l' = l + \frac{l}{2}\sin^2\frac{\theta}{2}$ 为长度 l 修正以后的结果，长度 l 的修正量为 $\Delta l = \frac{l}{2}\sin^2\frac{\theta}{2}$. 经过修正，可以部分消除摆角 θ 对测量结果的影响.

2. 随机误差的分布及估算方法

当我们对被研究对象的规律并不清楚的情况下，应用数理统计方法，对测量数据作出科学性的评价，是一种初步的分析手段，简便易行，直观清晰. 有关随机误差的理论请见本书第 1 章.

【实验仪器】（供参考）

单摆装置（锥形球、细线），米尺，数字秒表，游标卡尺等.

【分析讨论】

（1）用单摆测重力加速度必须满足的条件是什么？

（2）如果单摆的摆角超过 5°很多，分别取 10°、15°测量其周期，并和摆角较小时进行比较，结果如何，请解释.

【参考资料】

1. 林抒，龚镇雄. 普通物理实验. 北京：高等教育出版社，1981
2. 陈瑞芬，顾河清，陈玉林. 大学物理实验. 江苏：河海大学出版社，2002
3. 卫斯特发尔 W H. 物理实验. 上海：上海科学技术出版社，1964：79～86
4. Bueche F J. 物理学导论（上册）. 北京：人民教育出版社，1981：320～322

参 考 文 献

柴成钢等. 2004. 大学物理实验. 北京:科学出版社

陈玉林等. 2007. 大学物理实验. 北京:科学出版社

成正维. 2003. 大学物理实验. 北京:高等教育出版社

丁慎训等. 2002. 物理实验教程. 北京:清华大学出版社

黄建群等. 2005. 大学物理实验. 成都:四川大学出版社

江兴方等. 2005. 物理实验. 北京:科学出版社

李平等. 2006. 大学物理实验教程. 北京:机械工业出版社

李相银等. 2004. 大学物理实验. 北京:高等教育出版社

吕斯骅等. 2002. 基础物理实验. 北京:北京大学出版社

潘小青等. 2006. 大学物理实验教程. 上海:华东理工大学出版社

潘元胜等. 2001. 大学物理实验(第2册). 南京:南京大学出版社

沈元华等. 2003. 基础物理实验. 北京:高等教育出版社

施卫. 2006. 大学物理实验. 北京:机械工业出版社

是度芳等. 2003. 基础物理实验. 武汉:湖北科学技术出版社

万春华等. 2001. 大学物理实验(第1册). 南京:南京大学出版社

吴泳华等. 2001. 大学物理实验. 北京:高等教育出版社

杨述武. 2000. 普通物理实验(三、光学部分). 北京:高等教育出版社

张兆奎等. 2001. 大学物理实验. 上海:华东理工大学出版社

赵青生. 2004. 大学物理实验. 合肥:安徽大学出版社

周殿清. 2002. 大学物理实验. 武汉:武汉大学出版社

附　　录

"最美丽"的十大物理实验

《物理学世界》刊登了排名前十的最美丽的物理实验,其中大多数都是我们耳熟能详的经典之作.令人惊奇的是这十大实验中的绝大多数是科学家独立完成,最多有一两个助手.所有实验都是在实验桌上进行的,没有用到什么大型计算工具比如电脑一类,最多不过是把直尺或是计算器.所有这些实验共同之处是他们都仅仅"抓"住了物理学家眼中"最美丽"的科学灵魂,这种美丽是一种经典:最简单的仪器和设备,发现最根本、最单纯的科学概念,就像是一座座历史丰碑一样,人们长久的困惑和含糊顷刻间一扫而空,对自然界的认识更加清晰.

NO.10:米歇尔·傅科钟摆实验

去年,科学家们在南极安置一个摆钟,并观察它的摆动.他们是在重复1851年巴黎的一个著名实验.1851年法国科学家傅科在公众面前做了一个著名的实验,用一根长220ft(1ft=0.3048m)的钢丝将一个62lb(1lb=0.453 592kg)重的头上带有铁笔的铁球悬挂在屋顶下,观测记录他前后摆动的轨迹.周围观众发现每次摆动都会稍稍偏离原来轨迹并发生旋转时,无不惊讶.实际上这是因为房屋在缓缓移动.傅科的演示说明地球是在围绕地轴自转的.在巴黎的纬度上,钟摆的轨迹是顺时针方向,30h一个周期.在南半球,钟摆应该逆时针转动,而赤道上将不会转动.在南极,转动周期是24h.

NO.9:卢瑟福发现核子的实验

1911年卢瑟福还在曼彻斯特大学做放射能的实验时,原子在人们的印象中就好像是"葡萄干布丁",大量正电荷聚集的糊状物质,中间包含着电子的微粒.但是他和他的助手发现向金箔发射带正电的阿尔法微粒时少量被弹回,这使他们非常吃惊.卢瑟福计算出原子不是一团糊状物质,大部分物质集中在一个中心小核上,现在叫做核子,电子在它周围环绕.

NO.8:伽利略的加速实验

伽利略继续提炼他有关物体运动的观点.他用了一个6m多长、3m多宽的光滑直木板槽,再把这个木板的斜槽固定住,让铜球从木槽顶端沿斜面滑下,并用水钟测量铜球每次下滑的时间,研究它们之间的关系.亚里士多德曾预言滚动球的速度是均匀不变的;铜球滚动2倍的时间就走出2倍的路程.伽利略却证明铜球滚动的路程和时间的平方成反比:2倍的时间里,铜球滚动4倍的距离,因为存在恒定的重力加速度.

NO. 7：埃拉托色尼测量地球的周长

古埃及一个现名为阿斯旺的小镇. 在这个小镇上, 夏日正午的阳光悬在头顶; 物体没有影子, 阳光直射入深水井中. 埃拉托色尼亚是公元前 3 世纪亚历山大图书馆的馆长, 他意识到这一信息可以帮助他估计地球的周长, 在以后几年的时间里的同一天、同一时间, 他在亚历山大测量了同一地点的物体的影子. 发现太阳光线有轻微的倾斜, 在垂直方向偏离了大约 7° 角.

剩下的就是几何学的问题了. 假设地球是球状, 那么它的圆周应该跨越 360°. 如果两座城市成 7° 角, 就是 7/360 的圆周, 就是当时 5000 个希腊运动场的距离. 因此地球的周长就应该是 25 万个希腊运动场. 今天, 通过航迹测算, 我们知道埃拉托色尼的测量误差仅在 5% 以内.

NO. 6：卡文迪许扭矩试验

牛顿的另一伟大贡献是他的万有引力定律, 但是万有引力到底有多大？18 世纪末, 英国科学家亨利·卡文迪许决定要找出这个引力. 他将两边系有小金属球的 6ft 木棒用金属线悬吊起来, 这个木棒就像哑铃一样. 再将两个 350 磅重的铅球放在相当近的地方, 以产生足够的引力让哑铃转动, 并扭动金属线. 然后用自制的仪器测量出微小的转动.

测量的结果惊人的准确, 他测出了万有引力恒量的参数, 在此基础上卡文迪许计算出地球的密度和质量. 卡文迪许的计算结果是: 地球重 6.0×10^{24} kg, 或者说是 13 万亿万亿磅.

NO. 5：托马斯·杨的光干涉实验

牛顿也不是永远都正确的. 在多次争吵后, 牛顿让科学界接受了这样的观点: 光是由微粒组成的, 而不是一种波. 1830 年, 英国医生、物理学家托马斯·杨用实验来验证这一观点. 他在百叶窗上开了一个小洞, 让光线通过, 并用一面镜子反射透过的光线. 然后他用一个厚约 1/30in(1in＝2.54cm) 的纸片把这束光从中间分成两束. 结果看到了相交的光线和阴影. 这说明两束光线可以像波一样相互干涉. 这个实验为一个世纪后量子学的创立起到了至关重要的作用.

NO. 4：牛顿的棱镜分解太阳光

埃萨克·牛顿出生那年, 伽利略与世长辞. 牛顿 1665 年毕业于剑桥大学的三一学院, 后来因躲避鼠疫在家呆了两年, 后来顺利地得到了工作. 当时大家都认为白光是一种纯的没有其他颜色的光(亚里士多德就是这样认为的), 而彩色光是一种不知何故发生变化的光. 为了验证这个假设, 牛顿将一面三棱镜放在阳光下, 透过三棱镜, 光在墙上分解为不同的颜色, 后来我们称之为光谱. 人们知道彩虹的五颜六色, 但是他们认为那是因为不正常. 牛顿的结论是: 正是这些红、橙、黄、绿、蓝、靛、紫基础色有不同的色谱, 才形成了表面上颜色单一的白色光, 如果你深入地看看, 会发现白光是非常美丽的.

NO. 3：罗伯特·密立根的油滴实验

很早以前，科学家就在研究电. 人们知道这种无形的物质可以从天上的闪电中获得，也可以通过摩擦头发得到. 1897 年，英国物理学家 J·J·托马斯已经确立电流是由带负电粒子即电子组成. 1909 年美国科学家罗伯特·密立根开始测量电流的电荷. 密立根用一个香水瓶子的喷头向一个透明的小盒子里喷油滴. 小盒子的顶部和底部分别接一个电池，让一边成为正电板，另一边成为负电板. 当小油滴通过空气时，就会吸引一些静电，油滴下落的速度可以通过改变电板间的电压来控制.

密立根不断改变电压，仔细观察每一颗油滴的运动. 经过反复的研究，密立根得出结论：电荷的值是某个固定的常量，最小的单位就是单个电子的带电量.

NO. 2：伽利略的自由落体实验

在 16 世纪末，人人都认为重量大的物体密度量小的物体下落的快，因为伟大的亚里士多德已经这么说了. 伽利略，当时在比萨大学数学系任职，他大胆的向公众的观点挑战. 著名的比萨斜塔实验已经成为科学中的一个故事：他从斜塔上同时扔下一轻一重的物体，让大家看到两个物体同时落地. 伽利略挑战亚里士多德的代价也许是他失去工作，但他展示的是自然界的本质，而不是人类的权威，科学作出了最后的裁决.

NO. 1：托马斯·杨的双缝演示应用于电子干涉的实验

牛顿和托马斯·杨对光的性质的研究得出的结论都不完全的正确. 光既不是简单由粒子构成，也不是一种单纯的波. 20 世纪初，麦克斯·普朗克和阿尔伯特·爱因斯坦分别指出一种叫光子的东西发出光和吸收光. 但是其他实验还证明光是一种波状物. 经过几十年发展的量子学说最终总结了两个矛盾的真理：光子和亚原子微粒（如电子、光子等）是同时具有两种性质的微粒，物理上称它们：波粒二象性. 将托马斯·杨的双缝演示改造一下可以很好的说明这一点. 科学家们用电子流代替光束来解释这个试验，根据量子力学，电粒子流被分成两股，被分的更小的粒子流产生波效应，它们互相影响，以致产生像托马斯杨的双缝实验中出现的加强光和阴影，这说明微粒也有波的效应.

《物理学世界》编辑比特·洛戈斯推测，直到 1961 年，某一位科学家才在真实的世界里做出了这一实验.

附　表

附表 1　国际单位制的基本单位

量的名称	单位名称	单位符号
长度	米	m
质量	千克(公斤)	kg
时间	秒	s
电流	安培	A
热力学温度	开尔文	K
物质的量	摩尔	mol
发光强度	坎德拉	cd

附表 2　用于构成十进倍数和分数单位的词头

因　数	词头名称 英文	词头名称 中文	符　号	因　数	词头名称 英文	词头名称 中文	符　号
10^{24}	yotta	尧[它]	Y	10^{-1}	deci	分	d
10^{21}	zetta	泽[它]	Z	10^{-2}	centi	厘	c
10^{18}	exa	艾[可萨]	E	10^{-3}	milli	毫	m
10^{15}	peta	拍[它]	P	10^{-6}	micro	微	μ
10^{12}	tera	太[拉]	T	10^{-9}	nano	纳[诺]	n
10^{9}	giga	吉[咖]	G	10^{-12}	pico	皮[可]	p
10^{6}	mega	兆	M	10^{-15}	femto	飞[母托]	f
10^{3}	kilo	千	k	10^{-18}	atto	阿[托]	a
10^{2}	hecto	百	h	10^{-21}	zepto	仄[普托]	z
10^{1}	deca	十	da	10^{-24}	yocto	幺[科托]	y

附表 3　在 20℃ 时常用固体和液体的密度

物　质	密度 $\rho/(kg/m^3)$	物　质	密度 $\rho/(kg/m^3)$
铝	2 698.9	铂	21 450
铜	8 960	铅	11 350
铁	7 874	锡	7 298
银	1 0500	水银	13 546.2
金	19 320	钢	7 600～7 900
钨	19 300	石英	2 500～2 800
水晶玻璃	2 900～3 000	汽车用汽油	710～720
窗玻璃	2 400～2 700	氟里昂-12	1 329
冰(0℃)	880～920	氟氯烷-12	
甲醇	792	变压器油	840～890
乙醇	789.4	甘油	1 260
乙醚	714	蜂蜜	1 435

附表 4　液体的黏度

液　体	温度 t/℃	黏滞系数 η/(μPa·s)	液　体	温度 t/℃	黏滞系数 η/(μPa·s)
汽　油	0	1 788		40	0.230×10^6
	18	530	葵花子油	20	50 000
乙　醇	−20	2 780	甘　油	−20	1.34×10^8
	0	1 780		0	1.21×10^8
	20	1 190		20	1.449×10^6
甲　醇	0	817		100	12 945
	20	584	蜂　蜜	20	6.50×10^6
乙　醚	0	296		80	1.00×10^5
	20	243	鱼甘油	20	45 600
变压器油	20	19 800		80	4 600
蓖麻油	0	5.30×10^6	水　银	−20	1 855
	10	2.42×10^6		0	1 685
	20	0.986×10^6		20	1 554
	30	0.451×10^6		100	1 224

附表 5　在 20℃时某些金属的杨氏模量

金　属	杨氏模量 Y/(N/m²)	金　属	杨氏模量 Y/(N/m²)
铝	$(7.000 \sim 7.100) \times 10^{10}$	锌	8.000×10^{10}
钨	4.150×10^{11}	镍	2.050×10^{11}
铁	$(1.900 \sim 2.100) \times 10^{11}$	铬	$(2.400 \sim 2.500) \times 10^{10}$
铜	$(1.050 \sim 1.300) \times 10^{11}$	合金钢	$(2.100 \sim 2.500) \times 10^{11}$
金	7.900×10^{10}	碳钢	$(2.000 \sim 2.100) \times 10^{11}$
银	$(7.000 \sim 8.200) \times 10^{10}$	康铜	1.630×10^{11}

注:杨氏模量与材料结构、化学成分及加工制造方法有关,因此在某些情况下 Y 值可能与表中所列的平均值不同.

附表 6　在不同温度下与空气接触的水的表面张力系数

温度/℃	σ/($\times 10^{-3}$N/m)	温度/℃	σ/($\times 10^{-3}$N/m)	温度/℃	σ/($\times 10^{-3}$N/m)
0	75.62	16	73.34	30	71.15
5	74.90	17	73.20	40	69.55
6	74.76	18	73.05	50	67.90
8	74.48	19	72.89	60	66.17
10	74.20	20	72.75	70	64.41
11	74.07	21	72.60	80	62.60
12	73.92	22	72.44	90	60.74
13	73.78	23	72.28	100	58.84
14	73.64	24	72.12		
15	73.48	25	71.96		

附表 7　常用光源的谱线波长表　　　　　　　　　（单位:nm）

一、H(氢)
656.28 红
486.13 绿蓝
434.05 蓝
410.17 蓝紫
397.01 蓝紫

二、He(氦)
706.52 红
667.82 红
587.56(D₃)黄
501.57 绿
492.19 绿蓝
471.31 蓝

447.15 蓝
402.62 蓝紫
388.87 蓝紫

三、Ne(氖)
650.65 红
640.23 橙
638.30 橙
626.25 橙
621.73 橙
614.31 橙
588.19 黄
585.25 黄

四、Na(钠)

589.592(D₁)黄
588.995(D₂)黄

五、Hg(汞)
623.44 橙
579.07 黄
576.96 黄
546.07 绿
491.60 绿蓝
435.83 蓝
407.78 蓝紫
404.66 蓝紫

六、He-Ne 激光
632.8 橙

附表 8　铜-康铜热电偶的温差电动势(自由端温度 0℃)　　　　（单位:mV）

康铜的温度	铜的温度/℃										
	0	10	20	30	40	50	60	70	80	90	100
0	0.000	0.389	0.787	1.194	1.610	2.035	2.468	2.909	3.357	3.813	4.277
100	4.227	4.749	5.227	5.712	6.204	6.702	7.207	7.719	8.236	8.759	9.288
200	9.288	9.823	10.363	10.909	11.459	12.014	12.575	13.140	13.710	14.285	14.864
300	14.864	15.448	16.035	16.627	17.222	17.821	18.424	19.031	19.642	20.256	20.873